김혜나
소설집

한겨레출판

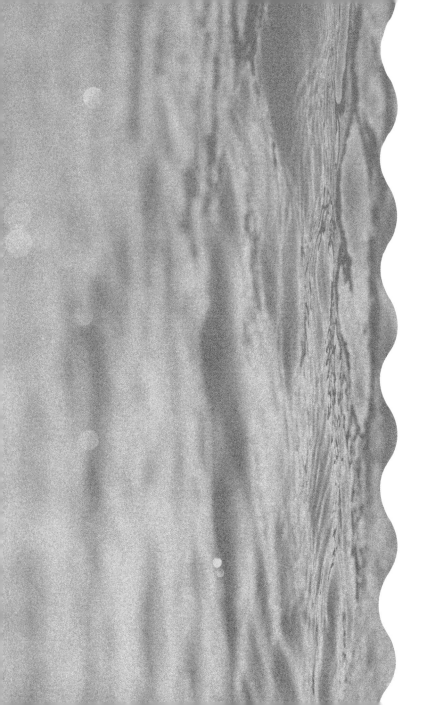

차례

오지 않은 미래

창이 넓은 카페의 가장 구석진 자리에 마주 앉아 저마다 책을 들여다보고 있는 진수와 민서를 여경은 말없이 지켜보았다. 그들에게 곧장 다가가서 알은체하고 커피를 주문하고 이야기를 나누어야 마땅했으나, 그 자리에만 어쩐지 투명한 보호막이 드리워져 있는 듯해 막을 깨고 들어서기 겁이 났다. 그렇다고 그들과 떨어진 자리에 앉을 수도 없어 여경은 그저 멍하니 서 있기만 했다. 이내 민서가 손에 쥔 책을 덮고 고개를 들어 올린 뒤에야 여경은 발걸음을 떼고 그들에게 다가갔다. 여경을 발견한 민서는 높은 목소리로 "여경 선생님!"이라고 외쳤다. 여경은 고개 숙여 "안녕하세요"라고 인사하며 진수의 눈치를 살폈다. 진수는 그저 미소 지은 채로 여경을 바라보았다. 민서가 자리에서 일어나며 "언제 오셨어요? 잘 지내셨어요?"라고 물었다. 여경은 첫 번째 질문의 진의를 명확하게 알아차릴 수 없어 아무 대답도 하지 않았다. 이 카페에 도착한 시간을 묻는지 아니면 한국으로 돌아온 시기를 묻는지 알 수 없는 까닭이었다. '잘 지내셨어요?'라는 물음이 뒤따랐으니 후자일 가능성이 높으나 여경은 입국 날짜를 진수와 민서에게 미리 알려놓은 상태였다. 그러므로 민서가 왜 이런 질문을 하는지 헤아릴 수 없었다. 사람들이 내뱉는 모든 말에 중요한 의미가 있지는 않겠지만, 언어와 서사를 다루는 여경으로서는 사소한 말 한마디까지도 깊이 돌아보지 않을 수 없었다.

여경은 진수와 민서가 나란히 앉아 있었더라면, 하고 바랐다. 그랬다면 여경은 아무 고민 없이 그들의 맞은편 자리에 가 앉았을 것이다. 그러나 두 사람이 마주 앉은 바람에 여경은 둘 중 누구 옆에 앉아야 할지 고민하다 민서 옆자리에 앉기로 했다. 민서의 남자친구인 진수 옆에 앉기는 어쩐지 결례인 것 같고, 진수보다는 민서와 먼저 알고 지낸 사이이므로 민서 옆에 앉아야 마땅하다 싶었다. 그렇게 자리에 앉으며 여경 또한 민서에게 잘 지냈느냐고 물었다.

"저야 잘 지냈죠! 여경 선생님 보고 싶어서 힘들었던 것만 빼면요."

다섯 살 난 아이처럼 말하는 민서를 보며 여경은 아무 말 없이 미소 지었다. 고맙다는 말 혹은 자신도 그랬다는 거짓말을 할 수는 없었다. 서로를 향한 그리움을 채울 수 없어 힘겨울 정도로 애틋한 사이는 아니라는 사실 또한 말하기 곤란했다. 할 말이 없어진 여경은 다른 질문을 했다.

"이사는 잘 하셨어요?"

진수가 부다페스트에서 머무는 동안 민서는 한국에 있는 그의 자취방에서 혼자 지냈다. 진수가 한국으로 돌아오면 민서는 본가로 돌아가 가족들과 함께 살 예정이라고 했다. 그래서 물어본 질문인데 민서는 자신에게 하는 질문이 맞느냐는 듯이 "저요?"라고 되물었다. 여경은 한결 낮은 목소리로 "왜, 진수 씨가 여행 가 있는 동안만 진수 씨 방에서 지낸다고……"라는 말을 덧붙였다. 민서는 이제야 생각났는지 "아, 제가 그랬죠? 진수가 당분간 같이 있고 싶다고 해서 아직 짐을 안 옮겼어요"라고 대답했다. 여경은 고개를 끄덕였고, 진수는 말이 없었다. 무표정한 진수의 얼굴을 보며 여경은 그가 정말로 그렇게 말했을지 궁금했다. 두 사람의 태도로 보아 진수보다는 민서 쪽에서 조금만 더 같이 살자고 매달릴 것 같은데 말이다.

여경은 그때까지도 별다른 말 없이 앉아만 있는 진수를

향해 여독은 없느냐고 물었다. 진수는 자가격리 기간 내내 먹고 자기만 했더니 괜찮다고 대답하며 여경에게도 어떤지 물었다. 여경도 많이 쉬었다고 대답했다. 민서는 잠시도 말 없이 가만히 있지 못하고 여경에게 작품은 많이 썼느냐고 물었다. 여경은 "네……. 다행히 글은 많이 썼어요"라고 대답했다.

동화작가인 여경이 민서를 처음 만난 곳은 전통주 교육기관이었다. 전업으로 글을 쓰고 책을 읽는 여경은 취미 생활만큼은 생각을 비울 수 있는 가벼운 노동으로 채우기 좋아했다. 그렇다고 정기적으로 무언가 배우러 다닐 깜냥은 안 되어 주로 집에서 과일청, 과일잼, 담금주, 약과, 강정, 향초, 디퓨저 등을 만들었다. 한 번에 많은 양을 만들어 일일이 포장하다 보면 불필요한 생각들이 사라져서 좋았다. 웬만한 건 다 만들어보았고, 새로운 소일거리를 찾던 중 홈 브루잉이 유행이라며 맥주와 탁주를 직접 만드는 사람들의 모습에 솔깃했다. 맥주는 재료와 장비를 마련하기 부담스러운 데다가 집에서 만들면 벽지가 누렇게 변한다고 해서 바로 포기했으나, 탁주는 누룩만 구매하면 집에 있는 쌀과 물로 충분히 만들어낼 수 있을 듯했다. 여경은 온라인 검색으로 탁주 빚는 방법을 알아보고 쌀을 씻어 고두밥을 쪘다.

잘 쪄진 고두밥을 넓게 펼쳐 식힌 뒤 온라인으로 구매한 누룩과 뒤섞어 소독한 유리병에 담가두었다. 그 상태로 뜨듯한 전기장판에 놓고 일주일 정도 발효시키면 되는 간단한 과정인 줄 알았는데, 막상 실전에 들어가보니 뜻대로 되질 않았다. 이런 식으로 고두밥과 누룩을 섞어 한 번만 담근 술을 '단양주單釀酒'라고 하는데 술에서 단맛이 거의 나지 않았다. 맛보기조차 어려울 정도의 산도가 넘쳐나 발효를 잘못해서 상했는지, 아니면 산화되어 식초가 되었는지 분간할 수도 없었다. 탁주 빚는 법을 좀 더 찾아보니, 이렇게 만든 밑술에 고두밥으로 덧술을 더해서 만든 술을 '이양주二釀酒'라고 했다. 이 과정을 세 번, 다섯 번씩 반복해 삼양주, 오양주를 빚을 수도 있었다. 그렇게 덧술을 계속 더하면 쌀 함량이 높아져 마치 잘 곤 조청 같은 단맛이 나온다지만, 양조 기술을 접하지 않은 초보자가 아무리 이 과정을 반복해본들 제대로 된 맛을 내기는 어려웠다. 술을 반복해서 빚을수록 변기 물에 쓸려 내려가는 쌀과 누룩, 무의미한 노동 시간만 늘어날 뿐이라 여경은 이대로 계속하기는 무리다 싶었다. 아무리 취미라지만 이왕 시작했으니 괜찮은 탁주 맛을 한 번은 보고 싶어 전통주 교육기관의 술 빚기 취미반에 등록한 게 반년 전이었다. 평일 오후 수업이라 여경은 본인 같은 예술가나 주부 혹은 은퇴한 장년층이 많을 거라고 예상했다. 그러나 막상 수업에 가보니 20대 초반의 학생과 30대 회사원이 더 많았다. 전통주 온라인 판매가 가능해지고 시장이 커지자 개성을 살린 술을 빚어 창업하려는 청년이 많아진 까닭이라고 했다. 그뿐만 아니라 전통주 소믈리에, 우리 술 해설사 등의 전문직이 생겼고 식음료업계, 양조업계에 취직하기 용이하다는 이유도 있었다. 40대에 접어든 여경은 수강생의 젊은 나이에 놀라긴 했으나 어차피 친목보다는 배움을 목적으로 나왔으니 딱히 불편하지는 않았다. 그럼에도 사람 마음이라는 게 역시 나이가 엇비슷한 이들과 함께 있어야 편안해지는지, 탁주 거르기 시간에 짝을 지어야 할 때 동갑내기인 민서에게 다가갈 수밖에 없었다. 탁주 거르기는 생각보다 힘이 많이 들어 여경과 민서는 금세 지쳤고, 젊은 애들 체력은 못 따라가겠다고 말하며 맥없이 웃었다.

4주간의 교육과정을 마치고 함께한 뒤풀이 시간에도 여경과 민서는 나란히 붙어 앉았다. 여경은 그동안 20대 학생들과 대화를 시도해봤으나 이따금씩 그들이 양조위와 브리트니 스피어스가 누구인지 모른다고 말할 때, 가장 좋아하는 책이 해리포터 시리즈라고 말할 때 어떤 말로도 대꾸

하지 못했다. 그러다 보니 민서와 함께 있으면 설사 아무 대화도 하지 않더라도 마음이 편안했다. 자신이 아는 것을 상대방도 알고 있으리라는 확신이 인간관계에 얼마나 중요한지 새삼 깨달았다. 민서도 여경과 같은 마음인지 자연스레 여경 옆에서 시간을 보내곤 했다. 그러나 수업 시간 외에 따로 만난 적이 없어, 종강 후 뒤풀이 자리에서 처음으로 길게 대화했다. 취미로 술을 빚는 사람들이니 대부분 술을 즐기는 데 반해 민서는 술을 전혀 마시지 않았다. 조금씩 시음만 해도 얼굴이 벌게지고 머리가 어지러워 입술만 겨우 적신다고 했다. 그런데 어쩌다가 전통주 만들기를 배우러 오게 되었느냐고 물으니 민서는 "사실은……"이라고 운을 뗀 뒤 한동안 아무 말도 못 했다. 여경은 그런 민서를 바라보며 술을 들이켰다.

"그게, 실은, 제가…… 동화책을 쓰고 있거든요."

민서의 대답에 여경은 깜짝 놀라 눈을 크게 뜨고 잔을 탁자에 내려놓았다.

"동화요?"

여경이 반사적으로 묻자 민서는 "네. 아직 등단한 건 아니고 혼자 습작하는 수준인데요. 어렸을 적에 할머니가 집에서 막걸리 빚던 이야기를 써보려고요. 그러려면 술 빚는 과정을 제대로 알아야 하는데 할머니가 이미 돌아가셔서……. 그래서 여기서 배워보려고 왔어요."

"아, 그렇구나……."

"그때 할머니가 술을 담가둔 옹기에 다가가면 보글보글 끓는 소리가 들려서 그 안에 귀신이 살고 있나 싶었어요. 할머니에게 저기 귀신이 있다고 소리치면 할머니가 걱정 말라고, 가서 혼구녕을 내어 귀신을 쫓아내겠다고 말하며 커다란 밥주걱으로 술독을 후려치는 시늉을 한 뒤에 술을 휘휘 저어주던 모습이 기억나요. 할머니가 밤에도 술귀신을 쫓아낸다며 주걱을 들고 술독 보러 가던 것도 생각나고요. 그런데 잠자리에 들어도 보글보글 술 끓는 소리가 내내 들리는 거예요. 결국 제가 직접 술귀신을 쫓아내려다가 술독에 빠지는 이야기예요. 술독에서 허우적거리다가 술을 너무 많이 마시는 바람에 정신을 잃고 다른 세계로 넘어가는 거죠. 그곳에서 수많은 술귀신을 만나며 사건이 일어나고, 사건을 모두 해결한 뒤에 집으로 돌아가기 위해 강을 건너요. 그러다가 다시 정신을 잃고…… 깨어보니 현실로 돌아와 있는 판타지 동화를 써보려고요."

"네……"라고 대답하며 여경은 자신이 동화작가라고 말해야 할지 고민했다. 여경은 서른 살 무렵에 아동문학 공모전에서 장편동화 부문으로 입상해 꾸준히 작품을 발표하고 책을 내기는 했지만, 이름만 대면 누구나 알 만큼 유명한 작가는 아니었다. 책이 나올 때마다 일간지에 신간 소개와 함께 얼굴 사진이 실리기도 했으나, 누군가 먼저 여경을 알아보고 인사해온 적은 없었다. 고료와 인세는 정기적인 수입이 아니기에 글 쓰는 일을 본업으로 여기지도 않았다. 아동문학 강연과 글쓰기 강의를 통해 벌어들이는 수입이 대부분이다 보니 여경은 타인에게 자신을 소개할 때면 주로 학원 강사라고 말했다. 누가 무엇을 가르치냐고 물으면 국어와 논술이라고 대답하고 말았다. 그러면 다들 직업에 대해 더 이상 묻지 않았다. 하지만 동화작가를 꿈꾼다는 사람을 앞에 두고 가만히 있자니 공연히 직업이나 신분을 속이는 듯해 여경은 난감했다. 여경이 탁주만 들이켜자 민서가 먼저 말했다.

"저, 선생님이 작가이신 거 알아요."

여경이 다시 한번 커진 눈으로 민서를 바라보았다.

"원래 알았던 건 아니고요, 선생님 메신저 프로필사진을 보고 알았어요. 배경 사진 중에 선생님 책이 있던데요."

민서의 말에 여경은 뭐라 할 말이 없어 "네, 맞아요"라고만 대꾸했다.

"아직 선생님 책을 읽어보진 못했어요. 주로 장편동화만 내셨더라고요. 저는 삽화도 직접 그리고 싶어서 요즘은 그림 연습을 더 많이 하거든요. 그래도 조만간 꼭 읽어볼게요!"

"그럼 원래 전공이 미술 쪽이세요?"

"아뇨. 저는 연극을 공부했어요."

그 말에 여경은 다시 놀랐는데, 여경보다 먼저 다른 학생이 "그럼 연출 공부하셨어요?"라고 물어 또 놀라고 말았다. 여경은 민서의 외모 어디에도 배우다운 인상이 없어 놀랐고, 그렇다면 연출 쪽으로 공부한 게 아닐까 싶었는데 그 생각을 다른 사람도 똑같이 하고 있어 놀랐고, 그가 무례할 법한 물음을 던져서 놀랐다. 민서는 아무렇지도 않은 얼굴로 "아뇨, 저는 연기 전공이었어요"라고 대답했다. 그러자 그 자리에 있던 모두가 얼어붙은 얼굴로 민서를 바라보았다. 오로지 민서만 시선의 의미를 눈치채지 못하는 듯 보였다. 여경은 분위기를 바꿔보려 먼저 입을 열었다.

"연극이라면……."

여경은 이따금씩 대학로에 나가 연극을 보기는 하지만 전문적으로 공부한 적은 없었다. 대학생 때 '희곡의 이해' 수업을 들어봤으나 창작이 아닌 이론이었기에 실질적인 연

오지 않은 미래

극판은 전혀 알지 못했다. 그래도 연극 이야기를 하고자 머리를 굴려보니 무라카미 하루키밖에 떠오르지 않았다. 와세다대학교에서 연극을 전공한 그가 작가가 되었듯이, 민서 선생님도 분명히 작가가 될 수 있을 거라고 말해주고 싶었다. 그러나 민서가 화장실에 다녀온다며 자리에서 일어나는 바람에 여경은 그 이야기를 꺼내지 못했다.

민서가 자리에 돌아온 뒤로는 다들 앞으로의 여정에 대해서만 대화했다. 다니던 직장을 그만두고 전통주 보틀숍이나 주점을 차리려고 계획한 사람도 있고, 우리 술 해설사와 조주기능사 자격 과정을 공부해 취직하려는 사람, 양조사 자격을 취득해 자기만의 술을 개발하고 양조장까지 운영하기 원하는 사람도 있었다. 민서는 여경에게 말한 대로 동화책 작가가 되어 가양주家釀酒 이야기를 쓸 거라고 다시 말했다. 그리고 여경은 부다페스트에 갈 거라고 대답했다. 모두들 눈을 동그랗게 뜨고 "부다페스트요?" "왜요?"라고 물었다. 여경은 자기도 모르게 민서를 바라보며 "부다페스트에 집필실이 생겨서 한두 달 정도 머물며 책을 쓰고 오려고요"라고 설명했다. 그러자 다들 "우와, 멋있다. 작가님 정말 좋으시겠어요"라고 말했다. 작가라서 멋있다는 의미인지 아니면 부다페스트에 가는 게 멋있다는 의미인지 여

경은 헛갈렸으나 정확히 따져 묻지는 않았다. 그때 민서가
"제 남자친구도 지금 부다페스트에 있어요!"라고 외쳤다.
여경은 "그래요? 되게 신기하네요"라고 대답하면서도 이
런 우연을 대수롭게 여기지는 않았다.

  카페의 통유리창 너머로 한강이 내려다보였다. 여경은
번번이 고개를 돌려 강물을 내다보며 커피를 마시고 민서
와 대화를 나누었다. 그러다 대화가 마무리되어갈 즈음 여
경은 자신이 쓴 책을 꺼냈다. 두 사람에게 주고 싶어 가지
고 왔다고 말하자 진수는 눈에 띄게 기뻐한 반면 민서는 손
사래 치며 "이걸 저희가 어떻게 받아요. 직접 사서 봐야죠"
라고 말했다. 여경은 아니라고, 선물로 주고 싶은 마음을 헤
아려달라며 표지를 넘겨 면지에 두 사람의 이름을 나란히
적은 뒤 서명해주었다. 진수가 책을 받아 가볍게 살펴보는
동안에도 민서는 내내 "이렇게 받아도 되나⋯⋯" 중얼거렸
다. 여경이 그만 일어나자고 말하자 진수가 혹시 다른 선약
이 있느냐고 물었다. 아무 일정도 없다고 대답하니 그럼 자
기들과 함께 이 근처 독립서점에 가보자고 말했다. 진수는
여경도 그 서점을 분명히 좋아할 거라고, 한국에 오면 꼭
함께 가보고 싶었다고 덧붙였다. 여경은 아무 일정이 없어

서라기보다는 그들과 헤어지고 싶지 않아서 그들을 따라나
섰다.

　10분 정도 한남동 언덕을 걸어 진수가 말한 서점으로
갔으나 하필 서점이 쉬는 날이었다. 진수는 왜 월요일에 서
점이 쉬는지 모르겠다고 투덜대며 "이제 어떻게 하지?" 민
서에게 물었다. 카페에서 머핀과 베이글까지 곁들여 먹고
난 터라 배가 고프지는 않았고, 오전부터 술을 마실 수도
없었다. 민서가 "글쎄, 영화라도 보러 갈까?" 묻자 진수는
어쩐지 시큰둥했다. 여경은 그만 집으로 가는 게 좋겠다고
말했다. 다만 버스를 타기에는 위치가 애매해 다 함께 한강
진역까지 걷기로 했다.

　골목길과 언덕길을 돌아 한강진역 가까이 다다를 무렵,
또 다른 서점을 발견한 여경이 걸음을 멈췄다. "여기도 서
점이 있었네요?" 여경이 묻자 진수가 "그러네요, 여기 한
번 가볼까요?" 되물었다. 민서가 이번에도 아이처럼 해맑
게 "좋아!"라고 외쳐 세 사람은 그대로 서점 안으로 들어갔
다. 여러 층으로 나누어진 서점은 생각보다 규모가 컸다. 그
러나 어떤 기준으로 서가와 도서를 분류했는지 헤아리기
어려웠다. 신간과 구간으로 혹은 주제별, 장르별로 나뉘어
있지 않고 책들이 제멋대로 진열되어 있어 여경은 어디서

어떤 책을 골라야 할지 몰랐다. 그나마 사회과학 책들이 눈에 띄어 그 앞에 서서 책을 읽고 있는데 진수가 다가와 "이 책 읽어보셨어요?" 하며 건축에 관한 책을 내밀었다. 여경이 "아뇨"라고 대답하자 진수는 언젠가 자신이 살 집을 직접 만들어보고 싶은 소망이 있다며 틈나는 대로 건축학 책을 찾아보고 있다고 말했다. 진수의 관심사는 실로 광범위해서 건축과 음악, 사회과학, 희곡, 영화, 시, 의학, 고전, 음식 등 여러 가지 주제의 책을 펼쳐보며 어떤 부분에 흥미를 느끼는지 쉴 새 없이 이야기했다.

여경이 진수와 이야기 나누며 책을 훑어보는 동안 민서는 그들과 멀리 떨어진 서가에서 서성이고 있었다. 여경이 민서를 찾았을 때 민서는 그곳에서 아무 책도 보고 있지 않았다. 왠지 안절부절못하는 모습이라 여경이 괜찮냐고 묻자 민서는 "사실은, 화장실을 못 찾겠어요"라고 대답했다. 여경이 서점 안쪽 카페에 화장실이 있는 것 같다고 말하며 민서와 함께 그곳으로 걸어갔다. 그러나 카페 직원이 카페 이용 고객만 화장실을 사용할 수 있다고 말했다. 민서의 표정이 급격히 어두워졌다. 아무래도 다급한가 싶어 다 같이 서점 밖으로 나가 건물 복도에 있는 화장실로 가자고 말하자 민서는 아니라고, 자기 혼자 나갔다 올 테니 두 분은 계속 책을 보고 있으라고 말했다. 여경은 민서 혼자 서점에서 나가는 게 오히려 마음 불편할 듯해 더 이상 볼 책도 없다고 말하며 그녀를 따라나섰다. 영문을 모르는 진수도 그저 두 사람을 따라 밖으로 나왔다.

여경과 진수는 건물 복도에 마련된 의자에 앉아 화장실에 간 민서를 기다렸다. 여경은 서점에 오래 서 있다 보니 다소 어지럽고 허기가 졌다. 진수에게 혹시 케이크를 좋아하느냐고 묻자 그는 빵 종류를 모두 좋아한다고 대답했다. 이내 민서가 화장실에서 나와 두 사람에게 다가오며 "이제 어디로 갈까요?"라고 물었다. 여경이 이 근처 케이크 가게에 가보지 않겠느냐고 하자 민서가 좋아했다. 그러나 진수는 갑자기 배가 고프다며 차라리 밥을 먹는 게 어떠냐고 물었다. 여경도 그의 말을 듣고 보니 케이크보다 밥이 더 나을 것 같아, 그럼 밥을 먹은 뒤에 후식으로 케이크를 먹을지 생각해보자고 말했다. 세 사람은 이태원 시장 쪽으로 걸어갔다. 줄줄이 늘어선 가로수 아래를 걸으며 여경은 어째서 이들과 함께 이 길을 계속 걷고 싶은 마음이 이는지 오래 생각했다.

여경이 부다페스트에서 진수를 만난 이유는 팬데믹 때

문이었다. 민서가 자신의 남자친구를 부다페스트에서 꼭 한번 만나보라고 권했으나 여경은 딱히 내키지 않았다. 한 달 전 전통주 빚기 취미반에서 만나 종강 날 뒤풀이 때 대화해본 게 전부인 사람의 남자친구를 굳이 타지에서 만나야 할 이유가 없었다. 관광이나 여행 목적으로 떠나는 것도 아니고, 엄연히 책 쓰러 가다 보니 불필요한 인연과 만남이라면 자제하고 싶었다. 설사 휴가로 떠난다고 하더라도 굳이 민서의 남자친구를 만나볼 필요는 없었다. 무얼 하는지도 모르는 사람과 여행지에서 괜히 만나 어색한 시간을 함께 보내고 싶지 않아서였다. 그렇다 보니 어설픈 약속을 해두기가 찜찜해 "제가 일하러 가는 거라서 시간 내기가 쉽지 않을 것 같아요"라고 말하며 완곡한 거절 의사를 전했다. 그럼에도 민서는 굴하지 않고 "거기서 숙소를 구하거나 차량이 필요할 때 우리 진수가 도와줄 수도 있으니 일단 연락처라도 저장해두세요!"라며 문자로 그의 연락처를 전송해주었다. 그러고는 "남자친구한테도 선생님 이야기 해둘게요!"라고 덧붙였다.

부다페스트의 집필실은 엘떼대학교에서 한국 문화를 가르치는 선배가 마련해주었다. 선배가 안식년을 맞아 한국으로 돌아와 지내는 동안 그곳 숙소를 비워두게 되어 여경이 두 달간 빌려 쓰기로 했다. 원래는 선배가 한국으로 오기 전에 여경이 먼저 부다페스트로 가서 사흘 정도 함께 지내며 정보를 공유할 예정이었다. 선배가 직접 공항으로 마중을 나오기로 했으니 차량이 필요하지도 않았다. 한데 동아시아에서 급속도로 확산되기 시작한 코로나바이러스로 선배는 서둘러 한국으로 들어와버렸다. 헝가리에는 확진자가 거의 없어 별다른 정책이 시행되지 않았으나, 한국에서는 하루가 다르게 상황이 급변하니 조만간 해외 입국자를 수용하지 않을 수도 있다며 일정을 앞당겨 비행기 표를 일찍 샀다. 여경은 예매해둔 비행기 표를 버리고 새로 사기에는 예산이 충분하지 않아 원래 정해둔 일정대로 출국하기로 했다. 선배하고는 결국 한국에서 먼저 만나 헝가리 집 열쇠를 받고 은행, 약국, 식료품점의 위치와 이용 시간 그리고 집 안에 들여놓은 화초에 물을 주는 주기 등을 숙지했다.

여경은 다급하게 헝가리 여행 안내서를 구매해 현지 통화와 역사, 문화, 언어를 살펴보고 교통 정보도 확인해 공항에서 선배의 집까지 가는 차량을 알아보았다. 그러다 문득 민서 생각이 났다. 민서에게 연락해 남자친구분에게 공항 픽업을 나와줄 수 있는지 물어보았다. 민서는 확인도 해보기 전에 당연히 가능하다며 여경의 비행기 편명과 도착 시간, 집 주소를 달라고 했다. 그러고는 잠시 뒤 남자친구가 그 시간에 공항에 나갈 수 있다고 했으니 출발할 때 직접 연락해보라고 전했다. 여경은 아직 한 번도 만나본 적 없는 사람에게 연락하기가 아무래도 어색했다. 부다페스트 공항에 도착해 한국 남자를 찾는 일이 어렵지는 않을 테니 직접 만나 인사를 하면 되겠지 싶었다.

여경이 부다페스트 공항에 도착했을 때, 한국인 남자는 커녕 사람 자체를 찾아볼 수 없었다. 그곳은 공항이라기보다는 시골 버스터미널에 가까운 규모로 한눈에 전체를 볼 수 있을 만큼 작은 공간이었다. 휴대폰 대리점 하나, 간이매점 하나, 안내 데스크 하나가 전부였다. 여경은 우선 ATM에서 현금을 찾고 매점으로 가서 생수를 샀다. 그리고 대기석에 앉아 공항 와이파이에 연결해 메시지를 확인해보았다. 진수와 민서 모두에게서 아무 연락이 없었다. 짐 가방을 끌며 공항 밖으로 나가 주변을 둘러보아도 마찬가지였다. 여경은 어쩔 수 없이 민서에게 문자를 보냈다. 부다페스트에 잘 도착했다고, 진수 씨는 아직 만나지 못했다고 하자 민서는 바로 그에게 전화해보겠다고 답장했다. 그리고 얼마 뒤 민서는 그가 곧 도착할 거라고 연이어 문자를 보내왔다. 퇴근 시간이라 길이 막혀 조금 늦을 것 같으니 이해해달라고도 했다. 여경은 다시 공항 안으로 들어가 앉아서 기다릴까 하다가 말고 그대로 서 있었다. 장시간 비행에 좌골이 결리기도 했고, 행여나 진수 씨와 엇갈릴까 싶기도 했다. 이내 도요타 승용차가 여경 앞에 와서 섰다. 긴 생머리에 빼빼 마른 사람이 선글라스를 쓰고 차에서 내리자 여경은 당연히 진수가 아닐 거라고 여겼다. 그가 선글라스를 벗으며 "안녕하세요, 늦어서 죄송해요"라고 말했다. 허리까지 내려오는 긴 머리카락을 휘날리며 다니는 남자를 티브이 화면에서가 아니라 실제로 마주하는 게 처음이라 여경은 조금 놀랐지만 티 내지 않으려 노력했다. 여경은 단지 허리를 깊이 숙여 인사하며 "안녕하세요. 진여경입니다. 와주셔서 감사합니다"라고 말했다.

"늦어서 정말 죄송해요. 제가 이 시간에 밖에 나와본 적이 없어서 이렇게 막힐지 몰랐어요."

"아니에요. 와주신 것만도 감사한 일이죠."

"짐은 이것뿐인가요? 이리 주세요."

진수는 여경의 짐 가방을 빼앗듯이 받아 들고 등에 메고 있던 백팩도 잡아당겼다. 여경은 차 트렁크에 짐을 넣는 진수를 도왔다. 진수는 여경에게 차에 먼저 타 있으라고 말한 뒤 트렁크 쪽에 서서 전화를 걸었다. 민서에게 전화하겠지 생각하며 여경은 조수석 차 문을 닫았다. 이내 진수가 통화를 마치고 운전석에 앉아 안전벨트를 맸다. 그는 운전대를 잡고 액셀을 밟으며 "헝가리는 처음이세요?"라고 물었다. 여경은 그렇다고 대답하며 처음 와본 도시의 풍경을 살살이 훑었다. 진수는 "여기는 뭐, 보이는 그대로, 가난한 나라예요. 아직도 공산주의사회 분위기가 남아 있는 것도 같고요"라고 말했다. 여경은 유럽 방문 자체가 처음이라 부다페스트의 모든 풍경이 낯설고도 아름다워 보였다. 차창 밖으로 시선을 고정한 채 움직이지 않는 여경을 보며 진수는 "제가 조금만 일찍 왔더라면 해가 지는 모습을 보여드릴 수 있었을 텐데, 그게 너무 미안하네요"라고 말했다. 그러자 여경이 고개를 돌려 진수를 바라보았다. 그는 "해 지는 시간에 하늘이 제일 예쁘거든요, 이곳은"이라고 덧붙였다. 해 질 무렵 하늘이야 어느 곳이든 아름답지 않은가 싶어 여경은 진수의 말에 갸우뚱했다. 여경이 "부다페스트에서 제일 좋은 곳은 어디예요?"라고 묻자 진수는 한참 동안 아무 대답도 하지 않았다. 여경은 조바심 나는 목소리로 "좋은 곳이 없나요?" 다시 물었다. 그제야 진수는 "글쎄요, 저는 그냥 다뉴브강 변을 따라 걷기를 제일 좋아해요"라고 대답했다. 여경은 '그것은 장소가 아니라 순간이잖아요'라고 생각했으나 더 이상 말하지 않았다.

이태원 시장 근처 백반집에서 된장찌개와 모둠전을 주문하자 진수가 화장실에 다녀오겠다고 했다. 그 말에 민서도 화장실에 간다며 둘이 나란히 식당 밖으로 나갔다. 두 사람은 정말로 화장실에 갔을까? 10분이 지나도록 돌아오지 않는 진수와 민서를 기다리며 여경은 뜻 모를 불편의 정체를 파악할 수 없어 답답했다. 지금 왜 마음이 불편한지 알 수만 있다면 어떻게든 대처할 텐데, 정확하게 어디서 불안과 불편이 피어오르는지 아무리 돌아봐도 짚이는 게 없었다. 된장찌개와 쌀밥이 먼저 나왔으나 여경은 수저도 들지 못하고 마냥 두 사람을 기다렸다. 얼마 뒤 그들이 식당으로 들어왔고, 찌개와 밥을 본 민서는 "어머, 벌써 나왔네요? 먼저 좀 드시고 계시지"라고 말했다. 민서의 말을 듣자 여경의 불편한 마음이 터져 나오려 했다. 어째서 둘이 나가서 이토록 오래 있다가 돌아오는지, 셋이 식당에 와놓고 왜 혼자 먼저 먹고 있지 않았느냐고 묻는지 알 수 없는 까닭이었다. 여경은 그들의 저의가 무성의하고도 부정하다고 생각했다. 그러나 여경은 이런 일에 깊이 생각하거나 일일이

반응하지 말자고 스스로를 다독이고 감정을 누르며 수저를 손에 쥐었다. 마주 앉은 진수가 "잘 먹겠습니다"라고 말해서 민서와 여경도 똑같이 말한 뒤 밥을 먹기 시작했다. 이내 모둠전이 나오자 진수는 여분의 접시에 적당량을 덜어 여경의 자리 앞으로 내주었다. 여경은 민수가 베푸는 친절이 격식인지 배려인지 종잡을 수 없었다. 자신이 느끼는 감정이 고마움인지 소외감인지 또한 헤아릴 수 없었다.

밥을 먹은 뒤 진수와 민서는 다시 카페에 가자고 말했다. 여경은 오랜만에 한식을 먹다 보니 양 조절에 실패하는 바람에 더 이상 아무것도 먹지 못할 것 같았다. 그래도 민서는 가볍게 커피만 한잔 마시고 가자며 여경을 이끌었다. 민서와 진수가 좋아하는 카페에 여경을 꼭 데려가고 싶고, 이야기도 좀 더 나누고 싶어 이대로 보낼 수 없다고 우겼다. 여경 또한 왠지 모르게 홀로 돌아가고 싶지 않았다. 여경이 알았다고 대답하자 민서는 크게 기뻐하며 마치 날아오르기라도 할 듯이 팔다리를 휘저으며 앞서 걸었다. 여경과 진수는 나란히 걸으며 그런 민서를 그저 바라보았다. 그때 진수가 여경에게 손을 뻗어 백팩을 끌어당겼다. 여경은 진수의 손길에 흠칫 놀라기는 했으나 자기도 모르게 가방을 내려 그에게 내주었다. 진수는 부다페스트에서도 이런 식으로 여경의 가방을 들어주곤 했다. 그때는 그저 고맙고 따뜻하게 느껴진 그의 친절이 이제는 왜 이렇게 불안하고 불편하게 다가오는지 알 수 없었다.

부다페스트에 도착한 날, 진수는 여경을 집으로 바래다 주고 짐 가방까지 방으로 옮겨주었다. 이렇게 챙겨줬으니 차라도 한잔 대접해야 하지 않을까 싶었지만 여경에게도 낯선 공간이라서 뭐가 어디에 있는지 몰라 허둥댔다. 진수는 자연스레 부엌 식탁 의자에 앉더니 주머니에서 수첩을 꺼내어 근처에 갈 만한 식료품점과 약국, 은행, 휴대폰 대리점, 지하철역, 버스와 트램 정거장 위치를 적어주었다. 짐은 나중에 풀고 지금 밖으로 나가서 식료품점과 지하철역까지 같이 가보자고 했다. 여경은 진수의 호의가 고맙긴 했으나 계속 함께 시간을 보내기가 어색하고 불편해 내일 날이 밝으면 혼자서 가보겠다고 말했다. 진수는 그럼 생활 중에 필요하거나 궁금한 점이 생기면 언제든 연락해달라며 자리에서 일어났다. 여경은 이곳에서 오래 산 선배에게 물어도 되기에 진수의 말을 흘려들었다.

일주일 뒤, 전 세계적으로 팬데믹이 선포된 다음 날 형가리 정부는 국경을 닫아버렸다. 새벽에 선배의 문자를 받고 한국에 보도된 기사를 찾다가 진수의 문자를 받았다. '지난주에 정말 잘 들어오셨네요. 며칠 늦게 오셨더라면 입국도 못 하실 뻔했어요'라며 영어로 된 온라인 기사를 보내주었다. 여경은 '그러게요. 도와주신 덕분에 무사히 잘 왔네요'라고 답했다. 진수는 필요할 때 언제든 연락 달라고 다시 말하며 기회 될 때 식사라도 하자고 덧붙였다. 여경은 알았다고, 고맙다고, 또 연락드리겠다고 한 뒤 대화를 마무리 지었다. 그 뒤로 그에게도 민서에게도 더 이상 연락하지 않았다. 그들도 마찬가지였다. 서로 내밀한 감정을 공유하는 사이도 아니고 업무나 과제를 함께 해야 하는 공적인 사이도 아니다 보니, 안부를 묻고 대화를 나누거나 특정한 목적으로 연락을 취해야 할 까닭이 없었다. 여경은 지난해 말까지 출간하기로 계약한 장편동화를 아직 다 쓰지 못했기에 오로지 탈고하겠다는 일념으로 헝가리에 왔다는 사실을 가슴 깊이 새겼다. 여경은 그저 글을 쓰고, 잠을 자고, 밥을 먹었다. 그것만 할 수 있으면 된다고, 자기 삶에 더 이상 필요한 것은 없다고 내내 되뇌었다.

　　진수와 민서와 여경은 이태원에서 해방촌으로 걸어갔다. 녹사평 사거리를 지나 골목으로 들어서니 한국스럽지도 이국스럽지도 않은 풍경이 드러났다. 민서는 시종 앞서 걷다가 갑자기 뒤를 돌아보며 여경에게 말을 걸었다.

"여기는 진수가 가장 좋아하는 카페예요. 진수가 여경 선생님도 진짜 좋아할 거라고, 꼭 같이 오고 싶다고 했어요."

여경이 진수를 바라보자 그는 민서를 보며 웃었다. 진수의 어깨에 들린 여경의 가방을 본 민서는 "아, 선생님 가방 진작 좀 들어드릴걸. 책이 많아서 무겁죠?"라고 말하고 진수에게 "내가 들까?"라고도 물었다. 진수가 아니라고 대답한 뒤 가방끈을 좀 더 단단히 붙들었다. 그러고는 "여기 예요"라고 말하며 한 가정집을 가리켰다. 민서는 "아, 벌써 다 왔네!"라며 앞장서서 열린 대문 사이로 들어갔다. 2층 주택을 개조해 카페 공간으로 만든 모양인데 간판이 없어 아는 사람만 찾아올 성싶었다. 여경이 진수에게 어떻게 이런 곳을 다 아느냐고 묻자 그는 그저 친구가 알려줬다고만 대답했다. 정원을 지나 건물로 들어서니 시큼한 술 냄새가 났다. 자세히 둘러보니 양조장과 카페를 겸해 탁주를 빚어 잔술로 팔고 있었다. 여경과 진수는 수제 탁주를 한 잔씩 주문하고, 술을 잘 못하는 민서는 모주를 주문했다. 안뜰에 위치한 자리에서 잔을 맞부딪치며 가볍게 건배했다. 탁주

를 한 모금 들이켠 여경은 이곳이 부다페스트가 아닌 서울
이라는 사실이 기이해서 어깨를 살짝 떨었다.


　부다페스트에서 서울로 돌아오는 여정은 쉽지 않았다.
예약해둔 항공편은 줄줄이 운항이 취소됐고, 언제 재개될
지 알 수 없는 상황이었다. 여경은 작품을 탈고한 뒤 약속
한 기한보다 더 오래 그 집에 머물렀다. 선배 역시 당분간
부다페스트로 돌아올 계획이 없다 보니 여경에게 원하는
만큼 머물러도 된다고는 했으나, 여경은 하루빨리 한국으
로 돌아가고 싶었다.
　헝가리 정부가 국경을 차단한 뒤부터 강력한 사회적 거
리두기가 시행되었다. 시내의 카페와 레스토랑 안에서 취
식이 불가해 음식만 포장해 팔거나 아예 문을 열지 않았고,
얼마 뒤에는 지하철조차 운행하지 않았다. 선배가 보내준
기사에 따르면 식료품점과 약국에 가는 것 외에 사적인 외
출은 모두 규제 대상이었다. 산책은 공원과 강변에서만 가
능하며, 그마저도 여권과 신분증을 지참한 채 다녀야 했다.
여경은 집필을 마치기만 하면 기차를 타고 오스트리아, 루
마니아, 류블랴나 등 헝가리 주변국을 여행하려고 계획했
으나 국경 이동은커녕 헝가리 내에서의 이동마저 여의치

않았다. 더구나 책을 쓰려고 한국을 떠나왔기에 여가에 읽을 만한 책이나 오락거리를 챙겨 오지 않았다. 종일 방구석에 틀어박혀 랩톱으로 한국 드라마와 예능 프로그램을 보다가 식료품점에 가서 빵과 치즈, 와인을 사 와 끼니를 때우는 것 말고는 아무것도 할 수 없어서 나날이 마음이 가라앉고 무기력해졌다.

그러다 불현듯 탁주 생각이 났다. 고두밥과 누룩으로 빚은 것만큼 달고 구수한 맛을 내기는 어렵지만, 식료품점에서 파는 쌀가루와 이스트로도 탁주를 만들 수는 있었다. 여경은 곧장 마트로 가서 재료를 사 왔다. 쌀가루부터 곱게 체 친 뒤 끓는 물을 부어 범벅을 만들고 식혜 이스트와 함께 버무렸다. 그리고 소주 대신 보드카로 소독한 밀폐용기에 밑술을 담가 라디에이터 위에 올리고 담요로 덮어두었다. 밤낮으로 정성을 다해 밑술을 주물러주니 당화와 발효가 됐다. 사흘 뒤에는 쌀가루를 더 사 와서 다시 만든 범벅으로 덧술을 더하고, 새로운 용기에 밑술도 더 담갔다.

여경은 매일 그런 식으로 탁주를 담그며 지루한 시간을 견뎠다. 라디에이터에 올려둔 밀폐용기에서 술이 발효되며 기포가 올라올 때면 그 옆에 가만히 앉아 있었다. 술 빚는 이들은 이 현상을 '술이 끓는다'라고 표현했다. 위로 뜬 기포가 터지며 나는 소리가 마치 물이 보글보글 끓어오르는 것처럼 들린다면서 말이다. 여경은 그 소리를 가까이에서 들으며 타오르는 불꽃을 상상했다. 용기 속에 진짜 술귀신이 있다 해도 좋았다. 끊임없이 숨을 쉬는 존재, 불길을 토해내는 존재, 그와 동시에 내면으로 침잠하는 존재. 그렇게, 분명히 살아 있는 존재가 곁에 있다는 상상만으로 여경은 마음을 놓을 수 있었다.

한 달 뒤 항공사에서 운항을 재개한다는 이메일을 받고 여경은 곧바로 한국행 비행기를 알아보았다. 여전히 직항 노선은 없었지만 암스테르담을 경유해 한국으로 가는 비행기가 있었다. 눈에 보이는 표를 예약부터 하고 보니 바로 사흘 뒤 출발하는 비행기였다. 여경은 우선 그동안 담가둔 술을 거르기 시작했다. 빵, 치즈와 함께 매 끼니마다 곁들여 마시던 와인병을 소독해 탁주를 나누어 담고 코르크 마개를 씌워 냉장고에 넣었다. 그리고 베란다에 둔 가방을 꺼내어 짐을 쌌다. 여경은 석 달 동안 입은 잠옷과 운동복 그리고 수건을 버리고 꼭 필요한 옷가지만 챙겼다. 하반기에는 선배가 부다페스트로 돌아올 테니 고추장과 된장, 파스타 등의 식자재는 두고 가기로 했다. 그러나 탁주만은 두고 갈 수 없었다. 선배가 돌아오기 전에 병이 터질 수도 있고,

그렇지 않더라도 내용물이 산패해 어차피 버리게 될 것이었다. 부족한 재료로 타지에서 힘겹게 만든 탁주였다. 우울한 나날을 버티게 해준 유일한 존재이기도 해서 그대로 두고 가기는 싫었다.

여경은 진수에게 문자를 보냈다. 어차피 떠나기 전에 그를 한 번은 봐야 했다. 사흘 뒤 한국으로 돌아간다는 말을 하고 탁주도 전해줄 겸 직접 만나는 게 좋을 듯했다. 오늘이나 내일 중에 한번 만나 뵐 수 있느냐고 묻자 진수는 여경에게 가고 싶은 장소가 있는지 물었다. 여경은 외출 제한 때문에 딱히 가본 곳이 없어 어디로 가야 할지 모르겠다고 대답했다. 그러자 진수는 일단 여경의 집 앞으로 가겠다고 했다.

봄 햇살이 내리쬐는 오후에 진수와 여경은 만났다. 그사이 거리두기가 어느 정도 완화되어 식당과 카페들이 야외석에 한해서 손님을 받았다. 식당마다 탁자와 의자를 밖으로 내놓고 오랜만에 장사를 하느라 거리 곳곳에 전에 없던 활기가 돌았다. 진수는 이 근처에도 꽤 괜찮은 카페가 있으니 같이 걸어가자고 말하며 여경의 손에 들린 봉투를 바라보았다. 그는 "이거 제가 들게요"라며 자연스레 봉투를 가져가더니 "근데 이게 뭐예요?"라고 물었다. 여경은 직접 만든 탁주인데 맛이라도 봤으면 해서 가지고 나왔다고 대답했다. 그 말에 진수는 곧바로 봉투 안에 든 술병을 하나 꺼내 들었다. 그러고는 "생의 이면……"이라고 웅얼거렸다. 그것은 여경이 와인병의 라벨을 가리려고 종이를 덧붙여 써놓은 이름이었다. 여경이 말했다.

"제가 좋아하는 책 제목이에요. 탁주 윗부분에 있는 맑은 술의 이면에는 무겁게 가라앉은 침전물이 있다는 것을 표현하려고 붙인 이름이고요."

"저도 그 책 알아요. 이승우 작가님 소설이죠?"

"네. 그 소설 읽어보셨어요?"

"아니요. 이승우 작가님 소설을 읽지는 않았고 이동진 기자님 책에서 봤어요. 그분 팟캐스트에서도 자주 들었고요."

"아, 이동진 기자님이 이승우 소설가의 열렬한 팬으로 유명하죠."

"직접 만든 술에 소설 제목이 붙어 있으니 굉장히 특별하네요."

"그래요? 사실은 소설 제목 중에 술 이름으로 잘 어울리겠다 싶은 것들이 많거든요. 앞으로도 계속 술을 만들어서 소설 제목을 하나씩 붙이고 싶어요."

오지 않은 미래

"어떤 제목들이 있는데요?"

"음, 지금 딱 떠오르는 제목은《노인과 바다》《호밀밭의 파수꾼》《밤은 부드러워》《깊은 강》《고요한 밤의 눈》《7년의 밤》《사랑의 생애》. 뭐, 막상 생각해보니 되게 많네요."

"다 맛보고 싶네요, 그런 이름의 술이라면요."

술과 소설을 주제로 이야기 나누는 사이 여경은 낯선 이에게 느끼던 어색함과 불편함을 어느 정도 잊을 수 있었다. 두 사람은 공원을 가로질러 성 이슈트반 성당 앞 광장으로 걸어갔다. 그곳에서 진수는 익숙한 태도로 카페를 찾아 들어갔다. 커피만 주문한 뒤 바로 바깥에 놓인 자리에 앉았다. 진수는 들고 온 봉투에서 술병을 다시 꺼내어 여경이 붙여놓은 라벨을 매만졌다. 그러더니 "사실 저는……"이라고 운을 뗐다. 이내 주문한 커피가 나와 각자 한 모금씩 마신 뒤에 진수가 말을 이어갔다.

"사실 저는, 책을 정말 좋아해요. 그래서 작가님하고 꼭 이야기해보고 싶었어요."

여경은 타지에서 만난 사람과 책 이야기를 나눌 수 있는 게 반가워 눈을 크게 뜨고 진수에게 물었다.

"원래 전공이 문학이세요?"

"아니요. 연극이에요."

"아, 그럼 민서 씨하고는 학부 때부터 만나셨어요?"

"아니요. 학교는 달랐고, 졸업한 다음에 극단에 들어갔다가 만났어요."

"지금은 두 분 다 배우 일은 안 하세요?"

"저는 일단, 연극보다는 드라마나 영화에 관심이 많아서 기획사 오디션도 보러 다니고 그랬는데요, 다들 저에게 성형을 권하는 게 싫었어요. 그리고 배우로 계속 일하다 보니 창작이나 연출에 더 흥미가 생겨서 그만둔 것도 있고요. 새로운 일을 알아보기 전에 유럽 여행은 한번 해보고 싶어서 혼자 떠나왔어요. 부다페스트는 잠시 지나쳐 갈 생각으로 들어왔다가 눌러앉게 됐고요."

여경은 부다페스트의 무엇이 당신을 붙잡았냐고 물어보려다가, 다소 추상적인 질문인가 싶어 입을 닫고 커피잔만 빙그르르 돌렸다. 그리고 연극에 대해 어떤 이야기를 할 수 있을지 곰곰이 생각해보았다. 여경이 할 수 있는 말이라고는 헝가리에 오기 전 민서에게 미처 하지 못한, 무라카미 하루키 얘기뿐이었다.

"무라카미 하루키도 전공은 연극이었잖아요."

여경이 그 말을 하자 진수는 여경을 빤히 쳐다보며 "신기하네요. 제가 이번에 여행을 떠나면서 가져온 책이《상실의 시대》거든요."

"아, 저야 뭐, 연극 하면 떠오르는 사람이 하루키밖에 없어서요. 하루키의 산문을 보면 대학생 때 강의실을 나와 극장에서 영화를 보면서도 자기는 전공이 연극이니까 이 또한 공부라고 생각하면 마음 편했다고 쓰여 있더라고요. 그렇다면 그 사람은 자기 삶과 영화 속 세계를 어떻게 구분 지으며 살까, 그런 궁금증이 생겨요."

"저는 하루키의 소설을 20대에 다 읽었는데, 짐을 싸면서 아무 생각 없이 집어 온 책이《상실의 시대》예요. 여기 와서 그 책을 다시 읽어보면서 내가 왜 이걸 가져왔을까, 이 책이 나에게 어떤 의미일까 돌아보게 돼요."

그 순간 여경은 이 자리에서 그만 벗어나고 싶은 마음이 들었다. 하루키, 상실의 시대, 민서, 진수, 와타나베, 미도리, 여행, 비행기…… 이런 것들이 뒤엉켜 떠오르며 불온한 불꽃이 피어오르는 환영을 보았다.


탁주를 다 마신 진수가 화장실에 다녀오겠다며 자리에서 일어났다. 그가 건물 안쪽으로 들어가자 민서가 여경에게 진수 이야기를 꺼냈다.

"진수가 여경 선생님에 대해서 얼마나 많이 말하는지 몰라요. 정말로 온종일 선생님 이야기만 해요. 어떤 때는 애가 저에 대해서도 이렇게 많이 이야기한 적이 있나 싶어 서러울 정도로요."

여경은 민서가 하는 말의 속뜻을 헤아리려 노력했다. 민서의 표정과 몸짓을 자세히 살펴보기도 했다. 그러나 민서의 모습 어디에도 기분이 나쁘거나 상대를 비꼬는 듯한 기색은 없었다. 오히려 민서는 굉장히 신이 나 보였다. 진수가 여경의 이야기를 많이 해서 자기도 기쁘다는 듯이, 우리가 함께 가까워질 수 있다는 듯이.

민서의 말을 듣고 난 여경은 어쩐지 슬픈 감상에 사로잡혔다. 진수가 어떤 저의로 민서에게 그런 말을 했을지, 그가 자신을 어떻게 바라보고 있을지 짚이는 바가 조금도 없었다. 오래 만나온 연인이 있는 사람이 느닷없이 자신에게 호의와 친절을 베풀고 호감을 보인다면 그저 바람이나 좀 피우고 싶은가 보다, 하며 흘려버리거나 가볍게 대응하며 즐겼을지도 모를 일이다. 그러나 여경은 진수가 무엇을 원하는지 알지 못했고, 어쩌면 애초에 그가 무언가를 원하기나 할까 싶어 불안하고 불길했다. 오지 않은 미래가 두려운 까닭은 결말이 보이지 않기 때문이다. 설사 비극으로 끝난

다 해도 결과를 알 수만 있다면 의연하게 그 한가운데로 걸어 나아갈 수 있을 것이다. 그러나 끝내 결과를 모른다면, 장밋빛 미래라 해도 더 이상 그쪽으로 다가가고 싶지 않았다. 여경은 자신이 통제할 수 없는 드라마 속으로 나아가고 싶지는 않았다. 스스로 시작하고 끝낼 수 없다면 싹을 잘라 버리는 게 나았다. 가만히 놔두었다가 발효의 과정을 지나 산패해버리는 탁주처럼 모든 것이 망가지는 결말은 보고 싶지 않았다. 탁주에 더 이상 효모균이 증식하지 못하도록 열처리를 하듯이 여경은 그들과의 관계를 그만 끊어내고 싶었다.

화장실에서 돌아온 진수가 여경에게 술을 더 마시고 싶은지 물었다. 여경이 아니라고 대답하며 이제 가자고 말하려는데, 진수가 먼저 "우리 남산에 가볼까요?" 제안했다. 여경과 민서가 진수를 빤히 쳐다보자 진수는 "그냥 좀 걷고 싶어서요"라고 덧붙였다. 민서는 당연히 좋다고 대답했다. 남산에 가본 지도 오래됐다며 기왕 여기까지 나왔으니 좀 더 걷다가 들어가자고 했다. 여경은 그만 돌아가고 싶다고 생각하면서도 끝내 진수의 제안을 거절하지 못하고 그를 따라 걸었다. 오르막길을 지나고 남산 둘레길에 올라 그저 걷고 또 걸었다. 그렇게 걷다 보니 유리로 외관을 장식한 대형 호텔이 보였다. 외국에서 들어오는 관광객이 사라진 탓에 호텔 주변은 매우 조용했다. 여경은 부다페스트 '어부의 요새' 언덕에 자리한 부다 성城처럼 서울에도 성이 있다면 바로 이곳이 아닐까 싶었다. 세 사람은 호텔 정원을 걷다가 주차장 쪽으로 나가 서울 시내를 내려다보았다.

　여경은 광장 카페에서 진수와 이야기를 나누고 집으로 돌아온 뒤 짐을 다시 쌌다. 그러다 문득 진수와 함께 부다 왕궁에 가보고 싶다고 생각했다. 부다페스트에 온 뒤로 식료품을 사러 갈 때 빼고는 낮 시간에 혼자서 어딘가 가본 적이 없었다. 헝가리 총리가 난민과 외국인이 코로나바이러스를 들여와 퍼트렸다는 기사를 내보낸 후, 거리에서 마주치는 사람들의 시선이 눈에 띄게 싸늘해진 까닭이었다. 여경이 마스크를 쓰고 식료품점에 가면 직원은 가까이 오지 말라고 외치며 계산하기를 꺼렸다. 거리를 걸을 때 여경에게 다가와 시비를 걸거나 일부러 기침하면서 지나가는 사람도 있었고, 도로에서 달리던 차가 갑자기 여경 앞에 멈춰 선 적도 있었다. 운전자가 차창을 열더니 여경에게 거침없이 욕을 쏟아내고 그대로 가버렸다.

　여경은 낮에 밖으로 나가기가 두려워 산책도 못 했다.

낮에는 아무리 모자와 마스크를 쓰고 다녀도 동양인인 자신의 외모를 감출 수 없었다. 중국인 때문에 삶과 자유를 빼앗겼다고 생각하는 사람들은 단지 여경의 외모만으로 그녀를 혐오하고 저주했다. 여경은 종일 집에서 글만 쓰며 시간을 보내다가 어두워지는 저녁 무렵에야 모자와 스카프로 얼굴을 가리고 밖으로 나가보았다. 그렇게 다녀도 동양인 특유의 행색이 눈에 띄는지 빠르게 스쳐 가는 사람들마저 여경을 흘겨보았다. 여경은 불안한 마음에 그만 숙소로 돌아가려다가, 진수가 말한 다뉴브강만 보고 가려고 강가로 발길을 돌렸다.

다뉴브강 가에 다다라 고개를 들었을 때, 성이 보였다. 강 너머 언덕 위에서 눈부시게 빛나는 부다 성. 세체니 다리와 부다 성곽 그리고 마차시 성당 외벽에 설치된 조명에 환하게 불이 들어와 있었다. 낮에는 보이지 않던 불빛이 형용할 수 없이 아름다워 여경은 자기도 모르게 걸음을 멈추고 성을 망연히 올려다보았다. 성을 실제로 보는 것은 난생처음이었다. 성은 지나치도록 아름답게 빛났는데, 성으로 가는 길은 캄캄한 어둠 속에 잠겨 있었다. 높은 곳에 있는 성은 수려한 불빛으로 인간을 매혹하고, 성에 이르는 길은 추위와 어둠에 묻혀 있으니 이 역설의 길을 나아가는 인간의 생애란 참으로 비루하기 짝이 없었다.

여경은 화려한 조명으로 뒤덮인 세체니 다리 위로 걸어나갔다. 진수는 파리, 비엔나, 크로아티아 등 여러 도시에 머물러봤지만 다른 건 몰라도 야경 하나만큼은 부다페스트가 가장 좋다고 말했다. 한밤중에 세체니 다리에서 다뉴브강을 내려다보니 진수가 왜 그렇게 말했는지 알 수 있었다. 저 멀리 언덕에서 부다 왕궁의 불빛이 쏟아지고, 다뉴브강 위로 밤하늘의 별빛이 쏟아지니 마치 반 고흐의 작품 〈별이 빛나는 밤〉이 눈앞에 실제로 펼쳐지는 듯했다. 한낮의 부다페스트는 무채색의 우울한 표정인데, 밤의 부다페스트는 눈물이 쏟아질 만큼 눈부시고 아름다워 시공간이 비현실적으로 다가왔다.

여경은 강가에 세워진 가로등 불빛이 강물에 비쳐 다양한 색으로 빛나는 모습을 보았다. 마치 피아노 건반처럼 줄줄이 이어진 빛이 여경의 마음을 파고들었다. "인간은 이렇게나 슬픈데, 주여, 바다는 너무나 푸릅니다." 나가사키 소토코의 '침묵의 비'에 새겨놓았다는 엔도 슈사쿠의 친필 문장이 떠올랐다. 그의 소설에서 접한 바라나시의 갠지스강이 만물을 분별없이 받아들이고 흘려보내는 성자와 같은 모습이라면, 부다페스트의 다뉴브강은 모든 존재의 이면에 감춰진 빛을 끌어내어 비추는 거울 같았다. 여경은 가슴 시리도록 밝게 빛나는 부다 왕궁을 등지고 숙소로 돌아가며 일행만 있다면 낮에 꼭 한번 저 성에 가보리라 다짐했다.

한국으로 가져갈 짐을 얼추 정리하고 나니 밤 10시가 넘은 시각이었다. 여경은 부다페스트에서 떠나기 전에 부다 왕궁만큼은 꼭 가보고 싶은데, 함께 가자고 연락해볼 만한 사람은 진수뿐이었다. 늦은 시간이지만 외출할 수 있는 날이 단 하루밖에 없어 염치 불고하고 곧바로 문자메시지를 보냈다.

'늦게 연락드려서 죄송해요. 가능하면 내일 오후에 부다 왕궁에 가보고 싶은데, 같이 가주실 수 있을지 해서요. 어렵다면 놔두셔도 괜찮아요. 내일 오전에 답해주셔도 되고요. 그럼 평안한 밤 보내시길 바랍니다.'

여경의 문자에 진수는 곧장 답장해왔다.

'저도 거기 한 번 더 가보고 싶었는데 잘됐네요. 내일 오후 2시쯤 만나서 같이 식사하고 올라가보는 거 어때요?'

여경이 좋다고 답장하자 진수는 내일도 집으로 데리러 가겠다고 했다. 어디선가 술이 끓어오르는 소리가 들렸다. 만들어둔 술은 모두 걸러 진수에게 주었는데, 왜 이 소리가 날까? 어딘가에서 술독이 부풀어 오르는 듯했고, 여경은 모처럼 그 소리를 들으며 흥분 속에 잠들었다.

다음 날 여경은 진수와 약속한 시간보다 이르게 준비를 마치고 밖으로 나왔다. 자기도 모르게 그렇게 됐다. 애써 찾아온 진수를 기다리게 하고 싶지 않았고, 조금 더 빨리 나가 그를 기다려보고 싶기도 했다. 현관문을 젖히고 아파트 계단을 내려가 출입문을 열고 나가니, 진수가 이미 와 있었다. 둘 다 깜짝 놀라며 '어' 소리를 내긴 했으나 왜 이렇게 일찍 나왔느냐고 묻지는 않았다. 진수는 시내에 가서 밥을 먹은 뒤 버스를 타고 마차시 성당 앞에 내려 왕궁까지 걸어 올라가자고 했다. 어떤 경로로 가든 진수가 가자는 대로 따라갈 수밖에 없는 여경은 좋아요, 소리만 내뱉었다.

전날 갔던 광장을 가로질러 시내로 나가니 수많은 사람이 거리에서 그저 해바라기하며 앉아 있었다. 나른한 오후 속에서 피어오르는 미미한 활기에 여경은 왠지 모르게 가슴이 뛰었다. 진수는 예전에 많이 다녔다는 팔라펠 샌드위치 식당으로 여경을 데려갔다. 그가 이 식당을 좋아하는 이유는 맥주 때문이라고 했다. 헝가리 사람들이 보편적으로 마시는 국민 맥주라도 이 식당의 탭으로 따라주는 게 맛이 더 좋다는 것이었다. 진수의 말에 따라 여경도 생맥주를 주문해 샌드위치와 함께 먹었다. 헝가리는 체코, 독일과 인접해서 품질 좋은 맥주가 많이 유통되는 모양이었다. 진수가 여경에게 그동안 맛있는 맥주 좀 챙겨 마셨느냐고 물으니 여경은 그러지 않았다고 대답했다. 식료품점의 주류 매대에 가면 한국에서 보지 못한 유럽 맥주들이 잔뜩 진열되어 있었는데, 종류가 너무 많아 어떤 것을 골라야 할지 가늠하기 어려웠다고. 그보다는 헝가리산 와인이 마시기 쉽고 가격도 저렴해 큰 병으로 사다 두고 차갑게 마시는 게 좋았다. 글 쓰는 내내 빵과 와인, 치즈만 먹다가 탈고한 뒤로 탁주를 만들어 마시기 시작했다고 말하자 진수는 안타까워했다. 한국에서 찾기 어려운 맥주가 많으니 여기서 맛보고 가는 게 좋지 않겠느냐고 물었다. 여경은 한국에서는 이곳 와인도 구할 수 없으니 괜찮다고 말하면서도 진수가 좋아하는 생맥주를 한 잔 더 주문해 마셨다.

진수와 여경은 식사를 마치고 대로변으로 나가 버스를 타고 어부의 요새 정류장에서 내렸다. 마차시 성당을 지나 왕궁 초입으로 오르는 길목에 자리한 건물들은 마치 안데르센이나 그림 형제의 동화책에서 막 튀어나온 것처럼 예쁘고 아기자기했다. 원래는 카페나 기념품점으로 쓰던 곳 같은데 팬데믹 시국이라 모두 문을 닫은 모양이었다.

여경과 진수는 성곽의 돌담길을 따라 올라갔다. 언덕에 올라서니 부다페스트 시내가 한눈에 들어왔다. 도시를 관통하는 다뉴브강과 그 너머 페스트 지구까지 자세히 보였다. 그리 높은 언덕도 아닌데 마치 구름 위에 있는 것처럼 신비롭고 포근한 느낌이 들었다. 늦은 오후의 바람이 나긋하게 불어왔고, 연거푸 마신 맥주의 영향으로 몽롱한 분위기까지 더해졌다. 여경은 진수와 함께 다뉴브강을 내려다보며 걸어나가는 동안 아무런 생각도 하지 않았다. 그저 평온하고 만족스럽게 차오르는 마음으로 그와 함께 걷고 또 걸었다.

한참을 걸은 여경이 진수에게 이따금 이곳으로 산책하러 오는지 물었다. 그러자 진수는 이곳이 원래 발 디딜 틈 없을 정도로 많은 관광객으로 붐벼서 자주 오지 않았다고 대답했다. 팬데믹 이전에 딱 한 번 와보고 질려서 두 번 다시 오지 않았다고. 그런데 지금 우리는 팬데믹 덕분에 이렇게 평화롭게 이곳을 거닐 수 있다고 말하며 웃었다. 그곳에서 여경은 인파가 몰리는 관광지의 모습을 도무지 상상할 수 없었지만, 왜 그렇게 많은 사람들이 이곳에 다녀가는지는 수긍이 됐다. 부다페스트에 방문한 이라면 누구든 반드시 찾아볼 수밖에 없을 아름다운 풍경을 여경은 영원히 잊지 못할 것 같았다.

　진수와 여경은 천천히 걸어 언덕 아래 강변으로 내려 갔다. 그리고 근처의 카페 테라스에 앉아 스파클링 와인을 주문했다. 부다 성에서 내려오면서부터 두 사람은 더 이상 아무 말도 하지 않았다. 그렇게 말없이 보내는 시간이 얼마 나 설레고 평화롭게 다가오는지 여경은 처음으로 느껴보 았다. 부다페스트의 야경과 진수의 존재와 그 순간의 공기 가 모두 비현실적이었다. 전통주 교육기관의 응접실에 걸 려 있던 무릉도원 그림이 떠올랐다. 푸르른 동산에 다홍빛 복사꽃이 흐드러지게 피어 있는 곳. 맑은 물이 흐르는 냇가 에서 주안상을 앞에 두고 즐거이 웃는 신선들. 여경은 자신 이 어쩌다 이런 비현실적인 풍경 속으로 들어오게 됐는지 헤아릴 수 없었다. 민서가 말한 대로 술귀신이 산다는 술독 에 자기도 모르게 끌려 들어가 이면의 세계로 발을 들인 게 아닐까 싶었다. 어떻게 해야 진짜 현실로 돌아갈 수 있을지 알 수 없었지만, 돌아가기 전까지는 이 세계를 마음껏 경험 해도 좋을 듯했다.

　진수와 여경은 말없이 다뉴브강 수면에 펼쳐지는 도시 의 야경을 바라보며 스파클링 와인을 마셨다. 여경은 지난 석 달간 혼자서는 찾아볼 수 없었던 감정들이 강물 위로 떠오르는 것을 보았다. 기포를 가득 머금은 탁주 병의 입구를 여는 순간 아래쪽에 가라앉아 있던 술지게미가 솟구치듯 이, 무언가 자기 내면의 문을 열어 오래 묻어둔 감정이 쏟 아져 나오는 것만 같았다.

와인을 다 마신 뒤 카페에서 나온 진수는 자연스레 여 경의 숙소 방향으로 걸었다. 여경 또한 진수와 함께 시간 을 좀 더 보내고 싶었으나, 뜻 모를 환영에 젖어 혼자 좀 걷 다가 들어가고 싶다고 말했다. 그 말에 진수는 강변 정거장 에서 트램을 타고 숙소로 돌아갔다. 여경은 그가 탄 트램이 멀어지는 모습을 한동안 바라보다가 세체니 다리에 올라갔 다. 영화 〈글루미 선데이〉 속 한 장면처럼 한밤중에 저 강물 로 뛰어들면 정신을 좀 차릴 수 있을까? 그렇게 해서 현실 세계로 돌아갈 수만 있다면 여경은 못 할 것도 없으리라 생 각했다.

서울 시내를 그저 내려다보고 있을 때 민서가 여경에게 말했다.

"저도 그 영화 봤어요. 〈글루미 선데이〉."

여경은 민서에게 이런 말을 들어서 불편했으나 내색하 지 않고 대화를 이어갔다.

"아, 그 영화 정말 좋죠. 부다페스트에서 다시 보니까 또 새롭더라고요."

　"저는 이번에 진수가 알려줘서 처음 봤어요. 진수도 여경 선생님이 추천해주셔서 봤는데, 나중에 우리 셋이 다 같이 보고 싶다고 말했어요."

　"네. 언제 기회 되면 같이 봐요."

　"그녀를 잃느니 절반이라도 가지겠다고 말하는 자보의 말이 잊히지 않아요. 제가 아직 미숙해서 그런지 몰라도, 그렇게 사랑을 지키는 용기가 멋있어 보였어요."

　민서의 말에 여경은 더 이상 말을 잇지 못했다. 여경은 그 영화의 배경과 구조를 사랑했지만 다자간 연애에 대한 맥거핀 따위는 도무지 공감할 수 없었다. 한 여자가 동시에 두 남자를 사랑하는 설정까지는 그렇다 치더라도, 한 여자를 공유하기로 약속한 두 남자 사이에 기묘한 애정의 신호가 오가는 설정까지 받아들이기는 어려웠다. 그들 사이에서 여경이 공감한 인물은 독일군 한스뿐이었다. 원하는 사랑을 얻지 못해 강물에 몸을 던지는 순진한 모습을 보이다가도, 욕망을 이루기 위해서 무슨 짓이든 하고야 마는 악인 한스야말로 인간 군상의 실제 모습으로 보였다. 인간은 그렇게 사악하고 불온한 존재라고 여경은 생각했다. 자보처럼 정의롭고 너그러운 성인군자는 그야말로 동화책에나 나올 법한 가상 인물 같았다. 그렇기에 민서가 판타지 서사를 쓸 수 있는지도 모를 일이긴 하지만 말이다.

　여경이 부다페스트에서 떠나는 날 아침, 진수가 집으로 찾아왔다. 그는 여경을 바래다주고 싶어 차를 빌리려 했으나 미리 예약하지 않아 그럴 수 없었다고 말했다. 혼자서 짐 가방을 들고 대중교통으로 페렌츠 리스트 공항까지 이동하려 했던 여경은 진수가 함께 가준다는 사실만으로 한결 마음이 놓였다. 차는 필요 없다고, 와줘서 고마울 따름이라고 말하고 진수와 함께 길을 나섰다. 그들은 우선 성 이슈트반 성당 쪽으로 걸어가 국제공항행 버스를 탔다. 공항으로 가는 내내 부슬비가 내렸다. 차창 밖 잿빛 하늘을 바라보고 있자니 여경은 지금이 오전인지 오후인지 가늠이 되질 않았다. 아침도 아니고 밤도 아닌 시간, 이곳도 아니고 저곳도 아닌 공간에 덩그마니 남겨진 기분이었다.

　공항 주변에는 여전히 사람이 거의 없었다. 공항 청사로 들어가 여경이 예약한 항공사 데스크를 찾아가니 그 앞에만 몇몇 사람이 줄을 서 있었다. 여경도 그곳에서 발권하고 진수와 함께 카페로 가서 카푸치노를 한 잔씩 주문했다.

여경은 자리에 앉아 커피를 한 모금 들이켜자 비로소 부다페스트에서 떠나는 상황을 실감할 수 있었다. 그때 진수가 여경에게 작은 천 주머니를 내밀었다. 여경이 주머니를 열어보니 소주잔보다는 크고 커피잔보다는 작은 유리잔 두 개가 보였다. 잔에는 부다 왕궁과 세체니 다리 풍경이 각각 새겨져 있었다. 진수가 말했다.

"작가님이 주신 탁주는 도수가 꽤 있더라고요. 막걸리 잔에 따라서 벌컥벌컥 마시기보다는 작은 유리잔에 따라서 와인처럼 한 모금씩 음미하면서 마시는 게 더 좋았어요."

"그래서 이걸 일부러 사 오신 거예요?"

"아니요. 팬데믹 전에 시내 관광하면서 기념품점에서 여러 개 사둔 게 있었어요. 비싼 건 아니지만, 지금은 그런 상점들이 다 문을 닫아 기념이 될 만한 물건은 하나도 못 구했을 것 같아서 가져왔어요."

"감사합니다……. 진수 씨 생각하면서 쓸게요."

"저도 곧 한국에 들어갈 거예요."

"정말요? 갑자기 왜요?"

"비자 연장 신청을 할까 하다가, 추후에 상황이 또 어떻게 바뀔지 모르니 비행기가 있을 때 가는 게 나을 것 같더라고요. 그래서 저도 바로 이틀 뒤에 출발하는 비행기로 예약했어요."

"아, 그럼 한국에서 다시 뵐 수 있겠네요."

"네. 민서랑 같이 데이트해요. 저희는 한남동이나 서촌 주변 걷기를 좋아해요."

"그래요. 자가격리 마치고, 그 근처에서 같이 봬요. 도착해서 민서 선생님께 연락드릴게요."

"저한테 바로 연락 주셔도 돼요. 그나저나 이제 그만 들어가셔야 할 것 같은데요."

진수와 여경은 함께 자리에서 일어나 공항 검색대 앞으로 걸어갔다. 진수는 여경이 검색대를 통과할 때까지 내내 지켜보고 있었다. 여경이 검색대 너머에서 손을 흔들자 진수가 그제야 뒤돌아 길을 되짚어 돌아갔다. 여경은 출국 심사를 마치고 비행기 탑승구를 찾아갔다. 빗방울 듣는 바깥은 온통 잿빛이고, 드넓은 공항 안에는 여전히 아무도 보이질 않았다. 면세점 내 쇼핑센터는 모두 문을 닫고 보호벽까지 둘러놓은 상태였다. 공항 안팎으로 을씨년스러운 풍경이 마치 영화 속 미래 세계처럼 보였다. 지구가 멸망해 폐허가 되어버린 도심 한가운데 남겨진 느낌…… 시간이 사라지고, 공간이 사라지고, 인류가 사라진 세계에 홀로 남은 듯했다.

진수와 민서와 여경은 경리단길 방향으로 다시 내려갔다. 어느덧 해가 저물어 저녁 장사를 시작하려는 주점들 간판에 불이 들어와 있었다. 세 사람이 지하철역에 가까워졌을 때, 민서가 갑자기 다 같이 진수네 집으로 가면 어떻겠느냐고 물었다.

"여경 선생님이 주신 탁주요."

민서는 마치 탁주를 자기가 직접 받기라도 한 것처럼 말했다.

"진수가 신문지로 일일이 다 포장해서 트렁크에 넣어 가지고 왔더라고요. 갑자기 돌아오는 바람에 다 마시지 못했다면서요."

여경은 놀란 얼굴로 진수를 돌아보며 말했다.

"아, 그냥 버리고 오시지⋯⋯. 짐도 많았을 텐데 그걸 어떻게 다 가지고 오셨어요?"

진수는 어차피 짐이 별로 없어 괜찮았다고 대답했다. 민서가 이어 말했다.

"우리 진수 집에 가서 탁주 마시는 거 어때요? 저는 잘 못하지만, 선생님하고 진수는 좋아하잖아요."

여경은 그들과 계속 시간을 보내다가는 영영 집으로 돌아가지 못할 것만 같아 불안했다.

"초대해주신다니 감사하지만, 오늘은 그만 가봐야 할 것 같아요. 자가격리 하면서 체력이 약해졌는지 아무래도 좀 피곤하네요."

그 말에 민서는 실망한 듯 시무룩한 표정으로 고개를 푹 숙이고 "네……"하며 터덜터덜 걸었다. 진수가 민서를 달래며 여경에게도 "다음에 제대로 날 잡아서 초대할게요. 그때는 꼭 와주세요"했다. 여경은 알았다고, 고맙다고 대답하며 그들과 함께 지하철역으로 들어갔다. 여경은 이제 진짜로 돌아가고 싶었다. 그들과 단 1분이라도 더 있다가는 기력이 다해 쓰러질 것만 같았다. 지하철 승차장에 서 있는 진수와 민서에게 여경이 말했다.

"탁주 말이에요."

그러자 진수가 바로 물었다.

"'생의 이면'이요?"

"네. 어쩌면 한국으로 가져오는 동안 온도 유지가 안 돼서 상했을 수도 있어요"

여경이 계속 말했다.

"만약에 그렇다면, 마시지 말고 버려주세요. 개수대에 쏟으면 배수구가 막힐 수도 있으니까 변기통에 다 쏟아 넣고 내려버리세요."

진수는 아무 대답 없이 싱긋 미소를 지었다. 여경은 그 모습에 더욱 조바심이 났다.

"꼭 그렇게 해주세요. 약속해주실 수 있죠?"

그때, 여경이 타야 할 열차가 승차장으로 들어오기 시작했다. 진수가 여전히 답이 없자 민서가 먼저 "어, 선생님, 전철 들어오네요!"라고 외쳤다. 이내 열차가 멈춰 서고, 문이 열렸다. 여경은 떠밀리듯 열차에 들어서면서도 진수를 돌아보았다. 진수가 민서의 어깨에 손을 올리고, 민서가 진수의 허리춤을 팔로 휘감은 채, 그들은 나란히 서 있었다. 그들은 열차가 출발한 뒤에도 계속 여경을 바라보았다. 여경은 그만 그들에게서 등을 돌리고 열차 내벽에 기대어 섰다. 열차가 어둠 속으로 들어가 차창이 까맣게 변하자 여경은 눈꺼풀을 닫고 오래 참은 숨을 내쉬었다. 감은 두 눈 속 어둠에 빛의 잔영이 떠올랐다. 이것은 언제쯤 사라질까? 지금은 알 수 없지만, 언젠가는 사라지리라는 사실을 여경은 알고 있었다.

가만히 바라보면

엎드려 누운 잠에게서 옅은 숨이 새어 나왔다. 나는 식탁 의자에 앉아 미지근하게 식은 차를 마시며 잠이 누워 있는 모습을 바라보았다. 가늘고 기다란 몸, 높게 올려 묶은 머리카락, 화장한 채로 번들거리는 얼굴. 찻잔을 들어 차를 한 모금씩 들이마시자 깊은숨이 쉬어졌다. 자그마한 방 안에 투명한 공기 방울이 날아다녔다. 차를 마시고 숨을 쉬고 몸을 움직일 때마다 공기 방울이 다가와 피부에 부딪쳤다. 나는 찻잔을 내려놓고 손바닥으로 팔뚝을 쓸어내렸다.

　음, 소리를 내며 잠이 옆으로 돌아누웠다. 크고 둥근 잠의 가슴은 조금도 흐트러지지 않았다. 가슴에 방울처럼 매달린 젖꼭지가 나를 바라보는 듯했다. 잠이 숨을 쉴 때 부드럽게 오르내리는 가슴팍을 보고 있으면 어쩐지 마음이 편안해졌다. 나는 식탁에 놓인 찻잔을 밀어두고 양다리를 접어 의자에 올렸다. 양팔로 무릎을 그러모은 뒤 잠의 얼굴을 가만히 바라보았다. 잠들었을까, 잠들지 않았을까? 둘 사이에는 무엇이 있을까? 우리는 그것을 어떻게 알아볼 수 있을까? 두꺼운 인조 속눈썹이 붙어 있는 잠의 눈꺼풀이 서서히 밀려 올라갔다. 커다랗고 새카만 눈동자가 나를 보며 물었다.

"뭐 해?"

"그냥 있어."

"왜 나를 보고 있어?"

"네가 여기 있으니까."

"일어나기 싫어."

"일어나지 마."

"언젠가는 일어나야 하잖아."

"그게 언제인지는 아무도 알 수 없어."

"지금이 아닌 건 분명해."

그렇게 말하면서도 잠은 자리에서 일어나 내가 앉은 자리로 다가와 물었다.

"이건 무슨 차야?"

"보이차. 방콕의 중국인 거리에서 샀어."

"녹차하고 다른 거야?"

"원료는 다 똑같은 잎이야. 보이차는 중국 전통 방식으로 잎을 건조하고 숙성한 거지."

"건조하고, 숙성한다."

"건조하고, 숙성하지."

나는 숙우에 담긴 차를 빈 찻잔에 따라 잠이 앉은 자리 앞으로 놓아주었다. 잠은 차를 후루룩 들이켜고 찻잔을 내려놓았다. 그러고는 입고 있던 원피스를 위로 끌어올려 벗어두고 나에게 말했다.

"씻고 갈래."

"나는 밥을 사러 갈래."

"이따가 봐."

잠은 뒤돌아보지 않은 채 내게 인사하고는 욕실로 들어갔다. 나는 방에서 빠져나와 엘리베이터 쪽으로 걸어갔다. 방이 열 개쯤 다닥다닥 붙어 있는 낡은 아파트 복도는 길고 좁고 어두워, 이곳을 걸을 때마다 뱀의 몸통이 떠올랐다. 파타야 해변의 습기와 염분을 가득 머금은 이 건물은 단단하기보다는 물렁한 느낌이 들었다. 복도 바닥에 깔아놓은 검붉은 카펫 또한 금방이라도 꿀렁이며 살아 움직일 것만 같았다.

이 복도에서 잠을 처음 보았다. 큰 키에 비쩍 마른 몸,

긴 머리칼을 풀어 헤친 채 굽이 높은 샌들을 신고 엉덩이를 흔들며 걸어오는 여자. 나는 주로 새벽에 해변을 산책하고 숙소로 돌아오다가 그녀와 마주치곤 했다. 항상 가면처럼 두껍게 화장하는 그녀가 지나간 자리에는 진한 향수 냄새가 떠다녔다. 그 냄새를 따라 그녀에게 가까이 다가가면, 가늘고 마른 몸에서 도드라진 커다란 뼈와 근육이 보였다. 근육 사이로 뻗어 나온 혈관 또한 매우 두꺼웠다. 그녀의 진한 화장과 화려한 옷이 뼈와 근육과 핏줄까지 감추지는 못했다. 염색체란 무엇일까? 무엇이기에 인간의 힘으로는 바꿀 수 없을까? 가늘고 긴 복도를 걸어가는 그녀의 뒷모습을 바라보며 나는 홀로 질문을 던져보곤 했다.

잠이 트랜스젠더이기 때문에 말을 걸기가 어려운 것은 아니었다. 태국은 게이, 레즈비언, 트랜스젠더를 향한 노골적인 혐오와 차별이 거의 존재하지 않아 누구나 그들과 자연스럽게 어울렸다. 다만 8층 높이에 기다란 직사각형으로 지어진 이 아파트에 머무는 사람들은 누군가와 눈을 맞추거나 말을 걸지 않는 게 일반적이어서, 그녀에게도 말을 걸 수가 없었다. 이곳에 오기 전까지만 해도 나는 막연히 외국인은 이웃과 편하게 웃으며 인사 나누지 않을까 상상하곤 했다. 할리우드 영화에 묘사된 허구의 세계를 반복해서 본 탓에 그런 인상을 받았을 테지만, 그럼에도 이웃 간의 소통이 한국보다는 자연스럽지 않을까 짐작했다. 그러나 이곳 파타야에서는 아파트는 물론 길거리 어느 곳에서도 사람들이 서로 쳐다보거나 인사하지 않았다. 다들 어딘가 모르게 삼엄한 눈빛으로 텅 빈 곳을 바라보기만 할 뿐 결코 타인을 바라보지 않았다. 그 눈빛 속에는 상대방을 향한 경계와 혐오보다는 스스로에 대한 권태와 냉소가 담겨 있는 듯했다. 미적지근한 온도로 가라앉은 그들의 눈빛은 미미한 불 위에서 얕게 끓어오르는 죽 같았고, 그 시선들 속으로 내 존재 또한 한없이 가라앉았다.

아파트 정문으로 나와 오른편 길로 나아가면 눈부시게 더러운 파타야 바다가 펼쳐졌다. 아직 정오도 되지 않은 시간이라 거리는 한산하기 그지없었다. 나는 해변을 등지고 골목 안쪽으로 걸어 들어갔다. 밤이면 유흥업소에서 일하는 키 작고 강마른 여자들이 줄지어 서서 진을 치고 있는 이 골목에는 더 가느다란 골목들이 줄줄이 이어져 있었다. 그래서인지 이곳을 걸을 때마다 잘 바른 생선 가시 사이를 돌아다니는 듯한 느낌이 들었다.

잠이 맨 처음 내 방 침대에 아무렇지 않게 누워 잠을 자고 있던 것도 이 시간쯤이었다. 한 달 전 여느 때와 마찬가지로 새벽에 해변 산책을 마치고 방으로 돌아와 욕실에서 샤워를 하고 나왔을 때, 잠이 내 방에 있었다. 그녀는 큐빅이 잔뜩 박힌 황금색 원피스를 입고 샌들도 벗지 않은 채로 내 침대에 배를 깔고 엎드려 누워 있었다. 나는 두 달째 파타야에서 머물고 있지만, 모두 다 홀로 살아가는 오래된 아파트에서 누가 내 방문을 두드리거나 방에 들어온 적은 없었다. 이따금 방문 잠그는 것을 잊고 방 안에 오래 머물거나 방문을 열어둔 채 아파트 앞 편의점에 다녀올 때도 있었지만, 그렇다 한들 아무 일도 일어나지 않았다. 누군가 다녀간 흔적이나 사라진 물건 또한 전혀 없었다. 이곳에서는 내가 방문을 활짝 열어놓고 지내도, 어느 누구도 내 방을 들여다보거나 방에 들어서지 않을 것이었다.

그런데 내 방에 모르는 사람이 들어와 있었다. 이상하게도 그다지 충격적이거나 무섭지 않았다. 복도에서 이미 그녀를 마주친 적이 있고, 그녀가 바로 옆방에 살고 있다는 사실까지 알기 때문일까? 서로 인사하거나 대화해보지는 않았지만 그녀도 분명히 내 존재를 알 것이라는 확신이 들었다.

나는 잠든 그녀를 깨우지 않고 조심스럽게 옷가지를 찾아 입었다. 그리고 조용히 방에서 나와 지금 이 길을 그대로 걸어 노천 식당이 즐비한 골목으로 향했다. 그곳에서 따뜻한 두유와 숯불구이 토스트를 두 개씩 사서 방으로 돌아갔다. 포장지를 벗겨 토스트를 조금씩 베어 물면서도 나는 여전히 내 침대에 누워 있는 그녀를 바라보았다. 언젠가 일어나겠지, 그리고 돌아가겠지. 나는 그렇게 생각했다. 토스트를 절반 정도 먹었을 즈음 그녀가 가늘게 눈을 뜨더니 나를 향해 물었다.

"뭐 먹어?"

"토스트."

"나도 먹고 싶어."

"네 것도 있어."

나는 턱을 치켜들어 아직 포장을 뜯지 않은 토스트를 가리켰다. 그러자 그녀는 베개에 손바닥을 짚으며 마치 코브라 같은 자세로 몸을 일으켜 식탁 앞으로 다가왔다. 그러고는 자연스럽게 내 앞에 앉아 토스트를 먹기 시작했다.

"나는 왜 여기에 있어?"

그녀가 나에게 물었다. 나 또한 그게 궁금했다. 나는 왜 여기에 있을까? 여기서 도대체 무엇을 하고 있을까? 수도 없이 묻고 또 물었지만 답을 알 수 없었다. 그럼에도 질문은 끝내 사라지지 않고 반복됐다.

그녀는 이름이 잠Jam이라고 말했다. 태국인의 본명은 매우 길고 발음이 어려워 그들 대부분이 이름의 첫 부분만 사용하는 경향이 있었다. 나는 그녀에게 진짜 이름이 무엇이냐고 물어보려다 어차피 기억하지 못할 것 같아 그만두었다. 그 뒤로도 잠은 이따금씩 내 방에 들어와 침대에 엎드려 누워 있었다. 새벽에 요가를 수련하던 습관을 버리지 못한 데다가 시차까지 더해져 태국에 머무는 내내 나는 너무 일찍 깨어났고, 그럴 때마다 밖으로 나가 망연히 해변을 걷다 돌아왔다. 그렇게 돌아오는 길에 일을 마치고 귀가하는 그녀와 마주쳐 자연스럽게 내 방으로 함께 오는 경우가 잦았고, 때로는 내가 없는 방에 그녀 혼자 들어와 누워 있기도 했다.

파타야의 뜨거운 햇빛이 모공을 뚫고 들어오는 듯했다. 관광객들은 대개 짧은 바지와 민소매 차림으로 다니지만, 이곳에서 삶의 터전을 일구고 살아가는 사람이라면 어떻게든 햇빛을 차단하기 위해 애를 썼다. 나 또한 이곳에 들어와 산 지 2주가량 되었을 무렵부터 다리 전체를 덮는 요가 팬츠와 소매가 긴 카디건을 입고 목에는 스카프까지 두른 채로 돌아다녔다. 그렇게 신경을 써서 햇빛을 차단해도 피부는 나날이 그을어 요새는 태국인들마저 나를 태국인으로 자주 오인했다. 음식을 주문하거나 길을 묻는 등의 간단한 생존 태국어 회화마저도 점점 그들의 억양을 닮아갔다. 그러고 보면 인간이 환경에 따라 변화하는 존재인지 아니면 점점 예전으로 돌아가는 존재인지 헷갈리곤 했다. 나는 나로부터 멀어지고 있는 것 같았는데, 어쩌면 나에게로 더 가까워지는 게 아닐까 싶기도 했다.

노천 식당에서 돼지고기 덮밥 2인분을 사서 방으로 돌아와 잠과 함께 먹었다. 그러고 나서야 잠은 자신의 방으로 돌아갔다. 나는 밀린 빨래를 모아 바구니에 담은 뒤 옥상에 있는 공용 세탁실로 가져갔다. 세탁기에서 빨래가 돌아가는 동안에는 옥상의 그늘진 자리에 앉아 탄산수를 마시며 책을 읽었다. 파타야에서는 햇빛만 피하면 어디든 바닷바람이 선선하게 불어왔다. 세탁이 끝난 뒤에는 빨래를 꺼내어 건조대에 널어두고 또 책을 읽었다. 뜨거운 햇볕 아래에서 빨래는 30분 만에 보송보송하게 말랐다.

빨래를 걷어 방으로 돌아가 좀 더 쉬다가 오후 2시쯤 밖으로 나갔다. 아파트 건물 1층에 있는 편의점에서 코코넛 주스를 하나 사서 보도블록에 걸터앉아 들이마셨다. 주스를 다 마셨을 즈음 잠이 다가오는 게 보였다. 나는 자리에서 일어나 잠과 함께 파타야 남부도로를 따라 걸었다. 일부러 느릿하게 움직이는데도 시간은 좀체 흐르지 않는 듯했다. 정처 없이 달리는 썽태우가 다가오자 잠이 손을 흔들었다. 이내 멈춰 선 썽태우에 올라타니 승객이라고는 백발의 백인 남자 한 명과 젊고 자그마한 태국 여자 한 명뿐이었다. 둘은 이곳에서 커플로 지내는 모양인지 시종 딱 달라붙어 있었지만 대화를 나누지는 않았다. 아직도 햇볕이 뜨겁게 내리쬐는 시간이라 거리는 한산하기 그지없었다. 썽태우는 워킹 스트리트에서 해변을 등지고 유턴해 파타야 제2도로로 달려나갔다. 그렇게 10분 정도 지나 도로가 끝나는 지점에 자리한 티파니 극장 앞에서 벨을 누르고 썽태우에서 내렸다.

    잠과 나는 티파니 극장 중앙 정원에 설치된 분수를 빙 돌아 극장의 후문으로 들어갔다. 실내로 들어서자 지하로 내려가는 계단이 먼저 보였다. 계단으로 내려가니 문이 여러 개 나왔고 잠은 그중 분장실 문을 열어젖혔다. 그 안에서는 단역 무용수 여러 명이 저마다 자기 의상으로 갈아입고 화장을 하고 담배를 태우는 중이었다. 나는 평상시에 요가복을 입은 채로 다니지만 잠은 바지를 입고 다니기 싫다며 꼭 이곳에 와서 옷을 갈아입었다. 잠이 가방을 들고 탈의실에 들어가 있는 동안 나는 분장실 한쪽에 놓인 소파에 앉아서 잠을 기다렸다. 워낙에 많은 사람이 들락날락하는 곳이라 그런지 누구도 나에게 무슨 일로 왔느냐고 묻지 않았다. 내 옆에서 담배를 피우고 있던 무용수 한 명만이 나에게 담배를 피우겠냐며 말을 걸어왔고, 나는 괜찮다고 대답했다. 맞은편에 놓인 소파에는 연습복 차림의 무용수들이 앉아서 간식을 먹고 있었다. 소파 앞 탁자에는 닭튀김, 생선튀김, 족발, 국수, 볶음밥, 샐러드, 생과일 조각 등이 두서없이 올라와 있었다.

요가복으로 갈아입은 잠이 탈의실 문을 열고 나와 나도 그만 소파에서 일어났다. 분장실 문을 열고 나가려는데 바깥쪽에서 먼저 문이 열리더니 린이 들어왔다. 파타야 티파니 쇼의 슈퍼스타인 린을 모르는 사람은 아무도 없기에 나는 당연히 그녀를 알아봤지만, 그녀는 나를 알지 못하므로 따로 인사를 나누지는 않았다. 다만 린은 잠을 분명히 보았음에도 그녀에게조차 인사하지 않았다. 잠도 그녀에게 인사하지 않고 밖으로 나가기에 나도 따라 나가 분장실 문을 닫았다.

"젠장, 저년은 왜 이렇게 일찍 기어 나온 거야?"

잠은 혼잣말하듯 빈정댔다. 그 말은 나에게는 들렸지만 문 안쪽에 있는 린에게는 들리지 않았을 것이다. 잠과 나는 복도 끝에 있는 연습실로 들어갔다. 무용수가 모여 연습하는 공간 중에서 가장 작은 크기였지만 춤이 아닌 요가 동작을 연습하기에는 충분했다. 지난달에 소셜미디어 계정을 서로 알려줬을 때 잠은 내 요가 시연 영상을 보더니, 뭔가 대단한 발견이라도 한 과학자처럼 신이 나서 내가 했던 요가 동작을 자신에게도 가르쳐달라고 했다. 잠이 본 건 지난해 서울에서 열린 요가 축제 때 내가 일하던 요가원 동료 강사들과 함께 준비한 무대였다. 요가 만트라로 이루어진 명상 음악을 배경으로 고난이도 요가 동작만 줄줄이 이어지는 구성이라 초보자는 따라 할 수도 없고 따라 해서도 안 되는 위험한 프로그램이었다. 그럼에도 잠은 영상에 나오는 요가 동작을 짜깁기해 인도식 무대 의상을 입고 다음 달 티파니 쇼의 무대를 따내기 위한 경연에서 선보이고 싶다고 말했다. 시작 부분에서 명상 음악과 함께 요가 동작을 보여주고, 이후에 발리우드 음악을 틀어 인도식 춤을 추면 화려하고 신비로운 인상이 배가될 거라는 주장이었다. 잠이 그토록 저돌적으로 매달리는 모습을 처음 봐서 당혹스러웠다. 더구나 해당 요가 동작을 그대로 가르쳐달라는 요구는 들어주기 어려웠다.

해마다 개최되는 요가 축제에서 요가원 원장은 강사들

이 더 어렵고 화려한 요가 동작을 다른 요가원 강사 앞에서 선보여주길 원했고, 원장의 뜻에 따라 우리는 해마다 더욱더 기이한 동작으로만 시연 무대 구성을 짜왔다. 그렇기 때문에 요가 축제 기간만 다가오면 요가 수련이나 수업보다 시연 무대를 위한 연습에 더 집중하게 돼버렸다. 선천적으로 유연성이 좋아 몸을 뒤로 젖히는 후굴 동작을 잘 해내던 나에게는 남들보다 더 무리가 되는 동작이 주어졌고, 그렇게 연습하던 도중 요추에 부상을 입고 말았다. 그때 나는 시연 무대에 오를 수 없었음은 물론이고 오래 해왔던 요가 수업까지 모두 그만둬야 했다. 수업 자리야 잠시 쉬었다가 다시 구할 수도 있겠지만 그러려면 인맥을 잘 쌓아놔야 했다. 오랫동안 한 요가원에서만 일해오며 요가협회의 행사나 특강에 참여해본 적 없던 나로서는 일자리를 다시 얻기가 쉽지 않을 터였다. 최소 4주간 허리를 쓰면 안 된다는 진단을 받고 딱 그 기간만큼만 내 수업을 대신 해줄 강사를 써주면 안 되겠느냐고 원장에게 부탁했으나, 장기 대리 강사는 쓸 수 없다는 대답만 돌아왔다.

요가원 일을 그만두고 나서 통원 치료를 받다가 어느 정도 통증이 줄어들었을 무렵 나는 곧장 태국으로 떠나왔다. 이곳에서 만날 사람이 있거나 꼭 가봐야 할 곳이 있지는 않았다. 다만 지난해 봄 동료 요가 강사들끼리 모여 일주일간 참여했던 해외 연수가 태국 꼬팡안에서 있었고, 그때는 제대로 돌아보지 못했던 휴양지를 좀 가보고 싶었다. 특히나 평소 체온이 낮은 데다가 땀을 거의 흘리지 않는 나는 태국의 무덥고 습한 기후 속에서 오래 머무르고 싶었다. 그때는 단체로 빠듯한 일정을 소화하기 바빴기에, 한국으로 돌아간 뒤 태국에서 아무것도 하지 않으며 홀로 시간을 보내면 좋겠다는 생각을 자주 했다. 어차피 한국에서 요가 수련도 수업도 하지 못하니, 따뜻한 태국에서 편안하게 지내는 게 나을 것 같았다.

방콕에 도착한 나는 실롬역 근처 게스트 하우스에 머물며 새벽마다 옥상 정원에 올라가 앉아 있었다. 새벽이라고 해도 기온은 언제나 36도를 웃돌았고 햇볕도 쨍쨍했다. 그곳에 가만히 앉아 두 눈을 감고 호흡을 고르면 모든 게 다 아무것도 아닌 일처럼 다가왔다. 지난 10년간 지속적으로 이어온 요가 수련과 강습, 고난도 아사나를 완성하기 위해 매트 위에서 흘려온 땀과 그곳에서 얻은 부상들, 누구보다 잘하고 싶었고 누구에게나 보여주고 싶었던 아사나들. 그 모든 게 전부 한순간에 사라져버렸다. 뜻밖에도 가장 큰 상실감은 내 일이나 몸이 아닌 관계에서 왔다. 요가 수업은 어차피 혼자서 하기에 강사끼리 뭔가를 함께하거나 수업에서 마주칠 기회가 딱히 없기는 했다. 물론 요가원에서 단체로 요가 연수를 떠나기도 하고 요가 축제를 준비하는 등의 이벤트가 있긴 했지만 그럴 때에도 언제나 상대방을 '선생님'이라고 부르며 적당한 거리를 유지하기 마련이었다. 그런 상황에서도 나름대로 친분을 쌓고 서로 가까워지는 강사들이 아주 없지는 않았는데, 부상을 입고 나서 지난 시간을 돌이켜보니 나에게는 개인적인 일까지 공유할 동료나 친구가 없었다. 요가를 수련하고 요가원에서 일하던 중에는 이런 상실감을 느끼지 못했는데, 요가를 할 수 없게 된 지금 나에게 남은 것은 아무것도 없는 듯했다.

내가 무언가 잘못이라도 했을까? 나의 어떤 부분이, 무엇이 나를 이렇게 만들었을까? 요가를 수련하고 가르치는 이유는 오직 스스로 행복해지기 위함일 뿐이었다. 자신의 인생이 잘못되기를 바라는 사람은 아무도 없을 텐데, 안 좋은 방향으로 나아가고 싶은 적이 없었는데, 그럼에도 불구하고 삶에서 안 좋은 일을 맞이하게 될 때 나는 무엇을 할 수 있을까? 누군가 나에게 가르쳐주기를, 이때는 이렇게 하고 저때는 저렇게 하라고, 그러면 이겨낼 수 있을 거라고 가르쳐주기를 바랐지만 그런 일은 결코 일어나지 않았다.

태국에서 머무는 시간이 길어지며 나는 보다 저렴하고 한적한 숙소를 찾기로 했다. 아무래도 게스트 하우스보다는 단기 임대 아파트가 나을 성싶었다. 게스트 하우스에서 만난 여행자에게 아무것도 하지 않고 조용히 지낼 만한 곳을 아느냐고 물으니, 태국 북부의 작은 마을 빠이 혹은 남부 해안 끄라비에 가보라고 추천해주었다. 하지만 모두 방콕에서 비행기를 타고 이동해야만 하는 거리였다. 짧은 비행이라 해도 기내의 비좁은 좌석과 기압을 견디기에는 아직도 허리 상태가 썩 좋지 않아 아무래도 꺼려졌다. 그때 누군가 조심스럽게 파타야에 가보라고 말했다.

"여기서 아무것도 하고 싶지 않다면, 나는 파타야를 추천하고 싶어."

그 여행자는 파타야에서 머무는 동안에는 정말로 아무것도 하지 않고 살아도 괜찮겠다는 생각을 자주 했다고 덧붙였다.

"그곳은 모두가 아무것도 하지 않는 곳이니까, 다들 아무런 생각도 의식도 없이 유령처럼 떠도는 곳이니까 말이야. 그곳에서는 내 과거도 미래도 현재도 없고, 내가 모두 사라진 것 같았어."

꼭 그의 말 때문만은 아니었지만, 나도 파타야에 한 번쯤 가보고 싶었다. 태국을 여행해본 사람이라면 누구나 들르는 곳이지만 누구도 추천하지 않는 여행지. 방콕에서 이동하기 쉽다는 이점 외에는 아무것도 얻을 게 없다는 환락가. 인생에 실패한 사람들이 마치 조류에 떠밀리듯 들어와버린 더러운 해안 도시. 나는 왠지 그곳으로 가고 싶었다.

다음 날 나는 방콕 동부터미널로 가서 파타야행 버스를 탔다. 그곳에서 버스를 탈 때만 해도 일단 한번 가보자는 생각이었을 뿐, 이렇게까지 오래 머물려는 계획은 없었다. 한데 파타야에 도착한 후 나는 극심한 무기력증을 앓았다. 뜨거운 햇빛과 바다의 염분을 품은 습도에 내 몸은 눅진눅진하게 녹아내리는 듯했고, 나는 아무것도 할 수 없었다. 이렇게 살아도 될까 싶을 정도로 아무것도 하지 않는 시간이 정말로 매일 이어졌다. 온몸이 다 녹아나는 듯한, 그에 따라 의식도 모두 녹아버리는 듯한 날들이었다.

잠에게 요가를 가르쳐주기로 약속한 뒤부터 차츰 무기력증에서 벗어났다. 잠이 빠른 시일 안에 고난도 요가 동작을 몸에 익혀 경연에 나가기 원했기에, 나는 매일 오후 2시쯤 잠과 티파니 극장의 지하 연습실로 가서 요가를 가르쳐주었다. 내가 알려주는 대로 몸을 움직이며 요가 동작을 만들어나가는 잠의 신체는 길고, 강하고, 뻣뻣했다. 유연성을 타고나긴 했지만 체력이 약하고 근력이 부족한 내 몸과는 확연히 달랐다. 잠은 이곳에서 춤 연습을 하는 것 말고는 딱히 몸을 많이 쓰거나 운동을 하지 않는데도, 기본적으로 타고난 근육과 체력이 몸을 단단하게 떠받치고 있는 듯했다. 나에게는 잠처럼 자연적으로 생성되고 유지되는 근육이 없었고, 어쩌면 그래서 부상을 얻었을지도 모르겠다고 생각했다. 요가를 하면 할수록 남성과 여성의 신체가 얼마나 다른지, 잠과 나는 얼마나 다른지, 우리가 가지고 태어난 것과 그렇지 못한 것이 무엇인지 확연하게 드러나 씁쓸한 기분이 들었다.

"목과 어깨에 힘을 빼. 계속 그렇게 힘을 주고 있으니까 더 무겁고 뻣뻣해 보이잖아."

바닥에 엎드린 채로 상체를 들어 올리며 부장가사나(코브라 자세)를 만들어 보이는 잠의 어깨가 위로 한껏 솟아 있기에 한마디 하자, 잠은 이런 동작은 도저히 안 되겠다고 말하며 매트에 드러누워버렸다. 그러고는 곧장 다시 일어서더니 몸을 거꾸로 세우는 핀차 마유라사나(공작 깃털 자세) 혹은 아도 무카 브륵샤사나(물구나무 자세) 같은 동작을 가르쳐달라고 했다.

"무대에서는 무조건 크고 화려해 보여야 해. 마유라는

공작이잖아. 사람들은 날개를 펼친 공작새의 모습을 보기 원하지, 바닥을 기는 뱀의 모습을 보기 원하는 게 아니야."

잠의 말을 들으며 나는 낮게 한숨을 내쉬었다. 하체와 어깨 힘이 좋은 잠에게는 두 손으로 바닥을 짚고 몸을 모두 들어 올리는 물구나무서기 같은 자세가 어렵지 않을 터였다. 하지만 근력만으로 요가 동작을 만들어 버티다 보면 부상을 입기 쉬웠다. 내부의 힘이 제대로 작용하지 않는 상태에서 역자세를 시도하느라 어깨가 더욱 단단하게 굳어간다고 아무리 설명을 해도 잠은 내 말을 곧이곧대로 듣지 않았다.

"시간이 없어. 누구도 따라 할 수 없고 오직 나만 할 수 있는 것을 해야 경연을 통과할 수 있고, 그래야 무대에 오를 수 있어."

잠은 오히려 너무 느긋한 내가 답답하다는 듯이 하소연했다. 나도 지지 않고 말했다.

"그것은 요가가 아니야. 네가 하는 것은 '요가 동작'일 뿐, 진짜 '요가'가 아니란 말이야."

"나는 요가보다 무대가 더 중요해. 나도 빨리 린처럼 무대에 서야 해. 하루빨리 그 애처럼 되는 것만이 내가 행복해지는 길이야. 왜 그걸 몰라?"

"요가는 타인을 따라가는 길이 아니야. 지금 너보다 나은 사람처럼 되려고 하는 게 아니라, 바로 너 자신이 되려고 하는 거야. 그게 바로 네가 말하는 행복해지는 길이라고."

"아트만이니 사마디니 하는 것들에는 하나도 관심 없어. 나는 그저 신기해 보이는 요가 동작을 하려는 것뿐이야. 네가 했던 것도 그런 거였잖아. 그래서 너도 무대에서 공연했잖아."

나는 더 이상 할 말이 없어 두 손을 들고 말았다. 이것이 진정 잠을 돕는 일인지 확신하지 못한 채로 그녀가 원하는 동작을 보여주기 위해 매트 위에 섰다.

"지금 내 허리 상태가 좋지 않아서, 벽을 이용해서 해볼게."

나는 그렇게 말하고 벽과 접한 매트 앞쪽에 손바닥과 팔꿈치를 대고 엎드렸다가 아랫배에 힘을 준 뒤 두 발을 공중으로 치뻗었다. 역시나 허리가 제대로 버티지 못해 나는 곧장 두 발을 벽면에 대고 자세를 유지한 채로 잠에게 설명했다.

"여기서 배 안쪽과 회음부 안쪽에 강력한 힘을 줘야 해. 배 안쪽에 있는 에너지 센터를 '우디야나 반다'라고 부르고, 회음부 안쪽을 '물라 반다'라고 부르는데, 이 두 가지 반다가 동시에 작동해야만 자세를 오래 유지할 수 있어."

나는 다리를 하나씩 내려 다시 매트에 놓고 고개를 들었다. 오랜만에 역자세를 만들었더니 머리가 핑 도는 듯 어지러워 잠시 눈을 감았다 떴다. 이내 내가 자리에서 일어나자 이번에는 잠이 매트 위에 엎드려 손과 발을 댄 채 궁둥이를 들어 올렸다. 나는 그녀의 손과 팔의 위치를 적절하게 교정해주고 양손으로 그녀의 골반을 살짝 잡았다.

"이제 한 다리씩 천천히 위로 올려봐."

내 말이 떨어지기가 무섭게 잠은 두 다리를 번쩍 들어 몸을 허공으로 쭉 뻗었다.

"좋아. 그런데 이렇게 하체와 어깨의 힘으로 버티지 말고, 배꼽과 회음부 안쪽의 힘을 써봐. 그 안에서 작동하는 힘으로 자세를 유지하는 거야."

잠의 몸은 내 예상보다 훨씬 무겁고 단단했다. 그녀는 결국 내가 말하는 반다의 힘이 아닌 어깨의 힘으로 버티다가 다리를 떨구고 내려와 앉았다.

"혼자서 좀 더 연습해봐. 그러면서 네 안의 힘을 찾는 거야. 네가 이미 쓰고 있는 그 물리적인 힘이 아니라, 네 안에 잠재된 힘을 사용해야 돼."

그새 체력이 떨어진 나는 자리에 앉아 잠이 연습하는 모습을 내내 지켜보았다. 잠은 수차례나 같은 자세를 반복해 연습하고도 지치지 않는지 손만 바닥에 댄 채 몸 전체를 들어 올리고 유지하는 아도 무카 브륵샤사나까지 연이어 시도했다. 한 시간 반 동안 둘이서 그렇게 옥신각신하며 동작 연습을 하고서, 몸을 이완하는 마무리 동작이나 사바사나(송장 자세)는 해보지도 못하고 연습실에서 나왔다.

잠에게 요가를 가르치는 일은 내가 요가를 수련할 때보다 더 많은 체력이 소모됐다. 허기가 지는지 피곤한지조차 분간이 되지 않을 정도로 기진맥진해지고 말아서 우리는 다시 분장실로 가 간식을 좀 먹기로 했다. 나보다 훨씬 힘들었을 잠은 분장실에 들어서자마자 볶음국수 그릇을 들고 마치 흡입하듯 빠르게 먹어댔다. 나는 그 옆에 있는 춘권을 집어 입에 넣고 오물거렸다. 차갑고 딱딱하게 굳어 있긴 했지만 여전히 고소하고 단맛이 나서 두어 개 더 집어먹고 파파야 샐러드 그릇도 끌어당겼다. 그 순간 배에서 이상한 통증이 느껴졌다. 내장이 뒤틀리는 듯한 느낌이 매우 낯설어 나는 뭐라 표현해야 할지도 알 수가 없었다.

"배가 이상해."

내가 말하자 잠이 국수 그릇을 내려놓고 내 얼굴을 바

라보았다.

"너, 얼굴이 완전히 사색이야."

"이게 뭐지? 뭔가 찌르는 듯한 통증인데."

"배가 아파? 화장실에 가볼래?"

내가 고개를 끄덕이자 잠은 나를 일으켜 세우고 부축했다. 나는 몸을 잠에게 기댄 채 거의 이끌리듯 걸어가 화장실 변기통에 앉았다. 배가 마치 찢어질 것처럼 아파왔다. 통증이 심해서인지 소변조차 나오질 않았고 온몸과 정신이 마비되어가는 듯했다. 갑자기 헛구역질까지 올라와서 바로 자리에서 일어나 변기통 속에 얼굴을 묻었지만 정작 구토하진 않았다. 잠은 화장실 칸막이 밖에서 심상치 않은 기운을 느꼈는지 문을 두드리며 열어보라고 말했다. 나는 겨우 손을 뻗어 문을 열었고, 그대로 화장실 바닥에 쓰러졌다. 잠이 이게 무슨 일이냐고 소리치며 두 팔로 나를 들어 등에 업고 분장실 밖으로 뛰어나갔다. 온몸에서 식은땀이 흘러나와 옷이 젖어들었고, 몸은 빠르게 식어갔다. 괜찮아, 조금만 참아. 통증에 가려 앞이 제대로 보이질 않는 가운데 잠이 말하는 소리만이 귓전에 울렸다. 잠이 너무 급하게 나아가는 바람에 복통이 더 심하게 느껴져 나는 고통에 겨운 신음을 냈다. 그러자 잠은 거의 다 왔으니 조금만 더 참으라고 말했고, 정문 앞에 있던 경비원을 향해 빨리 택시를 불러달라고 소리쳤다. 그러고는 나를 바닥에 내려놓고 벽에 기대어 반쯤 눕게 한 뒤 내 손을 꼭 붙들고 괜찮을 거라고 연이어 말했다.

우리 앞에 나타난 차는 택시가 아니라 흰색 밴이었다. 잠은 자기 앞에 선 밴을 멍하니 바라보았다. 아무런 생각도 나질 않는 모습이었다. 밴의 운전석에 앉은 사람이 잠에게 태국어로 거칠게 소리치자 잠은 그제야 정신이 돌아왔는지 벌떡 일어나 내 몸을 일으켜 세웠다. 밴의 문이 열렸다. 잠은 나를 안은 채로 올라타 의자에 눕혀주었다. 문이 닫히고 차가 출발하고 나서야 나는 운전을 하는 사람이 린이라는 사실을 알 수 있었다. 린은 계속해서 태국어로 무언가 말했고 잠은 넋이 나간 사람처럼 알았다는 대답을 반복했다.

정신을 차리고 눈을 뜨자 침대 옆에 앉은 잠이 나를 내려다보고 있었다. 주변을 둘러보니 병원 응급실 안이었고, 왼쪽 팔뚝에 링거액 주삿바늘이 꽂혀 있었다. 잠을 올려다보자 그녀는 일단 진통제와 항생제만 주사한 것 같다며, 자세한 것은 좀 더 검사를 해봐야 알 수 있을 거라고 한 의사의 말을 전해주었다. 나는 어제저녁에 거리에서 먹은 해산물 국수의 새우가 제대로 익지 않았던 것 같다고 말했다.

아마 장염이나 식중독일 테니 너무 걱정하지 말라고 덧붙였다. 그래도 잠은 엑스레이를 찍고 CT 촬영을 해봐야 할 거라고, 그래야 정확한 진단과 처방을 받을 수 있을 거라고 말하며 지금은 일단 쉬라고 했다.

내가 휴대폰을 찾자 잠이 가방에서 꺼내어 건네주었다. 휴대폰을 받아들고 몸을 일으키려는 순간 종아리 근육에서 경련이 올라왔다. 갑작스러운 통증에 놀라 종아리 안쪽을 움켜쥐자 잠이 무슨 일이냐고 물었다. 격한 통증 때문에 아무 말도 못하고 있었더니 잠이 내 손을 다리에서 떼어내고 직접 주물러주기 시작했다. 그러다가 아예 침대 위로 올라와 나를 마주하고 앉아 자기 다리에 내 다리를 올린 채 마사지해주었다. 잠의 손은 크고 단단했지만 내 근육과 관절을 어루만지는 손길은 매우 섬세하고 유연했다. 정말로 남자와 여자의 손길이 동시에 와 닿는 듯했다. 그런 잠의 손길에 경련을 일으키던 종아리근육이 서서히 풀어지고 마음도 덩달아 편안해졌다.

"뭐야, 너 마사지도 배웠어?"

내가 묻자 잠은 그저 피식 웃으며 대답했다.

"극장에서 일하기 전에, 그러니까 성전환수술을 받기 전에 마사지 가게에서 일한 적이 있어."

내가 고개를 끄덕이자 잠은 그 시절의 이야기를 짧게 들려주었다.

"나는 그 일이 싫지는 않았어. 내 손길에 따라 점점 편안해지는 사람들의 모습을 바라보는 게 좋았거든. 내가 사람을 돕는다는 생각에 보람도 느꼈고. 다만 매일 아침 10시에 가게에 나가 밤 10시까지 일하는데도 기본급이 터무니없이 적었어. 손님이 주는 팁이 아니면 생계를 유지하기 어려울 정도였지. 그래서 어떻게든 손님을 더 많이 받으려고 매니저의 비위를 맞추고 선물을 주기도 하면서 좋은 관계를 유지하려고 애쓰는 게 마사지 일보다 더 어렵고 싫었어. 그렇게 해서 겨우 손님을 받는다 한들 관광객은 대부분 팁 한 푼 주지 않고 그냥 가버리기 일쑤인 거야. 마사지 업계의 현실을 모르니까 그럴 테고, 팁을 주는 게 규정도 아니니까 주지 않는다 해도 뭐라고 할 수는 없는데, 그럴 때마다 너무 분하고 속상한 감정을 조절하기 어려웠어. 그래도…… 그곳에서 린을 만났지."

잠시 뜸을 들이는 잠에게 그러고 보니 린은 어떻게 됐냐고 물었다. 잠은 린이 우리를 바래다주고 응급실까지 와서 함께 있다가 무대에 서야 할 시간이 되어 조금 전에 떠났다고 대답했다. 너도 가봐야 하지 않느냐고 묻자 자기는 단역 무용수라서 무대에서 빠져도 크게 상관없어 이미 다 조치해두었다고 했다. 그럼 린하고는 이제 화해했냐고 묻자 잠은 머뭇거리며 대답하길 주저했다.

"불편하면 대답하지 않아도 돼."

내가 말하자, 잠은 그런 게 아니라고 말했다.

"우리가 정말 싸우긴 했을까 싶어서 말이야⋯⋯. 참 이상했어. 그때는 우리 둘 다 수술 전이었는데도 나는 그 애가 나와 같은 사람이라는 인상을 받곤 했어. 물론 그 전에도 정체성이 나와 같은 이들을 수도 없이 봤지만 린 같은 사람은 없었거든. 그 애는 어쩌면 내가 어렸을 적에 잃어버린 쌍둥이 자매가 아닐까 싶을 정도로 나와 닮은 것 같았어. 우리는 금세 가까워졌고, 돈을 모으려고 각자 살던 방을 빼고 한집에서 살면서 뭐든지 함께했지. 같이 먹고 자고 일하며 우리에게 일어나는 모든 일과 감정을 이야기하고⋯⋯ 그렇게 서로를 위로하고 응원하며 살았는데⋯⋯."

동거를 시작하고 얼마 뒤 집안에서 경제적인 지원을 받게 된 린이 먼저 성전환수술을 받았다. 잠은 린의 보호자를 자처해 병원에서 내내 함께 지내며 간병해주었다. 그때 확실하게 약속하지는 않았지만, 잠은 자신이 수술을 받게 될 때 린이 분명히 자신을 보호하고 간병해주리라 기대했다.

그러나 수술 후 회복기를 거친 린이 곧바로 티파니 극장의 오디션에 합격해 거처를 옮겼고, 홀로 남은 잠은 여전히 마사지 가게에서 일하며 돈을 모으느라 바로 수술을 받을 수 없는 상황이었다. 그리고 2년 뒤 잠이 겨우 자금을 마련해 수술을 받을 무렵, 린은 이미 무대에 서며 경력을 쌓아가는 중이라 잠을 외면해버리고 말았다.

"친구 사이이긴 하지만 나는 우리가 피를 나눈 가족 이상으로 진한 관계를 맺어왔다고 믿었어. 가족조차도 알아주지 않던 우리의 진짜 삶을 오직 둘이서만 공유했고, 나는 그 애가 나의 진짜 가족이 아닐까, 아니, 진짜 나 자신이 아닐까 싶을 정도로 좋았어. 나보다 더 나 같은, 진짜 내 영혼의 주인공 말이야. 오늘 린의 차를 타고 오면서 이야기를 나누는 동안에는 마치 그 시절 우리로 되돌아간 것만 같았어. 오랜 시간 동안 서로를 외면하고 인사조차 나누지 않으며 지내왔는데도 그 시기의 공백이 하나도 느껴지질 않았어. 우리는 여전히 함께 있고, 서로를 바라보고 있는데…… 무엇보다도, 나는 린을 정말로 좋아하는데……. 아직까지도 나는 린과 함께 있는 순간이 마냥 좋기만 해. 내가 린을 미워했던 이유는 그 애가 수술 후 나를 외면했기 때문이 아니라, 내가 좋아하는 만큼 그 애가 나를 좋아하지 않는다는 나의 망상 때문이었어. 나는 그것을…… 이제야 알았어."

내가 병원에서 집으로 돌아와 안정을 취하는 동안에 잠도 덩달아 출근하지 않았다. 나 대신 매일 밥을 사다 주고 방 청소와 빨래까지 해주는 잠에게 언제까지 그러고 있을 것이냐고 묻자 일단 일주일만 쉬기로 했으니 걱정하지 말라는 대답이 돌아왔다.

"내가 요가 영상 파일 보내줄 테니까 보면서 너 혼자라도 연습해."

잠은 요가로 무대를 꾸며 경연에 나가려던 계획은 이미 접었다고 말했다. 나 때문에 그러냐고 묻자 내가 아프기 전부터 솔직히 자신이 없었다고도 했다.

"요가는 남에게 보여주려고 하는 게 아니라고 네가 말했잖아. 남과 하는 경쟁은 더더욱 아니고."

잠은 자못 진지한 표정으로 말했다.

"대신 린과 함께 듀엣으로 경연을 준비할 거야. 린이 먼저 자기가 그동안 해오던 프로그램은 이제 식상하다며 새로운 무대에 도전해보고 싶다고 해서, 다음 주부터 같이 연습하기로 했어."

내가 미소 짓자 잠은 손으로 내 이마와 머리카락을 쓸

어내렸다. 갓난아기나 고양이를 쓰다듬는 듯한 이 부드러움은 어디에서 흘러나올까. 그녀는 나를 가만히 바라보다가 배를 타고 바다에 가자고 말했다. 바다? 내가 되묻자 잠은 고개를 끄덕이며 다시 말했다.

"친구 중에 배를 가진 애가 있어서 이미 예약도 해두었으니까 오늘 꼭 가야 해."

바다라면 걸어서 갈 수 있는데 왜 배를 타느냐고 묻자 그녀는 파타야 바다 너머에 있는 섬, 꼬란 주변의 바다로 갈 것이라고 대답했다.

"파타야 바다는 물이 너무 더러워서 수영을 할 수가 없잖아. 관광객이 많아지고 나서는 꼬란도 좀 그렇긴 한데, 그중 딱 한 군데, 싸매 비치에 가면 물이 아주 신기할 정도로 맑고 따뜻해."

"하지만 수영을 하기에는 아직 몸 상태가 좋지 않은데."

"와추 테라피라고 들어봤어? 따뜻한 물속에서 몸을 이완하고 에너지를 순환해주는 거야. 내가 리드할 수 있으니까 너는 그저 가만히 바라보면 돼, 그 순간과 너 자신을."

잠의 친구가 미리 나와준 덕분에 우리는 선착장까지 가지 않고 어선 부두에서 곧바로 그의 보트를 탈 수 있었다.

한낮의 태양을 받아 새하얗게 빛나는 수평선을 바라보며 바다를 가로질러 나아가니 먼 미지의 세계로 떠나는 듯한 설렘이 일었다. 태양은 뜨겁고 바람은 시원해 마음의 자리도 바다만큼 넓어지는 듯했다.

30분 정도 보트를 타고 바다 위를 달려나가자 저 멀리 푸르른 섬이 드러나 보였다. 그림책 속에서나 본 듯한 맑은 초록빛의 나무가 우거진 동산 같은 섬이었다. 섬의 해수욕장 한편에 보트가 정박했다. 잠이 먼저 가방을 메고 보트에서 내려 내 손을 잡아주었다. 잠의 손에 의지해 보트에서 내린 뒤에도 우리는 그대로 손을 잡고 걸었다. 해변에 즐비한 선베드에 자리를 잡고 앉자 잠이 가방을 열었다. 잠은 공기 주머니와 수경, 수모를 꺼내며 나에게 와추의 체험 순서와 주의 사항을 설명해주었다.

"처음에는 물속으로 들어가 등을 대고 누워. 얼굴은 물 위에 떠 있을 테니 자연스럽게 숨을 쉬면 돼. 10분쯤 지나면 코마개로 코를 막고 물속에 완전히 들어갈 거야. 그러고 나서 물 위로 떠오를 때마다 입을 통해 숨을 들이쉬고 다시 물속으로 들어가. 이때는 물속에서 좀 더 강렬하게 움직일 수 있어."

내가 알겠다고 대답하자 잠은 가방에서 꺼낸 물건을 손

에 들고 따라오라고 말했다. 나는 그렇게 잠을 따라 바닷물 속으로 들어갔다. 잠이 말한 대로 이곳의 바닷물은 신기할 정도로 맑고 따뜻했다. 물속에서 잠은 나의 양쪽 허벅지에 공기 주머니를 각각 매달아주고 자신의 왼쪽 팔을 펼쳐 보이며 기대어 누우라고 말했다. 그 말에 따라 나는 등을 돌려 잠의 팔을 베고 누웠다. 그러자 내 몸이 두둥실 물 위로 떠올랐다. 그 순간 나에게 가장 먼저 다가온 것은 '소리'였다. 물의 소리……. 그것은 어떠한 언어로도 표현할 수 없는 자연의 소리였다. 물은 그저 흐르는 액체인 줄만 알았는데, 이토록이나 아름다운 음악 소리를 내는 게 놀랍기 그지없었다.

잠은 물속에서 뒷걸음질 치며 내 몸이 계속 떠오르도록 이끌었다. 내 몸의 어느 한 부분에도 힘이 실려 있지 않았다. 잠의 몸에 의지한 채 흘러가고 있는 내가 마치 해조류가 된 것만 같았다. 나는 물결에 따라 자연스럽게 움직여나갔다. 두 눈을 모두 감고 있는데도 물 바깥의 태양이 빛나고 구름이 흘러가는 모습이 보였다. 물이 보이고, 소리가 보이고, 호흡이 보였다. 숨을…… 쉬고 있는 나는…… 자연이구나. 자연과 나는 분리되어 있는 개별의 존재가 아니라 하나로 연결되어 흐르고 있구나. 모든 것이 나에게로 흘러들고, 나로부터 흘러가고 있구나. 물속의 소리가, 내 안의 소리가, 빛 속의 내가 그것을 가르쳐주고 있었다.

　잠은 내 몸을 따뜻하게 감싸주고 받아주었다. 그의 몸에 기대어 있는 나는 아주 소중한 존재였다. 나를 이토록 포근하게 안아주는 존재는 과연 무엇일까. 오래전 어머니의 배 속에서도 나를 소중하게 품어주는 존재를 느낀 적이 있었다. 나는 흐르고 또 흘렀다. 물과 함께, 소리와 함께, 공기와 함께, 바람과 함께 흘러갔다. 얼마나 시간이 지났을까. 불현듯 내 몸이 기우뚱하더니 두 다리가 땅에 닿았고 나는 똑바로 서게 되었다.

　"오픈 유어 아이즈."

　잠의 음성에 따라 두 눈을 떴다. 그녀가 내 손에 잠수용 코마개를 쥐여주었다. 내가 그것을 코에 끼우자 그녀는 양팔을 나란히 펼쳐 보이며 나에게 그 위로 누우라고 말했다. 잠의 몸에 기대어 눕자 곧바로 귓속을 파고드는 물의 소리, 그리고 좀 더 격렬하게 요동하는 내 몸의 움직임이 느껴졌다. 내 몸은 빠르게 이리로 갔다 저리로 갔다 했다. 내 힘으로 움직이는 것이 아니라 물결에 따라 저절로 흘렀다. 조금 전까지는 어머니의 배 속처럼 평화롭고 따뜻한 곳에 존재하고 있었다면, 지금은 걸음마를 떼고 어디론가 격렬하게 달려가는 듯했다. 나를 둘러싼 물은 곧 불이 되었다. 불처럼 타오르는 삶 속에 내 존재를 내어주고 있었다. 나는 계속 달려나갔다. 달리고 또 달리며 내 삶의 불길을 쏟아냈다. 물 속에 불이 있었고 불 속에 물이 있었다. 그리고 나는 그 모든 것들과 함께 분명히 존재하고 있었다.

얼마나 그렇게 내달렸을까. 움직임이 잠잠해졌다. 나는 어느새 잠의 품속에 고스란히 안겨 있었다. 잠? 잠이 누구지? 지금 나를 끌어안고 있는 것은 오로지 존재뿐이었다. 아주 오래전, 태초부터 나를 품고 있던 그는 존재 그 자체였다. 그가 나의 오른쪽 귀를 자신의 왼쪽 가슴에 갖다 댔다. 쿵, 쿵, 쿵, 움직이는 심장 소리. 우리는 태초부터 존재했고 사랑하고 있었다. 나는 그 존재를 끌어안았고, 그는 나를 보듬어 안았다. 우리는 오래, 아주 오래 그곳에서 흐르고 있었다.

아버지가 없는 나라

입국장에서 빠져나오는 아진의 표정이 밝았다. 출구에 서서 기다리고 있던 나를 발견하고 활짝 웃어 보이는 그녀의 모습이 자못 신기했다. 시애틀 터코마 국제공항에서 출발해 인천공항까지 오는 기나긴 여정에도 피로한 내색이 비치지 않음은 물론, 그동안의 근심 혹은 앞으로 일어날 일에 대한 불안이 전혀 드러나지 않는 미소 띤 얼굴이라서 그랬다. 아진은 나보다 피부색이 조금 어둡고 머리카락이 새카만 영락없는 동양인 외모인데도, 웃는 모습을 보면 저게 바로 미국인의 얼굴인가 싶었다.

우리는 서로 가까이 다가가 자연스럽게 포옹하며 안부 인사를 나누었다. 지난해 한국에 다녀간 뒤부터 조금씩 한국어를 연습하고 있다는 아진은 서툰 발음으로 "오, 해나, 잘 지내요? 어땠어요?"라고 물었다. 내 이름은 해나가 아닌 한아Han-ah인데도 문자 앱으로 먼저 인사를 나눠온 까닭에, 아진은 내 이름을 영어식 발음으로 불렀다. 그녀의 발음을 굳이 정정해줄 필요는 없을 듯해 나는 별다른 말을 하지 않고 그대로 내버려두었다. 좌우간 아진이 겨우 배운 한국어로 인사하는데도 나는 좀체 한국어로 대답하지 못하고 습관처럼 "굿, 하우 아 유?"라고 되묻고 말았다. 그제야 아진은 영어로 빠르게 "예아, 잇츠 고잉 웰. 어 리틀 타이어드 비커즈 오브 마이 롱 플라이트 벗 아임 파인 나우"라고 대답했다.

아진의 짐을 나눠 들고 리무진 버스에 올라타 일단 집으로 가서 좀 쉬자고 말했다. 그러나 아진은 비행기에서 내내 자면서 왔더니 딱히 피곤하지 않다며 짐만 놔두고 곧바로 병원부터 가보자고 제안했다.

한인 해외 입양인인 아진의 생물학적 아버지가 위독해 급히 한국에 가서 만나봐야 할 것 같다는 연락을 일주일 전에 받았다. 아진은 지난번 한국에 왔을 때처럼 우리 집에서 지내고 싶어 했고, 자신의 여정을 함께해줄 수 있는지도 물어왔다. 한국어를 못하는 아진이 한국에서 머무는 동안 그녀와 동행하려면, 나도 아예 휴가를 내고 여행자 같은 자세로 다녀야 했다. 수업을 맡고 있는 영어학원에 연락해 나를 대신해줄 수 있는 강사들과 일정을 맞춰야 해서 번거로웠으나, 아진에게는 그저 알았다고 대답해두었다. 아진이 이번 한국행으로 생물학적 어머니를 찾을 수 있기를 간절히 바란 까닭이었다.

아진은 집에 도착하자마자 와이파이 비밀번호부터 물었다. 나는 아진의 휴대폰에 와이파이를 연결해주고 전기 주전자로 물을 끓였다. 아진이 방에 있는 동안 나는 차호에 뜨거운 물을 붓고 우롱차를 우렸다. 차판을 들고 방으로 들어가 차를 권했으나 그녀는 대답 없이 휴대폰만 들여다보고 있었다. 아진의 표정이 점점 어두워져 무슨 일이라도 생겼냐고 물었다. 그녀는 시선을 여전히 휴대폰 화면 속에 박아둔 채 "뭔가 잘못된 것 같아"라고 말했다. "뭐가?" 되물으면서도 설마 그사이 그녀의 친부가 사망한 건 아닐지 염려스러웠다. 아진은 아무 대답 없이 손에 쥐고 있던 휴대폰을 나에게 건네주었다. 화면에는 그녀의 아버지가 보낸 문자메시지가 떠 있었다. 번역기를 쓴 게 확실해 보이는 영어 문장으로 그는 아진에게 자신을 절대로 찾아오지 말라고 했다. 지금은 너를 만날 수 없으니 문자에 답장도 하지 말고 전화도 하지 말아달라는 확고한 내용이 담겨 있었다. 아진은 당연히 당황했고, 다소 화가 난 것 같기도 했다. 췌

장암 말기로 살아갈 날이 얼마 남지 않았다며 아진을 한 번더 보고 싶다던 아버지가 아니던가. 시애틀에 있는 요가 명상 테라피 센터에서 테라피스트 리더로 일하는 아진은, 센터의 일정을 모두 미룬 채 2주간 휴가를 내어 급히 한국으로 온 것이었다. 한국행 비행기표를 예약한 뒤 도착 시간과 한국에서의 계획을 전했을 때만 해도 알았다고, 기다리고 있겠다고, 곧 보자고 대답한 사람이 왜 이제 와서 만남을 거부하는지 알 수가 없었다.

어떻게 할지 모르겠다고 생각했으나 차마 생각을 입 밖으로 꺼내지 못하고 있었는데, 아진이 먼저 "어떻게 하지?" 물어왔다. 그러게, 어떻게 해야 할까? 어쩐지 아무런 대답도 할 수 없었고, 아무런 생각도 떠오르지 않았다. 나는 찻잔을 들어 이미 식어버린 우롱차를 들이마셨다. 너무 오래 우러나 쓰고 떫은맛만 남은 찻물이 목구멍으로 힘겹게 넘어갔다.


맨 처음 나를 '해나'라고 부른 사람은 아진이 아니라 모니카였다. 모니카, 그녀는 나에게 그림책 같은 존재였다. 어린 시절 매일 읽고 또 읽으며 그 세계에 온전히 동화되어 있었지만 시간이 지나 자연스레 사라져버려 영영 찾을 수 없게 된 책. 언제, 어디서, 어떻게 사라졌는지 알 수 없고 아무리 기억하려 애써봐도 행방이 떠오르지 않는 책 말이다. 심지어 내용마저 정확하게 기억나지 않고 흐릿한 인상만 떠오르는, 그런 존재가 바로 모니카였다.

모니카를 떠올리면 삭발에 가깝게 짧게 친 머리카락과 어깨부터 팔꿈치까지 이어진 커다란 불새 문양 타투, 피부 곳곳에 배어 있던 잡풀 냄새가 먼저 생각났다. 내가 어렸을 적 미국에서 여성학을 공부하던 어머니가 점심 무렵 학교에 가면, 나는 종일 모니카와 함께 지냈다. 정원사로 일했던 모니카는 주로 새벽에 나갔다가 정오쯤 일을 마치고 돌아와 나를 돌봐주었다.

모니카와 어머니 그리고 나까지, 우리 셋은 모두 인종이 같았다. 그런데 그때는 어머니만 나에게 한국어로 말했고 모니카는 영어로 말했다. 모니카가 어머니와도 영어로만 대화했던 것을 돌이켜보면, 그녀는 아마도 한국계가 아니라 중국계나 일본계였을 것이다. 한국어를 못하는 한국계 미국인일 수도 있겠지만 그때는 모니카의 혈통을 명명백백히 따져보지 않았다. 모니카는 그냥 모니카였고, 나는 모니카의 출생지도 국적도 나이도 성별도 명확히 인지하지 못한 채로 지냈다.

어머니는 미국에서 유학 생활을 하는 동안에 외로움과 공허가 커져 가족을 이루고 싶어 했다. 하지만 갑자기 가족을 만들려고 아무하고나 사랑에 빠질 수는 없는 노릇이었다. 어머니는 남편이 아닌 아이를 더 원했기에 정자은행에서 정자를 기증받아 나를 낳았고, 그 후에 친구인 모니카와 함께 살게 됐다고 설명해주었다. 그러나 나는 어머니의 말을 다 믿지는 않았다. 어머니가 모니카와 레즈비언 커플이었다는 사실을 항상 숨겨왔기 때문이다.

어머니와 모니카는 같은 방을 썼고, 스스럼없이 서로의 몸을 더듬고 입술을 맞대곤 했다. 그래서 나는 우리 모두를 한 가족으로 받아들였지만, 지금에 와서 돌아보면 어머니와 모니카가 부부는 아니었을 거라는 생각도 들었다. 그들이 만약 부부였다면 나는 어머니와 모니카 모두를 '엄마'라고 불러야 했을 것이다. 그러나 나는 어머니만 '엄마'라고 불렀고, 모니카는 그냥 '모니카'라고 불렀다. 그러니 나는 분명히 어머니 혼자서 낳았을 터였다. 다만 어머니가 정말로 정자를 기증받았는지는 불분명하게 느껴졌다. 어머니는 남의 이목을 중요시하는 사람이고, 매사를 정확하게 짚고 넘어가야만 하는 성격의 소유자다. 어딘가 석연치 않은 구석이 있거나 뭔가 잘못된 점이 있으면 어떤 식으로든 실상을 밝혀내 모두에게 알린다. 그런데 유독 내 출생과 모니카에 관해서는 언제나 모호한 태도로 여러 차례 말을 바꿨으니, 그런 어머니를 이해할 수 없었다. 어머니는 내가 자신의 설명을 조금이라도 의심하거나 추가로 질문을 던지면 곧바로 말을 잘라먹고는 그저 오래전 일이라 기억나지 않는다는 식으로 일관했다.

나는 어머니의 과거 이야기를 들으며 내 출생에 대한 퍼즐 조각을 홀로 맞춰왔다. 그러다 보니 나와 어머니와 모니카의 과거를 상상하는 시간이 늘어났다. 유학 생활의 외로움을 못 견딘 어머니가 술에 취해 낯선 남자와 실수로 하룻밤을 보내지는 않았을까? 아니면 정말로 아이만 원해서 의도적으로 어떤 남자를 만나 임신에 성공했을 수도 있다. 혹은 강간을 당하는 불행을 겪었을지도 모를 일이다. 그래서 평생 나쁜 기억을 지우며 살아오느라 나를 어떻게 낳았는지 정확히 설명할 수 없다고 생각하면 어머니의 태도를 수긍할 수 있었다. 허무맹랑한 망상일지 모르지만, 마를렌 고리스 감독의 영화 〈안토니아스 라인〉*을 보면서는 어떤 경우든 가능할 것 같았다. 어쨌거나 어머니는 한국에 와서는 대학에서 여성학을 가르치며 마치 페미니즘의 기수라도 된 양 자신이 정자를 기증받아 출산한 비혼모라는 사실을 스스럼없이 밝히고 살았다. 그래서 나는 한국에서 자라는 동안 '아비 없는 자식' 혹은 사생아라는 말을 듣고 살지는 않았고, 어머니도 '미혼모'라는 이유로 차별이나 무시를 당할 일이 없었다.

일곱 살 무렵 한국으로 와 학교를 다니면서부터 나는 오직 어머니하고만 지냈지만, 아버지의 존재가 궁금하거나 필요하다고 느낀 적은 없었다. 나는 다만 어느 날 갑자기 사라져버린 모니카가 그리웠고 궁금했다. 어린 나와 함께 있어주던 모니카. 아무런 이유도 목적도 없이 나에게 무조건적인 사랑만 주던 모니카는 어디로 사라졌을까?

아진은 3년 전 여름, 처음 한국에 왔다. 교환학생이나 교수로 한국에 온 외국인이 우리 집에 잠시 머물다 가는 경우가 더러 있었는데, 어머니가 미국에서 생활하며 인연 맺은 사람에게 어머니를 소개받은 것이었다. 그래서 나는 아진도 같은 계기로 우리 집을 거쳐 가려는 학생이나 강사일 거라고 생각했다.

아진이 한국에 오기 전 보낸 메일에는 그녀의 이름이 'Hajin Cotillard'라고 적혀 있었다. 이름만 봐서는 한국인 아니면 중국인 같은데, 성을 보면 서양인이니 혹시 혼혈인인가 싶기도 했다. 그때 그녀는 자신의 오빠 'Alain Cotillard'와 함께 올 것이라며 비행 정보와 도착 예정 시간을 전달해주었다. 나는 그녀가 알려준 이름을 A4 용지에 출력해 인천공항 입국장으로 들고 갔다. 이내 그들이 타고 온 비행기가 도착했고, 입국장을 지나 내 앞으로 다가온 남녀는 모두 나와 비슷한 외모의 동양인이었다.

그날 집에 와서 저녁을 먹으며 남매의 이야기를 직접 들었다. 그들은 모두 한국에서 태어나 두 살 무렵 프랑스인 양부모에게 입양되었다. 사회학 교수인 양부는 그들을 입양한 뒤 미국에 있는 대학에 자리를 잡았으며, 가족 모두가 미국으로 이민을 떠났다. 남매는 아메리칸 스쿨에서 교육을 받으며 성장했고, 집에서는 프랑스어를 사용하며 유럽식으로 생활했다.

내 이름을 잘못 발음하는 아진과 마찬가지로 나도 아진과 알랭을 처음 만났을 적에는 그들의 이름을 정확하게 부르지 못했다. 나는 아진을 '하진', 알랭을 '앨런'이라고 불렀다. 그리고 그들 또한 굳이 나의 발음을 정정해주지 않았고 내가 부르는 이름을 자연스럽게 받아들였다. 얼마 뒤 그들이 서로를 부르는 호칭이 아진과 알랭이라는 사실을 알고, 내가 그동안 너희 이름을 잘못 부르고 있었느냐고 물었다. 그러자 별일도 아니라는 듯이 자기들은 애초에 프랑스로 입양되었기에 불어 발음으로 서로를 부를 뿐이라고 말했다. 그럼 내가 너희를 어떻게 불러야 하느냐고 물으니 그냥 내가 원하는 대로 부르면 된다고 대답했다. 미국인은 그들을 해진, 하진, 앨런, 알란 등 각자 다르게 부른다고 덧붙였다. 그래서 어떤 이름으로 부르건 비슷하게만 들리면 바로 본인을 부르는 줄 알게 됐다는 것이다.

그들은 프랑스에서 살아본 적이 없기 때문인지 스스로를 프랑스인이라고 말하지는 않았다. 그동안 살아온 곳은 미국이지만 국적은 미국이 아니기에 미국인이라고 말하지도 않았다. 그렇다고 해외 입양 후 한국에 처음 방문했는데 한국인이라고 말할 수도 없는 노릇이었다. 그들은 그저 한국에서 태어났고, 프랑스 여권이 있으며, 미국에서 성장했다고 말했다. 그들의 설명은 매우 짧고도 길게 다가왔다.

그때 그들은 한국인 친부모를 찾기 위해 한국에 왔다. 사실 친부모를 꼭 찾고 싶어 한 알랭과 달리 아진은 아직 확신이 서지 않은 상태였다. 그래도 아진은 입양기관에 가서 자신과 관련된 서류를 확인해보기 원했다. 그들이 먼저 부탁하지 않는데도 나는 선뜻 따라나서기로 했다. 한국이 처음인 데다가 한국어도 못하는 그들에게 누군가 안내

해줄 사람이 있으면 좋을 것 같았다.

그들은 같은 입양기관에서 입양되었기에 우리는 그곳으로 찾아갔다. 입양기관의 직원은 아진의 서류를 금방 찾아냈고 아무 거리낌 없이 그녀에게 보여주었다. 서류에는 아진에 대한 기록이 상세하게 남아 있었다. 그녀의 친부가 물려준 성과 이름이 기재되어 있었고, 출생 연도와 생일, 친부에 대한 정보까지 적혀 있었다.

아진이 자신의 친부를 만날 수 있느냐고 담당 직원에게 물으면서, 그를 당장 만나고 싶은 건 아니라고 밝혔다. 직원은 먼저 그녀의 친부에게 연락해 의사를 물어보겠다고 대답했다. 그러나 친부모 대부분이 입양 보낸 아이와 다시 만나기를 꺼리는 경향이 있으니 큰 기대는 하지 말라고 덧붙였다. 아진은 이미 그럴 거라 예상하고 있었다며 직원의 말을 덤덤하게 받아들였다.

문제는 알랭이었다. 비교적 많은 정보가 남아 있는 아진과는 달리 알랭의 서류에는 그의 신원에 대한 정보가 거의 없었다. 서류에는 그가 연희동 파출소 앞에 버려져 있었고, 경찰이 발견해 보호기관으로 넘겼다는 기록이 남아 있었다. 아이와 함께 버려진 담요 속에는 이름이나 숫자가 적힌 쪽지가 없었기에 그때 그를 발견한 경찰이 동네 이름을 따서 한글 '연'과 한자 '延'을 서류에 써놓았고, 나중에 이를 본 입양기관 직원이 주로 남자아이를 칭하는 이름인 '석' 자를 붙여놓았다. '석' 자에는 한자가 없이 영어 철자로 'Suk'이라고만 적혀 있었다. 나보다 먼저 그 서류를 본 알랭은 자신의 한국어 이름이 '연숙'이라고 말했다. 연숙은 여자 이름이라고 내가 말하자 알랭은 여기에 그렇게 적혀 있다며 나에게 서류를 보여주었다. 나는 그 이름을 '연석'으로 발음한다고 알려주었다.

알랭이 보호기관으로 옮겨지기 전 병원에서 받은 검사를 통해 그가 대략 11개월 전에 태어났을 거라고 추정한 기록도 남아 있긴 했다. 어쨌든 그의 정확한 생일을 알 수는 없었다. 그는 보호기관에서 1년 정도 지내다가 지금의 양부모에게 입양되었다.

입양기관에서 서류를 확인하고 나온 뒤에 셋이서 알랭이 처음 발견된 장소인 연희동 파출소를 찾아갔다. 30여 년의 세월이 지났으니 그곳에 찾아간들 무언가 발견하거나 뚜렷한 정보를 얻을 수는 없을 터였다. 꼭 그곳에 가봐야 하느냐고 묻자 알랭은 그저 자신이 지나온 자리를 한 번쯤 돌아보고 싶다고 말했다.

휴대폰 지도 앱을 보며 찾아간 파출소 앞은 그저 평범

한 장소였다. 한적한 주택가 맞은편에 있는 몇몇 한식집들 사이에 자리한 곳. 알랭은 아무 말 없이 파출소 주변을 뱅뱅 돌다가 한 자리에 멈춰 서서 파출소 맞은편의 풍경을 그저 바라보았다. 그때 아진이 조심스럽게, 부모가 아이를 잃어버렸거나 누군가 아이를 유괴했을 수도 있다고 말했다. 그 말의 의미를 모르지 않았다. 너는 버려지지 않았다고, 부모가 너를 함부로 버렸을 리 없다고 말하며 다독이는 언어. 알랭은 자신도 지금 그 생각을 하고 있었다고 말하며 희미하게 웃어 보였다. 나는 아무 말 하지 않았다. 연희동 파출소 주변은 아이를 잃어버릴 가능성이 높지 않은 곳이기 때문이었다. 그곳은 인파로 북적이는 지하철도 유원지도 시장통도 아니었다. 설사 이곳에서 아이를 잃었다 한들 부모가 파출소에 연락해 금방 찾아낼 수 있었을 것이다. 만에 하나 아이가 유괴되었다 해도 마찬가지였을 테다. 그랬더라면 분명히 어떤 식으로든 기록이 남았을 것이다. 그러나 그는 누가 보아도 그저 버려진 아이였기에 경찰이 아이를 곧장 보호기관으로 보낸 것이 자명했다. 나는 알랭에게 이런 내 생각을 솔직하게 말할 수 없었다. 그렇다고 해서 아진처럼 눈에 훤히 보이는 거짓말로 그를 위로하는 것도 양심에 거리껴 입을 다물어버렸다.

친부모를 찾아 한국까지 온 아진과 알랭은 결코 행복해 보이지 않았다. 친부에게 버림받은 과거와 마주하는 일은 설렘이나 기쁨보다는 당혹과 고통의 순간에 더 가까울 것이다. 잊고 싶고, 지우고 싶은 기억. 그래서 더욱 잊히지 않고 지워지지 않는 기억. 그들이 친부모를 찾건 찾지 못하건 그들은 고통스러울 수밖에 없을 것이다. 나는 애초에 생물학적 아버지의 존재가 차단되어 있기에 찾아낼 방법도 없었다. 일본에서는 정자은행에서 정자를 기증받아 출생한 아이가 생물학적 아버지의 신원을 알기 위해 냈던 소송에서 승소한 사례가 있지만, 그러한 방식을 통해서 친부를 찾아낸다면 분명 모두에게 상처와 고통만 남을 것 같았다. 돈을 받고 정자를 제공한 남자는 그 정자가 한 명의 인간으로 성장해 자신을 찾아오기를 원하지 않을 것이다. 어떤 식으로건 자신의 정자에서 파생된 존재와 연결되지 않기를 바랐을 터인데, 그런 사람을, 왜 찾아야 하는지 알 수가 없었다. 혹은 내 상상처럼 어머니가 성폭행을 당하기라도 했다면 아버지는 쓰레기보다 못한 범죄자에 불과하므로 정말이지 모든 진실을 덮어두고 사는 편이 훨씬 나았다. 그래서였을까? 내 존재의 근원을 찾고 싶다는 원시적 욕망은 모니카에게로 모두 쏠렸다. 어린 시절 나를 돌봐주고 사랑해주었던 모니카. 그녀에 대한 기억이 아진과 알랭의 친부모를 찾아 나서는 내내 떠올랐다. 아니 어쩌면 이전부터 모니카를 만나고 싶었던 나의 바람이 무의식중에 남아 그들의 친부모를 찾는 여정에 함께하게 됐을지도 모르겠다.

며칠 뒤 그들의 입양기관에서 연락이 왔다. 아진의 친부가 그녀를 만나고 싶어 한다는 내용이었다. 알랭은 마치 자기 일인 양 기뻐했지만 아진은 조금도 기뻐하지 않았다. 연락을 받은 뒤 그녀는 오래도록 방 안에 틀어박혀 명상을 하고 나오더니 친부를 만나지 않고 돌아가는 게 좋겠다고 밝혔다. 아진의 심리를 누구보다 잘 알고 있을 알랭은 그녀의 결정을 곧바로 받아들이는 눈치였다. 아버지가 없는 나로서는 애초에 친부를 찾으려는 마음이나 찾고도 만나지 않으려는 마음을 제대로 이해할 수 없었지만, 친부의 자리에 모니카를 대입해보면 어쩐지 공감이 되기도 했다. 모니카……

그들이 미국으로 돌아가기 전 알랭은 해외 입양인 DNA 등록기관을 찾아 자신의 DNA 검사 결과를 등록해두었다. 만약에 알랭이 정말로 실종된 아이였다면 그의 친가족 중 누군가 아이를 찾으려고 DNA를 등록해놓았을 가능성이 있기 때문이었다. 최근 들어 DNA 검사를 통해 친

가족을 찾은 해외 입양인이 늘어나긴 했으나 실상은 복권에 당첨될 확률과 비슷하다는 것이 흠이긴 하지만 말이다.

위독하다는 친부를 만나고 가려던 아진의 계획이 틀어져버린 뒤 그녀는 한동안 멍한 표정으로 가만히 있었다. 갑자기 일정이 정해진 탓에 알랑도 없이 그녀가 홀로 한국까지 왔는데 친부가 만남을 거부한 이유조차 알 수 없으니 답답하기는 나도 마찬가지였다. 아진과 나는 다음 날이 되도록 밖으로 나가지도 않고 종일 굶은 채로 시간을 보냈다. 그러고 나니 아진은 몸과 마음을 다 비운 듯한 편안한 표정으로 이번 기회에 지방에 있는 선원에 가서 위빠사나 명상 수련을 해보고 싶다고 말했다. 열흘 동안 이어지는 과정으로 한국에서 꼭 한번 수련해보고 싶었으나 그동안 시간을 낼 수 없었는데 잘됐다고 덧붙였다. 나는 거창에 있다는 선원까지 아진을 바래다주고 또 데리러 가기보다는 이참에 나도 함께 명상 수련을 하고 돌아오는 게 좋을 것 같아 곧장 선원 홈페이지에 들어가보았다. 다행히 아진과 내가 동시에 수련할 수 있는 자리가 있어 다음 날 선원에 도착하는 일정으로 예약해두고 곧장 짐을 꾸리기 시작했다.

아진 또한 이곳에 놔두고 갈 짐과 선원에 가지고 갈 짐을 분리해 가방을 다시 쌌다. 그녀는 나와 내 어머니, 그리고 자신의 친부에게 주려던 선물을 꺼내어놓았다. 그러고도 선물 상자가 두 개나 남았다. 누구에게 주려고 했는지 묻자, 하나는 혹시 친모를 찾으면 주려고 했고 다른 하나는 친부의 조카인 지희에게 줄 생각이었다고 했다. 그 순간 나도 모르게 "지희, 지희!"하고 소리쳤다. 아진은 깜짝 놀란 얼굴로 나를 쳐다보았다.

"왜 지희 생각을 못 했지? 지희에게 메일을 보내보자! 그러면 네 아버지에게 무슨 일이 일어났는지 알 수 있지 않겠어?"

내가 말하자 아진도 내 말이 맞다고 소리치며 곧장 랩톱을 열어젖혔다.

아진과 알랭이 두 번째로 한국에 찾아왔던 지난해, 아진은 친부를 만나기로 결심했었다. 아진은 그 사실을 입양기관에 알렸고 그의 친부도 당연히 만나고 싶다고 응답해 만남이 성사되었다. 입양기관에서도 통역사를 대동해주긴 했지만 어쨌거나 그들이 만나는 장소에 나도 함께 갔다.

입양기관 사무실에서 마주한 사람들 틈에서 나는 아진의 친부를 바로 알아볼 수 있었다. 지구 반대편에서 살아온 시간이 무색하리만치 유전자의 힘은 대단하구나 싶었다.

아진의 친부는 아진의 손을 붙들고 미안하다고 말하며 무척이나 죄스러워했지만, TV 뉴스에서 본 입양 가족들의 재회 장면처럼 아진을 부둥켜안고 눈물을 펑펑 쏟는 극적인 모습을 보이지는 않았다. 친부는 다소 무덤덤해 보였고, 그의 앞에 선 아진은 그보다 더 냉담해 보였다.

아진은 친부와의 만남에 집중하기보다는 전체적인 상황과 분위기를 파악하기 위해 더 애를 썼다. 입양기관에서 나온 통역사는 앞뒤 맥락을 제외하거나 간단한 문장으로만 그들의 말을 옮겨주었다. 아진은 나에게 "지금 저 사람이 제대로 말해준 게 맞아? 더 길게 말한 것 같은데 정말 이런 내용이었어?" 묻기도 했다. 그리고 알랭에게는 불어로 "저분이 진짜 나의 친아버지일까? 혹시 서류상의 오류가 있지는 않겠지?" 물었다고 나중에 알려주었다.

지희는 그때 입양기관 사무실에서 만났다. 캐나다 밴쿠버에서 유학 생활을 하다가 방학 기간이라 잠시 한국에 왔다고 했다. 그녀 역시 친부의 부탁으로 통역에 도움이 될까 싶어 따라 나온 것이었다. 그곳에서 아진과 지희는 이메일 주소를 교환하며 서로 사는 곳이 가까우니 한 번쯤 놀러 오라고 말한 적이 있었다. 어쩌면 지희는 지금 아진의 친부가 아진을 만날 수 없는 사정을 알고 있지 않을까 싶었다. 친부가 정말로 위독하다면 더욱더 지희가 모를 수 없지 않을까?

지희의 답장은 생각보다 빨리 도착했다. 우선 지희는 아진에게 놀라지 않았으면 좋겠다고 하면서도 사실은 자기가 너무 놀라 무엇부터 말해야 할지 모를 지경이라고 했다. 지난해 아진이 한국에 방문해 친부를 만났을 때 이미 들었지만, 아진의 친부와 친모는 결혼한 사이가 아니었다. 그들은 잠시 교제했으나 가족의 반대로 결혼하지 못하고 헤어졌다. 그리고 2년 뒤 친모의 언니, 즉 아진의 이모가 아이를 업고 친부를 찾아와 아진을 남겨두고 가버렸다. 그때까지도 친부는 아진의 친모가 자신의 아이를 임신하고 출산까지 한 줄도 모른 채로 살아왔다. 그러나 친부도 아진을 혼자서 키울 형편이 안 되어 입양을 보냈다. 오랜 시간이 지나 그는 다른 사람과 결혼해 가정을 꾸리고 아이 두 명을 얻었다.

친부는 그의 현재 가족에게 결혼 전에 얻은 혼외자가 있다는 사실을 밝히지 않았다. 그래서 친부는 아진의 존재가 가족에게 알려지길 꺼렸다. 다만 지희는 친형의 딸이므로 사정을 다 알고 있었고, 친부의 부인과 자식에게는 비밀로 한 채 함께 나왔다고 했다.

여기까지는 그때 아진의 친부에게 직접 들은 내용이었다. 메일에서 지희는 아진의 친부에게 숨겨둔 자식이 또 있다는 사실을 분노에 가득 찬 문장으로 적어 내려갔다. 친부가 결혼한 뒤 두 아이를 낳고 사는 동안에 또 다른 여자와 만나 아이를 출산했으나 아이 엄마를 때리고 협박해 자신을 찾아오지 못하도록 만들었다. 그 여자는 친부에게 양육비 한 푼 받지 못한 채 홀로 아이를 키웠고, 아이가 성장해 스무 살이 되자 친부에게 양육비를 청구하고 호적에 올려줄 것을 요구하는 법정 소송을 냈다. 이로써 모든 사실이 가족에게 알려졌다. 이것이 바로 사흘 전에 일어난 일이고, 아진의 친부는 이 와중에 결혼 전 혼외 자식이 한 명 더 있다는 사실이 알려질까 두려워 아진에게 아예 찾아오지도 말라고 한 게 아닐까 싶다고 지희는 적었다.

아진과 나는 아무런 말도 할 수 없었다. 아진의 친부는 그저 인상 좋게 생긴 중년 아저씨일 뿐이었는데, 누구에게나 친절하게 대해줄 것 같은 분이었는데, 그렇게 멀쩡하게 생긴 사람이 혼외자를 각각 다른 여자에게서 두 명이나 두고 둘 다 매몰차게 내버린 채 살아왔다는 게 믿어지질 않았다. 당시의 환경과 상황 때문에 아진을 입양 보냈다 치더라도, 최근에 알려진 일은 정말이지 뉴스에서

나 볼 법했다.

　아진이 친부를 처음 만났을 때 그는 자신이 췌장암 말기라고 말했다. 젊은 시절 아진을 버린 죄 때문에 이런 병에 걸린 것 같다고 쓴웃음을 짓기도 했다. 그때는 모두가 힘든 시절이었고 어쩔 수 없는 선택이지 않았냐며 나는 그를 위로했으나 속으로는 뭐 이렇게까지 자기를 비관하나 싶어 당황스러웠다.

　나는 아진에게 무슨 말을 해야 할지 몰라 그저 멍하니 랩톱 화면만 바라보았다. 이내 아진이 랩톱을 덮어 가방에 넣고는 무덤덤한 표정으로 짐을 싸기 시작했다. 이대로 미국으로 돌아갈 것 같은 태도였다. 내가 아무 말 못 하고 그녀를 보고만 있자 아진은 나에게도 어서 짐을 싸라고 말했다. 우리는 예정대로 위빠사나 수련을 하러 갈 거라면서 말이다.


　모니카와 함께 살던 시절, 휴일에는 셋이서 외식하고 가까운 공원을 산책하거나 극장에 가서 디즈니 영화를 보다가 집에 돌아오곤 했다. 그런데 그날은 모니카와 나, 단둘이서만 패밀리 레스토랑으로 향했다. 모니카는 나에게 엄마가 조금 늦을 테니 음료를 마시며 기다리자고 말했다. 나는 오렌지 주스를, 모니카는 커피를 주문해 마시고 있을 때만 해도 다 같이 맛있는 음식을 먹을 생각에 들떠 있었다. 문제는 어머니가 도착해 모니카 옆자리에 앉은 뒤 발생했다. 레스토랑 직원들이 우리를 쳐다보며 수군대기 시작했고, 이내 몸집이 비대한 남자가 다가와 우리더러 나가라고 말했다. 모니카가 이게 무슨 소리냐며 항의하자 남자는 빌어먹을 호모새끼한테 줄 음식은 없으니 당장 꺼지라고 말했다. 모니카가 자리에서 일어나 남자의 멱살을 움켜쥐고 다시 한번 말해보라고 하는 동안, 어머니는 조용히 자리에서 일어나 내 손을 붙들고 출입문 쪽으로 걸어갔다. 모니카는 우리에게 나가라고 했던 남자보다 더 큰 목소리로 어머니를 향해 지금 뭐 하냐고, 당장 자리에 앉으라고, 우리는 이렇게 차별당해야 할 이유가 없다고 소리쳤다. 모니카는 레스토랑에 있는 사람들 모두가 알아들을 수 있을 만큼 크게 외쳤으나 어머니는 아무런 대응도 하지 않고 차분히 식당에서 빠져나왔다. 모니카는 어쩔 수 없이 우리를 뒤따르면서도 남자에게 고래고래 소리를 지르며 욕지거리를 내뱉고 의자 하나를 쓰러뜨린 뒤에야 식당에서 나왔다.

밖으로 나온 모니카는 어머니에게 다시 화를 내며 너는 우리가 부끄럽냐고, 우리가 범죄라도 저질렀냐고 따져 물었다. 심지어 너는 교육받지 않았냐고, 우리가 잘못된 게 아니라 우리를 차별하고 혐오하는 저 사람들이 잘못된 거라고 왜 말하지 못하냐, 왜 항상 진실을 감추려고만 하냐고 울분을 토했다. 모니카가 쉴 새 없이 말을 쏟아내며 화를 내는데도 잠자코 듣고만 있던 어머니는 딱 한마디 했다.

"내가 두려워하는 건 저런 새끼가 아니기 때문이야."

집으로 돌아오는 길에 어머니는 그저 운전만 했다. 모니카도, 어머니도 더 이상 아무 말 하지 않았다. 어머니는 냉동실에서 피자를 꺼내어 오븐에 넣은 뒤 차가운 맥주를 잔에 따라 단숨에 들이마셨다. 이내 다 데워진 피자를 식탁에 올리고 모니카와 내가 자리에 앉자 어머니는 차분하고 냉철하게 말했다.

"우리가 싸워야 할 상대는 아까 그 식당의 남자 같은 인간이 아니야. 우리를 대놓고 혐오하고, 차별하고, 비난하는 그런 개자식들 말고, 우리를 혐오하지 않는 척하고, 차별하지 않는 척하고, 비난하지 않는 척하면서 조심스럽게 거리를 두는 지식인이 나는 더 두려워. 그들은 티 내지 않으니까, 앞에서는 별말 하지 않고 뒤에서 역겨워하면서 남몰래 우리를 외면하고 차별하니까, 나는 그런 사람들의 시선과 태도가 더 두려운 거야. 그 남자처럼 우리를 노골적으로

차별하는 인간은 그냥 피하면 되잖아. 상대하지 않으면 되
잖아. 그런 새끼는 우리가 먼저 피해 갈 수 있고, 마주치지
않을 수 있지만, 속으로만 혐오하면서 은근하게 차별하는
사람은 피할 도리가 없어. 우리는 그런 사람들의 시선과 태
도가 바뀌도록 싸워야 해."

어머니가 차분히 설명하는데도 모니카는 별다른 말 없
이 피자 조각만 우걱우걱 씹어 넘겼다. 어머니는 모니카에
게 맥주잔을 건네며 한잔 마시라고 했다. 그리고 자신의 잔
에도 맥주를 좀 더 채워 넣었다. 어머니는 가득 찬 맥주잔
을 지긋이 바라보다가 다시 입을 열었다.

"지난번 네 생일에 프랑스 식당에 가서 저녁 먹은 거
기억나? 네 와인잔에 들어 있던 동전도 기억하겠지? 그때
너는 고급 식당의 위생 관리가 뭐 이따위냐며 웨이터를 불
러 항의하려 했지. 나는 그냥 조용히 먹고 나가자고 했고.
그때 내가 항의하지 않은 이유는 그것이 위생상의 실수로
보이지 않았기 때문이야. 그래, 그들은 일부러 그랬어. 우리
는 누가 봐도 커플이니까, 그게 역겨우니까, 그런데 동성애
는 정신병이 아니고 동성애자를 차별해서는 안 된다고 배우
긴 했으니까, 아까 그 무식한 남자처럼 드러내놓고 나가라
고 하지는 않고 말없이 더러운 동전 하나를 와인 잔에 집어

넣은 거야. 이거나 먹고 꺼지라는 뜻으로, 다시는 자기들 세계에 발 들이지 말라는 뜻으로 말이야.

나는 사사건건 항의하고 사과받는 방식으로 싸우고 싶지 않아. 그건 그냥 일시적일 뿐이잖아. 나는 교육이 근본적으로 달라져야 한다고 생각해. 사람들의 인식을 바꾸기 위해서 헤테로섹슈얼과 다른 호모섹슈얼을 혐오하거나 차별하면 안 된다고 가르치는 대신, 우리 모두 하등 다를 바 없는, 같은 인간이라는 사실을 알리고 싶어. 그게 내가 계속 공부하는 이유야."

모니카는 끝까지 아무 말 하지 않았다. 조목조목 의견을 설명하는 어머니의 말에서 딱히 더 반박할 거리를 찾을 수도, 그렇다고 네 말이 다 맞다며 전적으로 동의할 수도 없었을 것이다.


거창으로 내려가는 버스 안에서 아진은 알랭의 안부를 전해주며, 입양기관에서 알려준 그의 기록 대부분이 가짜 정보였다고 이야기했다. 보통 친부모가 아이를 낳아 입양 보냈다는 사실을 숨기려고 입양기관에 아무런 정보를 제공하지 않고, 그럴 때마다 입양기관에서 흔히 '실종된 아기' 서사를 지어낸다는 것이다. 실종 후 위탁기관이나 보호기관에 보내졌다가 해외로 입양되었다는 이야기는 누구라도 쉽게 지어낼 수 있으므로 친부모의 동의하에 가짜 서류를 작성하는 경우도 있고, 매춘이나 강간으로 갖게 된 아이를 기를 수 없어 입양 보내며 가짜 정보를 제공하는 경우도 많다고 했다. 어떤 경우든 아이가 성장해 부모를 찾게 될까 염려해 지어내는 거짓말에 불과했다. 알랭은 입양기관에 끈질기게 연락한 끝에 자신에 대한 모든 정보가 허구였다는 사실을 알아냈으나, 그랬다 한들 진짜 자신을 찾고 진실을 알 수 있는 방법은 없었다고 전했다.

선원에 도착해 사무실에서 명상 수련 등록을 마치고 식당에서 간단히 식사한 뒤, 각자 배정된 방으로 들어가 짐을 풀었다. 정식 수련이 시작되기 전에는 굳이 침묵할 필요가 없는데도 아진은 내내 아무 말 하지 않았다. 내가 먼저 말을 걸어볼까 했지만, 어차피 수련하는 동안 침묵하도록 정해져 있으니 지금부터 조용히 있는 게 편하게 느껴지기도 했다. 하지만 말하지 않는다고 해서 아무 생각도 떠오르지 않는 것은 아니었다. 작년에도 아진과 함께 템플스테이를 하러 서울에 있는 사찰에 찾아간 기억이 문득 떠올랐다. 그때 아진의 친부는 차로 우리를 절까지 바래다주었다. 아진은 친부의 배려를 고맙게 여기긴 했지만 친부에게 살가운 태도를 보이지는 않았다. 친부는 템플스테이가 끝나는 날 다시 데리러 오겠다고 했다. 감사하다고 말한 뒤 절 입구에서 헤어지려는데, 친부가 한 가지 질문이 있다고 했다. 왜 다들 그녀의 이름을 이상하게 부르냐는 것이었다. 아진은 그에게 '하진'이 맞지만 불어에서는 첫머리에 오는 H가 묵음이라서 아진이라고 불러왔다고 설명했다. 나는 그녀의 말을 그대로 통역해주었음에도 친부는 고개를 갸우뚱했다. 그는 "그런데 내가 지어준 이름은 하진도 아닌데"라고 말했다. 나는 그의 말을 통역한 뒤 아진과 함께 그를 바라보았다. 그러자 그가 말했다.

"내가 지어준 이름은 혜진이었어. 영어로 어떻게 써야 할지 몰라서 불러주는 대로 적는 바람에 이런 오해가 생긴 것 같구나."

아진과 내가 사흘간의 템플스테이를 마치고 나왔을 때 친부는 약속한 장소에 나타나지 않았다. 헤어질 때 분명히 다시 만날 날짜와 시간을 알려주고 절 입구에서 보자고 했는데도 그는 그곳에 없었다. 전화를 걸어보았지만 연결이 되질 않았다. 우리는 별수 없이 버스와 지하철을 번갈아 타고 집으로 돌아왔다. 그때 갔던 절은 서울에 있었기에 큰 불편을 겪지는 않았지만, 친부가 어딘가 모르게 의뭉스러워 마음이 편치 않았다.

　아진은 열일곱 살 무렵부터 요가와 명상 수련을 꾸준히 해왔고, 지금은 직접 지도까지 했다. 어린 시절의 그녀는 스스로를 백인이라고 여기며 성장했다. 그러나 학교에 들어가 동양인 학생들을 마주하면서 정체성에 혼란이 오기 시작했다. 그녀는 자신이 입양되었으며 양부모와 자신의 생김새가 다르다는 사실을 알았지만, 학교에 가기 전에는 함께 입양된 알랭 외에 자신과 같은 사람을 본 적이 없었다. 그런데 학교에서 처음 마주한 동아시아인은 자신과 너무도 비슷해 보였다. 그때부터 자신의 존재가, 존재의 뿌리가 흔들렸다. 그녀는 혼란을 바로잡고 싶었고, 바로잡기 위해서는 자신을 올바로 바라봐야 한다고 믿었다.

　고등학생 때 아진은 한국계 친구들과 가깝게 지냈다. 그들 중에서 친해진 한국인 친구와 연애를 했고, 그를 따라 자연스레 한인 이민자 모임에도 가보았다. 아진은 한인들 틈에서 공감과 동질감을 느낄 수 있을 거라 예상했고, 점차 자기 존재의 시원을 찾아갈 수 있으리라 기대했다. 그러나 모임에서 만난 사람들은 한국 음식을 먹으며 한국어로 이야기를 나누었다. 아진은 한국어와 한국 문화에 대해서, 그리고 한국인에 대해서 아는 것이 하나도 없었다. 그녀는 자신이 백인이 아닌 한국인이라는 사실이 너무도 명백한 것 같았는데, 한국인들 사이에서조차 소속감을 얻을 수 없었다. 한인들과 가까워지면 가까워질수록 더 커다란 이질감과 소외감만이 그녀를 에워쌌다. 자신은 백인도 한인도 아니라는 사실, 진짜 조국이 없다는 사실, 진짜 부모와 자기 자신이 없다는 사실만이 뼈아프게 다가올 뿐이었다.

"사람을 만날 때 가장 처음 듣는 질문은 '왓츠 유얼 네임?'이고 두 번째 질문은 '웨얼 아 유 커밍 프롬?'이지. 누구나 쉽게 주고받는 그 물음이 나에게는 해답을 쉽게 찾을 수 없는 철학적 질문이었어. 내 이름은 무엇인지, 나는 어디에서 왔는지는, 내가 실존을 사유하게 만드는 동시에 너무도 실재적으로 다가오는 의문이었지. 그것이 내가 남들보다 비교적 이른 시기에 실존을 탐구한 이유야. 그래서 요가와 명상을 수련하러 다녔어. 요가를 하고 명상을 할 때면 나 자신을 있는 그대로 바라볼 수 있으니까. 인종, 성별, 이름, 언어를 벗어나 그저 나로서 이 세계에 존재할 수 있으니까 말이야."

아진을 따라 평생 한 번도 해본 적 없는 요가 동작을 만들어보고 템플스테이 수련까지 함께한 것은 그녀가 살아온 이야기를 들은 다음이었다. 처음 아진과 알랭의 친가족 찾기에 따라나설 때 내가 찾고 싶은 것은 사실 그들의 친부모가 아니라 모니카였다. 그 전에는 단지 모니카를 그리워하고만 있었다. 어린 시절의 기억에 의존해 모니카의 모습을 상상하고 부풀리는 동안, 그녀를 실제로 찾아 나설 생각을 해보지는 않았다. 사실은⋯⋯ 모니카를 다시 만나기가 왠지 두려웠다. 마주하고 싶지 않은 과거를 보게 될까 봐, 그 과정이 상처가 될까 봐 진실을 그저 덮어두고 싶었다. 그래서 그들과 동행하면 대리만족을 느낄 수 있을 것 같았다. 아진이 친부를 찾아 이야기를 나누고 연락을 이어가는 모습을 지켜보면서, 이런 상황이 그녀에게 긍정적일지 부정적일지 살펴보고 내가 모니카를 찾아야 할지 아닐지 고민해보고 싶었다. 모니카를 다시 만난다면 과거의 상처를 들추게 될지라도 그녀에게 과거를 물어볼 수 있을 테고, 우리가 왜 헤어졌는지도 알 수 있을 것이다. 그러면 나 자신에게 좀 더 가까이 다가갈 수 있으리라는 예감이 들었다.

그들이 처음으로 한국에 다녀간 뒤 나는 어머니의 페이스북 친구 목록을 일일이 확인해보았다. 그곳에서 아주 쉽게 모니카의 이름을 찾아냈고, 일종의 배신감과 허망함을 느꼈다. 어머니와 모니카는 여전히 연락을 나누며 친구로 지내고 있었을까? 어쨌든 모니카는 나의 안부를 묻지 않았고, 나를 한 번도 찾지 않았다. 모니카가 나를 사랑해준 기억은, 오로지 나 혼자서 과거를 미화했기에 떠올랐을지도 모른다. 아름답게 회상되는 과거를 산산이 깨부수고 진짜 현실과 마주해야 한다면……. 그러니까 그날 모니카와 나 단둘이서만 겪은 일을 되짚어야 한다면……. 나는 막상 모니카의 계정을 찾자 두려워졌다. 모니카도 그날의 사건을 분명히 기억할 것이다. 모니카와의 만남은 어떤 식으로든 묻어둔 우리 둘만의 일을 끄집어내는 과정이 될 것이다. 그렇게 하는 것이 내 삶에서 의미가 있을까?

하루에 세 번씩 법당에서 단체 명상을 하고, 틈나는 대로 방과 법당을 오가며 개별 명상을 이어가는 동안 매일 내면에 변화가 생겼고, 변화를 그저 바라보는 것이 수련의 핵심이었다. 나에게 일어나는 어떠한 현상에도 반응하지 않고 현상을 그저 관조하는 것. 내면에 떠오르는 현상 중에는 언제나 모니카가 있었다. 그녀와의 헤어짐이 나에게 얼마나 커다란 상처를 남겼는지 나는 여태껏 모르고 살았다. 그동안 모니카를 생각하면 그저 아름답고 행복한 기억만 떠올랐는데, 그것은 내 의식이 억지로 빚어낸 이미지였다. 의식의 체계를 넘어 존재의 깊은 자리를 바라보니 그 안에는 모니카와 함께 겪은 고통스러운 감정이 있었다. 그 감정을 마주하고 싶지 않아 끝내 외면하며 살아왔다는 사실까지도 나는 비로소 알 수가 있었다. 그렇게 외면해온 감정의 실체를 온전히 바라보자 감정이 나에게서 서서히 흘러가버렸다. 바람이 불고, 나뭇잎이 흔들리고, 꽃이 피어나고, 열매가 맺고, 시냇물이 흐르고, 해가 저무는 순간과 같이, 모든 것이 나에게 다가왔다 떠나가고 또 다가오는 현상임을 알아차릴 수 있었다.

아진과 나는 열흘간의 명상 수련을 마치고 선원 사무실에서 휴대폰을 찾은 뒤 버스터미널로 향했다. 차표를 구매하고 버스가 도착하길 기다리고 있을 때 아진이 나에게 말했다. 입양기관에서 그녀의 친모를 찾았으며, 친모의 가족이 아진을 만나고 싶어 한다는 내용이었다. 이제 그런 소식은 더 이상 놀랍지 않았다. 물이 흐르고 시간이 흐르고 아이가 성장해나가는 과정과 같이, 모든 것이 지극히 당연하게 다가왔다. 아진도 같은 마음인지 입양기관의 연락을 반기지도 꺼리지도 않았다. 아진은 아무런 기대도 반감도 없이 그들을 만나러 갈 것이라고 말했다.

서울 집으로 돌아와 짐을 풀고 하룻밤을 보낸 뒤 다시 아진의 입양기관을 찾았다. 담당 직원은 그녀의 친모가 아닌 친모의 가족들이 와 있다고 했다. 직원을 따라 접견실로 들어가자 그곳에 있던 사람들 모두가 우리를 쳐다보았다. 머리가 하얗게 센 여자가 자리에서 일어나자 그 옆에 있던 젊은 여자가 곧장 따라 일어나 그녀의 팔을 붙잡았다. 젊은 여자의 손을 뿌리치고 혼자서 걸어오는 나이 든 여자의 양쪽 다리가 눈에 띄게 휘어져 있었다. 여자는 걸음마 하듯 절룩이며 걸었다. 아진과 내가 앞으로 다가가자 여자는 아진의 손을 붙들고 "아이고, 아이고, 내가……"라고 말하며 울음을 터뜨리더니 바닥에 주저앉아 통곡했다.

"아이고, 내가, 내가 몸만 멀쩡했어도 너를 그리 보내지 않았을 텐데. 내가, 내가…… 아이고……."

왜인지 모르게 여자의 울음에 나도 따라 눈물이 나왔고, 여자의 말을 알아듣지 못한 아진마저도 소리 내어 울었다.

"너를 그리 보내면 안 되었는데, 나는 네 아버지가 너를 잘 거둔 줄만 알았는데, 이역만리서 남의 손에 자랄 줄 알았더라면 안 보냈을 텐데, 어쩌자고 내가 너를 그렇게, 어쩌자고……."

그녀는 아진의 이모, 즉 친모의 언니였다. 소아마비 후유증으로 손발의 움직임이 불편한 데다가 아버지를 일찍 여읜 탓에 어려서부터 형편이 넉넉지 못했다고 했다. 집안에서 돈을 벌 수 있는 사람은 어머니와 여동생밖에 없었다.

그런 동생이 홀로 출산하고는 아이를 키우겠다고 고집해 아이를 잠시만 데리고 있다가 애 아버지에게 보내기로 합의했었다. 그러나 친모는 아이를 보내는 날을 차일피일 미루었고, 그렇게 2년간 세 모녀가 함께 아진을 키웠다. 양육이 점점 힘에 부쳤고, 무엇보다 아버지 없이 궁핍하게 자라온 그들 자매와 같은 설움을 물려줄 수 없어 아진을 그만 제 아버지에게 보내기로 결정했다. 친부의 가족은 아진의 친모가 '결손가정'에서 자랐다는 이유로 결혼을 반대했으나, 친부가 경제적 형편이 넉넉하니 제 핏줄은 잘 키우리라 믿었다. 그럼에도 친모가 끝까지 아진을 키우겠다고 고집을 부려 아진의 할머니와 이모가 몰래 아기를 데리고 나가 친부의 집에 두고 왔다. 친부는 처음부터 아진의 존재를 알고 있었고, 아진의 친모와 결혼은 못해도 아이는 키우기로 합의했지만 아진을 입양기관에 보낸 뒤 새장가를 갔다. 아진의 입양 서류에 아진과 친부에 대한 기록이 상세하게 남아 있는 까닭은 그래서였다.

친모의 가족이 연락을 늦게 한 이유도 친부 때문이었다. 아진을 키울 수 있었음에도 입양 보냈다는 사실을 알고 화가 난 아진의 이모는 친부 쪽 사람들과 더 이상 엮이고 싶지 않았다. 무엇보다도 아진이 해외로 입양되었다는 사실을 친모에게 전할 수 없었다. 아진의 친모는 아진을 떠나보낸 뒤 평생 결혼하지 않고 힘겨운 노동만 감당하며 살아왔고, 지금은 파킨슨병을 앓고 있어 보행이 불가능한 상태였다. 아이가 친아버지 아래서 사랑받으며 풍족하고 편안하게 커가리라는 생각에 그나마 마음의 짐을 덜고 살아온 친모에게, 아이가 친부에게조차 버림받아 남의 손에서 자랐다는 사실을 차마 알릴 수 없었다는 것이다.

그래도 아진은 친모를 만나고 싶다고 말했다. 친부를 만날지 말지 오래 주저했던 아진이 어떤 이유로 친모와의 만남을 이토록 희망하는지 의아했다. 아진의 의사를 이모에게 전하자 그럼 일단 친모를 만나보되, 해외 입양에 대해서는 말하지 말아달라고 했다. 한국어를 못하는 아진이 사실을 숨기기는 어렵지 않을까 싶어 대답을 망설이자, 이모는 동생이 현재 의사소통이 불가능하기에 만나서 아무 말 않고 있어도 괜찮을 거라고 덧붙였다.


그날의 모니카는 왠지 이상했다. 어머니 없이 둘이서만 자주 가던 햄버거 식당이 아니라 특별한 날에나 갈 법한 패밀리 레스토랑으로 나를 데리고 갔다. 모니카가 평소와 다르게 자꾸만 횡설수설하고 산만하게 주위를 살펴서 나도 덩달아 불안했다. 어떤 음식을 주문할지 오래도록 망설이던 모니카는 마침내 바비큐립과 스테이크를 주문해주었다. 식사를 마친 뒤에는 둘이서만 디즈니 애니메이션을 보러 가자며 극장으로 향했다. 그리고 극장에 도착하자마자 매점에서 초콜릿 선디를 하나 사주면서 그것을 먹으며 자신을 기다려달라고 말했다. 나는 달콤한 선디에 홀려 모니카가 어디로 사라지는지조차 제대로 돌아보지 못했다. 선디를 다 먹고 나서야 비로소 모니카가 나를 버렸음을 인지했다. 내가 아주 오래전부터 모니카가 나를 버릴지도 모른다는 두려움에 시달려왔다는 사실까지도 그 순간에 깨달았다. 그랬다. 모니카와 함께 있을 적마다 나는 두려웠다. 그녀는 나에게 언제나 다정하고 친절했지만, 그녀의 호의가 어쩐지 진짜 같지 않아 불안했고, 무의식중에 그녀가 언젠가 나를 떠나버릴 거라고 생각했다. 그래서 모니카가 잠시라도 나를 혼자 놔두면 매우 초조했고, 어딘가 갈 때마다 그녀에게 내 손을 잡아달라고, 꼭 잡고 절대로 놓지 말아달라고 애원하곤 했다. 그런 내가 귀찮아서, 더 이상 보고 싶지 않아서, 내 어머니와 둘이서만 지내고 싶어서 모니카는 나를 그곳에 버렸다.

　　모니카가 사라진 게 분명해지자 울음이 터져 나왔다.

나는 앉아 있던 자리에서 일어나 크게 소리 내어 울었고, 사람들이 웅성거리며 나를 쳐다봤다. 나는 울면서 매점 밖으로 뛰쳐나갔다. 이내 극장 경비원으로 보이는 사람이 나에게 다가와 엄마는 어디에 있느냐고, 언제부터 혼자 있었느냐고 물었다. 나는 모니카와 함께 이곳에 왔고, 모니카가 사준 초콜릿 선디를 먹고 나니 그녀가 보이지 않았다고 말하며 계속 울었다. 경비원은 나에게 모니카가 누구냐고 물었고, 나는 모니카는 그냥 모니카라고 대답했다.

경비원은 나를 극장 사무실로 데려갔다. 그곳에서 나는 잠시 울음을 멈추었다가 이내 등장한 경찰을 보고 다시 울기 시작했다. 그때부터는 왠지 모니카와 어머니 모두에게 버림받은 것 같았다. 나는 보육원으로 보내질지도 몰라 악을 쓰며 울었다. 경찰은 끊임없이 우는 나를 달래며 이곳에 계속 머물 수는 없으니 자신과 함께 가자고 말했다. 경찰서로 끌려가면 그때는 진짜 끝이라고 생각했다. 그들은 나를 데리고 있다가 보육원으로 보낼 게 훤했다. 나는 두려움에 떨며 그들을 밀치고 사무실 밖으로 뛰어나가 수많은 사람들 틈에서 정신없이 모니카를 소리쳐 불렀다. 모니카, 모니카, 그녀가 제발 나를 다시 데리러 와주기를, 그래서 저 경찰들에게 끌려가지 않기를 간절히 바랐다.

바로 그때, 인파 속에서 나보다 더 크게 소리 지르며 혼비백산 달려오는 모니카를 보았다. 그녀는 바짝 따라와 붙잡으려는 경찰을 밀치고 나를 끌어안았다. 내 아이야, 내 아이, 내 아이라고! 그때 모니카는 나를 평소처럼 '해나'라고 부르지 않고, 내 아이라고 불렀다. 모니카는 자꾸 울면서 나에게 미안하다고 말했다. 모든 게 자기 잘못이라고, 자기를 용서해달라고…….

　　그 뒤로 어떻게 집으로 돌아왔는지, 어머니에게는 뭐라고 말했는지는 전혀 기억나지 않았다. 어머니가 이 사건을 아는지, 모니카가 정말로 나를 버리려 했는지, 볼일을 보느라 늦게 돌아왔을 뿐인데 내가 그녀를 침착하게 기다리지 못해서 일이 커졌는지조차 알 수가 없었다. 나에게는 사건의 실상이 미스터리로 남았다. 내가 진실을 들추는 순간 모니카가 정말로 나를 버렸다는 사실을 확인하게 될까 봐 두려워 의식의 저 먼 곳에 그저 감춰두고만 있었다. 다만 모니카가 나를 향해 자기 아이라고 소리치던 목소리는 아직도 또렷했다. 그때 형언할 수 없을 정도로 커다란 평안함이 밀려들었던 것까지도 나는 잊지 않았다.

　　인천공항으로 향하는 리무진 버스 안에서도 아진은 아

무 말 하지 않았다. 지난 열흘간 침묵 상태로 위빠사나 명상을 수련했고, 친모를 만나서도 내내 조용했던 터라 이제는 오히려 말없이 보내는 시간이 더 편하기도 했다. 침묵 속에서도 시간의 강은 계속 흘렀고, 우리는 물살에 그저 속해 있었다.

인천공항에 도착해 탑승수속을 밟으며 짐을 부친 뒤 터미널 카페에 가서 따뜻한 커피를 주문해 한 모금 마시고서야 아진이 입을 열었다.

"한국에 오기 전, 나는 어렸을 때 부모에게 버림받았다는 사실을 정확히 인지하지 못했어. 그래서 내가 얼마나 커다란 상처를 받았는지도 모르고 살았지."

아진은 나를 똑바로 바라보며 이야기했는데, 나는 어쩐지 그녀의 눈을 마주할 수 없어 애꿎은 커피만 연달아 들이켰다.

"한국에 와서 친부를 만나고, 명상 수련을 하고, 친모까지 만나고 나서야 내가 조금도 치유되지 않은 상태로 살아왔다는 사실을 깨달았어."

그 말에 나는 조금 놀라 고개를 들어 그녀를 똑바로 바라보았다. 아진은 마치 표정을 잃은 가면 같은 얼굴로 말을 계속 이어갔다.

"내가 처음 한국에 오기로 했을 때, 나는 내 삶에서 잃어버린 퍼즐 조각을 찾아내고 싶었어. 과거의 퍼즐을 완성해야만 새로운 퍼즐을 맞추며 앞으로 나아갈 수 있고, 변화할 수 있고, 진화할 수 있다고 믿었어. 깨달은 존재로 나아가는 과정에는 온전한 내 과거의 조각들이 필요했던 거야."

아진이 붙들고 있는 잔에 담긴 커피의 표면이 미세하게 흔들렸다.

"움직이지 못하고, 말하지 못하고, 미소 짓지 못하는 친어머니의 모습은 노인이 아니라 아기 같아 보였어. 모든 게 원점으로 돌아가는 듯했지. 내가 마주할 수 있는 것은 어머니의 얼굴도, 몸도, 말도, 행동도 아니었어. 오직 나를 바라보는 어머니의 눈, 눈뿐이었어. 눈 속에 그녀의 영혼이 드러나 보였어. 말이나 행동을 통해서는 드러나지 않는 존재가 눈 속에 있었어. 한인 이민자 모임에서 한국 문화와 언어에 적응하지 못해 친어머니를 만나러 오기 꺼려했던 나 자신이 너무도 어리석게 느껴졌어. 정작 그녀를 만날 때는 한국어도 한국 문화도 알 필요가 없었는데, 단지, 어머니와 나라는 존재만이 서로를 마주할 뿐이었는데 말이야. 어머니의 눈을 들여다보고 나니까 나는 결국 누구의 아이도 아님을 깨달을 수 있었어. 내 과거를 찾아야만, 내 친부모를 찾아야만 내가 완전해질 수 있으리라는 믿음은 단지 내 망상에 불과했어. 그래, '나'라는 존재는 어느 누구에게서 발생한 게 아니고, 어느 누구에게 속해 있지도 않았어. 나는 그저 존재할 뿐이지. 마치 그날 바라본 친어머니의 눈처럼, 그 속에 담긴 하나의 영혼처럼, 나도 그저 존재하고 있어. 내가 잃어버린 퍼즐 조각은 나의 친부도 친모도 아닌, 나 자신이었어. 내가 찾아야 할 존재는 오직 나 자신뿐이라는 진실."

이내 아진이 떠나야 할 시간이 되어 우리는 그만 자리를 정리하고 일어나 터미널 앞까지 함께 갔다. 나는 마지막으로 아진과 포옹을 나누고 손을 흔들어 인사했다. 터미널 안으로 들어가는 아진의 뒷모습을 보며 그녀를 다시 만날 수 있을지 가늠해보았다. 그녀가 다시 한국에 방문할 수도, 다시는 찾아오지 않을 수도 있다. 내가 미국에 찾아가 그녀를 만날 수도, 애써 찾아갔지만 만나지 못할 수도 있을 것이다. 어느 쪽이든 그녀는 늘 존재할 것이고, 나 또한 분명히 존재할 것이다.

나는 홀로 공항철도를 탔다. 인천공항에서 출발해 김포공항에 도착할 때까지 멍하니 앉아만 있다가, 수많은 사람이 들어오고 나가는 모습을 바라보고는 휴대폰을 꺼냈다. 그리고 모니카에게 보내려던 페이스북 메시지 창을 열어보았다.


모니카에게


잘 지내시나요?

먼저 당신이 나를 제대로 기억하는지 확신할 수 없지만, 용기를 내어 메시지를 씁니다. 아마도 당신은 내 어머니를 분명하게 기억하리라 추측합니다. 그녀의 이름은 정지은이고, 당신은 그녀를 제니라고 불렀습니다.

당신은 지금도 뉴욕에서 살고 있습니까? 나는 서울에서 어머니와 같이 지내고 있습니다. 무슨 말부터 해야 할까요? 솔직히 말하자면, 나는 당신에 대해서 좋은 기억만 가지고 있습니다. 학교에 다니며 논문을 쓰느라 바쁘던 내 어머니 대신 당신은 늘 나를 돌봐주었습니다. 나는 당신과 함께 정원에서 화초를 가꾸던 기억이 나고, 식당에서 햄버거를 먹던 기억도 납니다. 같이 외출할 때면 당신은 목말을 태워주었습니다. 당신의 어깨 위에서 바라보던 풍경은 조금도 기억나질 않지만, 나는 당신과 마치 하나의 몸인 양 꼭 붙어 있던 순간을 사랑했습니다. 왜인지는 모르지만, 당신의 어깨와 팔뚝에 새겨진 커다란 불새 타투와 당신의 몸에서 맡은 풀 냄새도 또렷이 기억합니다. 나는 아주 오랫동안 당신을 그리워했고, 미워하기도 했습니다. 누구보다도 나를 아껴주고 사랑해주던 당신이 어느 날 갑자기 사라져버렸으니까요. 그래서 늘 당신을 그리워하는 동시에 다시는 만나고 싶지 않다는 생각을 함께 했습니다.

지금 저는 다만, 당신에게 나의 존재를 알리고 싶습니다. 그리고 당신이 만약 그 시절의 나를 기억한다면, 그때의 나에 대해서 알려줄 수 있을까요? 당신이 나를 언제 처음 봤는지, 그때의 나는 어땠는지, 나는 어디서 왔고 어떤 아이였는지, 그리고 당신이 나를 어떻게 여겼는지 말입니다. 그때의 감정을 말하기 어렵다면, 그것도 괜찮습니다. 제가 알고 싶은 것은 감정보다는 사실에 가깝습니다. 그래요, 저는 그저 사실을 알고 싶습니다. 오직 당신만이, 나에게 진실을 말해줄 수 있으리라고 믿어요.

사랑을 담아,
정한아

지난해 알랭과 아진이 한국에 와서 친가족을 만났을 때부터 써온 메시지였다. 지난 한 해 동안 수시로 다시 읽고 고치기를 반복했으나 아직까지도 보내지 못한 메시지. 나는 그만 메시지를 삭제하고 모니카의 계정을 차단했다. 모니카는 이 세계에 내내 존재했고, 존재하며, 앞으로도 존재할 것이다. 나 또한 그녀와 같이 이곳에 존재하며, 나의 존재를 이 세계에 내보낸 어떤 사람들도 나와 함께 영원히 존재할 것이다.

\* 영화 〈안토니아스 라인〉(1997)에는 남편 없이 아이만 갖기 원하는 다니엘이 어머니 안토니아와 함께 시내로 나가 적절한 남자를 고른 뒤 하룻밤을 보내고 임신에 성공해 고향으로 돌아오는 장면과, 그렇게 얻은 딸아이 테레즈가 어느 날 갑자기 마을로 돌아온 남자 피터에게 성폭행을 당하는 장면이 나온다.

모니카

뉴욕에 도착했을 때는 이미 밤이었다. 가장 큰 걱정거리는 다름 아닌 기내에서 부친 짐 가방이었다. 대형 가방은 인천공항에서 탑승수속을 밟으며 부쳤기에 걱정되지 않았다. 그런데 소형 가방은 보통 기내 지정 좌석 주변의 짐칸에 실을 수 있어서 따로 부치지 않았더니, 탑승구 직원이 이번 비행기에 승객이 많아 짐칸이 부족하다며 여기서 짐을 보내라고 말했다. 그곳에서 수하물 태그를 받은 뒤 직원에게 가방을 넘겨주고 비행기에 올랐다. 이런 경우에는 비행기에서 내릴 때 승무원이 승객들의 가방을 곧바로 나눠주므로, 출입구에서 기다렸다 가방을 받으면 되었다. 한데 이번에는 짐을 내려주는 직원이 보이질 않았고, 승객들 모두 출입국 심사대로 이동하기에 그들을 따라가다 보니 가방을 받지 않았다는 사실을 뒤늦게 알아차렸다. 다른 승객에게 물어볼까 싶었지만 제대로 소통할 엄두가 나질 않았다. 나는 초조한 마음으로 출입국심사를 마치고 누구보다 빠르게 수하물 찾는 곳으로 달려갔다. 북적이는 사람들 틈을 헤집고 나아가 무사히 도착한 가방을 보고서야 불안하게 떠오르던 마음이 가라앉았다. 재빠르게 가방을 들어 카트에 싣고 청사 밖으로 빠져나온 뒤에야 깨달았다. 아주 오랜만에 다시 찾은 뉴욕에서 예정된 행사인 강연과 낭독회 그리고 건강, 언어, 심지어 모니카에 대한 문제가 아닌 오직 가방만 걱정했다니 기가 막혀 실소가 터졌다.

공항 밖에서 나를 기다리고 있을 운전기사를 찾았으나 보이지 않았다. 얼굴도 모르는 사람을 찾으려고 공항 주변을 빙 돌아보았다. 어느 곳에도 내 이름을 쓴 플래카드를 들고 서 있는 사람이 없었다. 다시금 모니카가 떠올랐다. 20여 년 전에는 지금처럼 택시 앱이 없었기에 한국에서 전화로 택시를 예약했다. 택시 회사에 비행기 편명과 도착 시간을 알려주었고, 택시 기사가 공항에서 나를 기다리고 있을 거라고 들었지만 아무리 둘러봐도 기사를 찾을 수 없었다. 몇몇 택시 기사가 어느 호텔로 가느냐며 내 이름을 물어 대답했지만 정보가 맞지 않았다. 어쩔 수 없이 공항 안으로 돌아가 안내 데스크에 가서 전화를 쓰고 싶다고 말했다. 그런데 다들 내 영어를 알아듣지 못했다. 온갖 제스처를 써가며 소통한 끝에 유선 전화기를 건네받았다. 전화를 받은 택시 회사 직원이 나에게 벌써 도착했느냐며 기사가 공항으로 가는 중이니 조금만 기다려달라고 말했다. 20분 정도만 기다리면 될 거라고.

아직 10월이긴 했지만 밤이라 그런지 내가 떠나온 서울보다 훨씬 춥게 느껴졌다. 나는 입고 온 후드 점퍼의 모자를 뒤집어쓴 채로 공항 입구에 시선을 고정했다. 오늘처럼 택시 기사를 기다리던 과거의 풍경이 내내 떠올랐다. 이번에도 나는 그때처럼 공항 안내 데스크로 향했다. 사람들은 역시나 내 영어를 이해하지 못했으나 와이파이라는 단어만큼은 알아듣은 모양이었다. 이제는 전화를 거는 대신 공항 와이파이에 연결해 나를 초청한 기관의 직원에게 연락할 수 있었다. 그 직원에게서 예전과 같은 반응이 나왔다. 벌써 도착했느냐고, 기사가 지금 그곳으로 가고 있으니 곧 도착할 것이라고. 나는 공항 출입구 근처 대기 의자에 앉아 아직 오지 않은 기사를 기다렸다. 예전과는 다르게 동아시아인의 모습이 많이 보였다. 그들 사이에서 모니카의 환영이 당장이라도 튀어나올 것만 같았다. 운동선수나 입을 법한 반바지에 맨투맨 티셔츠를 입고 반삭에 가까운 짧은 머리를 한 채 공항에 들어서던 동양인을 나는 남자로 보았다. 그 시간에 짐 가방 하나 없이 맨몸으로 공항 청사에 들어서는 이는 내 택시 기사가 분명하겠다 싶어 자리에서 일어나자 그 사람이 나에게 손바닥을 흔들며 인사했다. 내 택시 기사가 맞구나, 라고 안도하며 나도 모르게 고개를 꾸벅 숙여 인사했다. 그는 나를 신기하게 바라보았고, 고개 숙여 인사하지는 않았다. 내가 제니라고 말하자 그는 모니카라고 말했다. 나에게 반갑다고 말하는 목소리를 듣고서야 그가 남자가 아닌 여자임을 알아차렸다. 그가 나에게 한국에서 왔냐고 물었다. 내가 그렇다고 대답하자 그는 자기가 일본계 미국인이라고 말했다. 모니카는 자연스럽게 내 대형 가방을 끌었고 우리는 함께 공항 밖으로 나갔다. 그가 소형 밴의 짐칸에 가방을 싣고 조수석 쪽으로 가 차 문을 열었다. 나는 모니카가 왜 운전석으로 가지 않고 조수석의 문을 여는지 이해할 수 없었다. 내가 멍하니 서 있자 그는 나에게 어서 타라고 손짓했다. 한국에서 태어나 자라는 동안 누군가 차 문을 열어준 적이 없기에 나는 조금 당황했다. 이러지 않아도 되는데, 라고 말했으나 그는 내가 뭐라고 말하는지 못 알아들은 눈치였다. 내가 조수석에 앉을 때까지 그는 문을 붙잡고 있다가 조심스레 닫아주기까지 했다. 뭐 이

모니카

런 황송한 대접을 다……, 라는 생각이 들었으나 더 이상 말하지 않았다. 그는 차 앞쪽으로 돌아가 운전석의 문을 열고 자리에 앉았다. 풀 냄새가 났으나 어디에서 피어오르는지 그때는 알 수 없었다.

모니카와 처음 만난 날을 떠올리는 사이 공항 출입문으로 들어오는 히스패닉계 남자의 모습이 보였다. 내가 자리에서 일어나자 그가 나를 향해 다가왔다. 나는 "하이"라고 인사했고, 그도 나에게 인사하며 늦어서 미안하다고 말했다. 내가 괜찮다고 대답하니 그가 내 대형 가방을 끌며 출구로 나갔다. 나는 백팩을 어깨에 메고 소형 가방을 끌며 그를 따라갔다. 이번에도 역시나 밴이 주차되어 있었다. 기사가 짐칸을 연 뒤에 가방을 모두 집어넣고 조수석의 문을 열어주어 나는 차에 들어가 앉았다. 기사는 차 문을 닫아준 뒤 운전석으로 갔다.

낯선 사람과 처음 차에 탈 때의 어색한 기류가 흘렀다. 20대에 미국에서 생활하고 공부하면서 영어 회화에 좀 익숙해지기는 했지만 그때도 원어민 같은 발음과 속도로 말할 수는 없었다. 게다가 이후 20년 넘게 단 한 번도 미국에 오지 않고 한국에서 한국어만 하면서 살다 보니, 이제내 영어 실력은 간단한 의사소통만 겨우 가능한 수준이었다. 눈 한 번 깜짝일 사이에 서너 문장씩 후루룩 지나가버리는 그의 영어를 알아들으려고 나는 온 신경을 집중했다. 그럼에도 인사말 이후의 대화는 전혀 알아듣지 못했다. 모니카가 운전하는 택시를 타고 뉴욕 시내로 들어갈 때에도 우리는 제대로 대화할 수 없었다. 나는 그가 구사하는 영어의 엄청나게 빠른 속도와 발음에도 놀랐지만, 간단한 질문조차 그가 알아듣지 못해서 더 커다란 충격을 받았다. 가령 내가 운동을 좋아하느냐고 묻자 그는 재차 "뭐라고?" 소리를 반복했고, 나는 '엑서사이즈, 워크 아웃, 워킹 아웃' 등의 단어를 반복해서 말했다. 그러자 그가 좋아한다고 대답했고, 내가 다시 어떤 운동을 좋아하느냐고 묻자 이해하지 못했다. 나는 '왓 카인드 오브, 카인더, 솔트 오브' 등을 계속 말했으나 그가 끝내 의미를 파악하지 못해 그만 포기해버리고 말았다. 원어민은 대개 내 발음을 들으면 더 이상 말을 걸지 않거나 질문을 무시해버리기 일쑤였다. 그러나 그는 내 말을 알아듣지 못해서 굉장히 미안해했다. "정말 미안해. 내가 지금 운전 중이라서 그런가 봐. 나중에 꼭 다시 얘기해줘. 알았지?" 거듭 말하며 사과했다. 나는 미안해하지 말라고, 발음이 형편없는 내 잘못이라고 말했다. 별말도 아니긴 했지만 나는 그의 태도가 무척이나 고마웠다. 미국

모니카

까지 날아오는 동안 기내의 승무원도 내 발음을 못 알아들었다. 수도 없이 같은 말을 반복하다가 옆 좌석에 앉은 사람이 대신 말해준 뒤에야 원하는 음료를 받을 수 있었다. 나는 무척 난감하고 창피했는데도 그들은 나를 신경 쓰지 않고 다른 승객을 돌보기 위해 재빠르게 떠나버렸다.

마치 그날처럼 아무것도 보이지도 들리지도 않았다. 30분을 달려 차가 뉴욕 시내에 들어서자 휘황찬란한 도시의 불빛만 눈에 들어왔다. 언제부터였는지 비가 내리고 있었다. 빗방울이 차창에 달라붙어 바깥 풍경이 자그마한 알전구에 불이 들어온 것처럼 보였다. 어느새 차가 밀레니엄 힐튼 호텔 앞에 멈춰 섰다. 기사가 운전석에서 내리기에 나도 따라 차 문을 열고 밖으로 나갔다. 기사와 짐칸에서 가방을 꺼내는 동안 가는 빗방울이 겉옷과 얼굴에 달라붙었다. 그는 차를 그곳에 세워두고 내 가방을 끌며 호텔 출입문으로 걸어갔다. 나는 잠시 그대로 서서 주변의 빌딩을 올려다보았다. 호텔 맞은편에는 테러가 일어났던 월드 트레이드 센터가 있었다. 그제야 내가 맨해튼에 다시 왔음을 인지할 수 있었다. 온통 쑥대밭이던 그때의 상황과는 다르게 센터 빌딩이 마치 거짓말 같은 자태를 뽐내고 있었다. 지하철역의 새하얀 조형물도 특이하고 멋졌다. 뒤바뀐 풍경에 대한 감상에 젖을 새도 없이 나는 곧바로 기사를 따라 호텔로 들어갔다. 단체 투숙객이 찾아왔는지 바로 앞에서 적지 않은 사람들이 체크인을 하려고 가방을 손에 쥔 채 줄지어 서 있었다. 기사가 그들 뒤에 줄을 섰다. 택시 회사에서 나온 기사가 아니라 나를 초청한 기관의 직원이기에 호텔 체크인까지 도와주고 떠나려는 모양이었다.

로비에서 체크인을 하기까지 20분을 기다려 카드키를 받아 들고 기사와 함께 엘리베이터를 타고 객실로 올라갔다. 뉴욕시의 건물답게 겉보기에는 거대하고 화려하지만 내부는 오래된 태가 확연히 났다. 엘리베이터가 크고 무거워 심하게 덜컹거리는 탓에 몹시 두려웠다. 뉴욕에서는 엘리베이터를 타기가 항상 겁이 났다. 작지만 안정감 있는 한국식 엘리베이터와는 다르게 너무 육중한 승강기는 금방이라도 추락할 듯한 불안을 안겨주었다.

엘리베이터에서 내려 카드키에 적힌 객실 번호를 확인해 문을 열고 들어가자 조명등이 켜졌다. 카드키를 제자리에 꽂아 넣으니 방 안쪽과 화장실까지 불이 들어왔다. 기사가 먼저 성큼성큼 방으로 들어가 난방기와 조명등 위치를 확인해주었다. 필요한 것이나 불편 사항이 있으면 호텔 로비로 연락하고, 혹시 해결이 안 되면 자기에게 연락해도 된다며 명함을 건네주었다. 그리고 공항에 늦게 도착해 미안하다고 다시 한번 말하기에 나는 괜찮다고, 별일 아니니 신경 쓰지 않아도 된다고 말했다. 그는 또 보자며 굿 나잇 인사를 하고 나갔다.

　나는 짐 가방을 그대로 두고 신발만 벗어둔 채로 방바닥에 주저앉았다. 피로감은 몰려오지 않았다. 가장 먼저 찾아온 감정은 외로움이었다. 공허함인가? 아무튼 나는 그렇게 멍하니 있었다. 누군가 나를 찾아와주면 좋겠다 싶었고, 누군가와 대화할 수 있으면 좋겠다 싶었다. 그러나 아무도 없었다. 지금 이 순간 명백히 혼자라는 사실만이 다가왔고, 모니카의 존재가 떠올랐다. 나는 여전히 내 감정을 알 수가 없었다. 지금 내가 느끼는 감정이 뜻 모를 슬픔인지 쓰라린 통증인지도 구별되지 않았다. 공연히 울고 싶은 감상에 사로잡혔지만 눈물이 나오지는 않았다. 나는 자리에서 일어나 창문 쪽으로 가서 커튼을 열어젖혔다. 월드 트레이드 센터의 불빛이 가장 먼저 눈에 들어왔다. 저 건물은 왜 저렇게 멀쩡하게 서 있을까? 이곳이 정말 폐허였던가? 전쟁터였던가? 아무것도 믿어지지 않았다. 이곳에서 일어난 모든 일이 거짓말 같았다. 진실은 모두 사라지고 거짓말 같은 건물의 웅장함과 화려함만이 이 도시를 가득 메우고 있었다.

대형 가방의 잠금장치를 풀고 지퍼를 열었다. 가방을 양쪽으로 펼치고 물건을 하나씩 꺼내놓았으나 차분히 정리할 마음은 들지 않았다. 싸 온 물건을 다 늘어놨다가 내팽개쳐버리고 싶기도 했다. 아무것도 하지 않으면 도무지 잠이 올 것 같지 않아 어떻게든 짐을 정리하기 시작했다. 재킷과 바지 등 겉옷을 호텔 붙박이장의 옷걸이에 하나씩 걸고 속옷과 운동복은 서랍에 넣었다. 화장품은 화장대에 올리고 간식은 탁자에, 책과 공책 그리고 랩톱은 책상 위에 두었다. 뉴욕까지 날아오는 동안 비행기에서 나눠주는 기내식은 점심만 먹었고, 왠지 소화가 될 것 같지 않아 저녁은 먹지 않았다. 현지 시각은 밤 11시였다. 이대로 굶다가 내일 아침을 제대로 챙겨 먹을까 싶었으나 이 호텔에는 조식당이 없었다. 오전 10시에 현지 직원과 만나 강연료를 입금받기 위한 서류를 함께 작성하기로 약속해놨기에 홀로 뉴욕 시내의 브런치 식당을 찾아가 한가롭게 식사할 시간도 없을 것 같았다. 나는 방문 앞에서 카드키를 빼 들고 호텔 밖으로 나갔다.

여전히 비가 내리고 있었다. 한국에서 가져온 작은 우산이 방 안에 있지만 다시 들어가 꺼내 오고 싶지는 않았다. 나는 점퍼의 후드를 뒤집어쓰고 그대로 길을 나섰다. 호텔 앞에서 길을 건너 편의점을 찾아 들어가 야식으로 먹을 만한 것을 훑어보았다. 조리된 음식이라고는 오래되어 딱딱하게 굳은 치킨과 소시지뿐이었다. 전자레인지에 데워 먹을 수 있는 음식은 냉동 피자와 햄버거, 샌드위치 정도였다. 한국에서는 이따금씩 피자나 치킨을 시켜 먹기도 하지만, 희한하게도 미국에만 오면 이런 음식이 당기질 않았다. 밀가루가 피어오를 것만 같은 퍼석퍼석한 싸구려 빵, 방부제가 가득 들어 있을 피자 토핑과 숨 죽은 야채, 설탕에 절여놓은 과일 따위도 입에 대고 싶지 않았다. 별수 없이 주류 냉장고에서 맥주 캔을 두 개 꺼내어 계산대로 가면서 체더치즈 맛 감자칩을 집어 들었다. 계산대 앞에 서서 어쩌면 나는 이렇게 변한 게 없을까, 라고 생각했다.

흩어지는 빗방울을 맞으며 호텔로 돌아가 방 한쪽 면을 채운 창 앞에 탁자와 의자를 놓고 앉았다. 맥주 캔의 꼭지를 따자 거품이 거침없이 흘러내렸다. 서둘러 한 모금 들이마시자 속이 뚫리고 머리가 맑아지는 듯했다. 20대에도 나는 저녁마다 음식 대신 맥주와 감자칩으로 끼니를 때웠다. 미국식 음식이 도무지 입에 맞지 않아 먹고 싶은 게 아무것도 없었고, 체중은 계속 줄어들었다. 모니카는 내가 매일 술을 마시는 게 좀 이상하다고 말했다. 그가 다니던 신경정신과에서 상담할 때 받은 질문지에는 일주일에 몇 회 음주하는지 묻는 문항이 있었는데, 선택할 수 있는 답 중에 '매일'은 없었다는 것이다. 그건 매일 음주하는 사람 자체가 존재하지 않는다는 방증이라고 했다. 모니카 자신도 나처럼 매일 술을 마시는 사람은 보지 못했다고 덧붙였다. 그러나 나는 알코올에 취하도록 마셔본 적이 없고, 맥주는 그저 탄산수처럼 느껴질 뿐이었다. 알코올을 한두 잔씩 매일 섭취하는 게 일주일에 한두 번 폭음하는 것보다 건강에 더 안 좋다는 연구 결과도 있지만, 내 경우에는 어쩌다 사람을 만나 거나하게 취할 때까지 술을 마시는 게 더 해롭게 느껴졌다. 그러고 나면 다음 날 숙취와 구토에 시달리며 아무것도 할 수 없을 테니까 말이다. 나는 맥주 한두 잔을 매일 저녁마다 마시고도 다음 날 새벽이면 꼭 운동하러 나갔고, 아침을 먹은 뒤 학교에 갔고, 오후에는 파트타임 근무까지 하는 등 평소와 같은 일상을 이어나갔다. 그래서 이게 뭐가 문제인지 알 수 없었다. 모니카와 나는 이 문제로 딱히 논쟁하지는 않았다. 그는 다만 나에게 이렇게 말했다. "제니, 술과 담배를 끊어. 너는 너 자신을 사랑해야 해." 그럴 때마다 너나 잘하라고 말해주고 싶었지만 실제로 그렇게 말하지는 않았다. 모니카도 술을 아주 안 마시는 사람은 아니기에 금주를 강력하게 권고할 수 없었을 것이다.

맥주 한 캔을 다 마시고 감자칩 봉지를 절반 정도 비우자 졸음이 몰려왔다. 욕실로 들어가 샤워하고 편안한 운동복으로 갈아입었다. 어느덧 새벽 2시였다. 오전 10시에 서류 작업을 위해 직원과 만나기로 했으니 휴대폰 알람을 9시로 맞추고 잠자리에 들었다. 알람 소리에 눈을 떴을 때는 이미 오전 10시 10분이었다. 믿을 수가 없었다. 잠자리에 들어서도 딱히 피곤하지 않았는데, 어쩌면 이렇게까지 자버릴 수 있을까? 잠에서 완전히 깨어나지 않은 몽롱한 상태로 휴대폰을 확인해보니 직원 케이티의 문자가 오전 9시 50분과 10시 8분에 한 번씩 와 있었다. 첫 번째 문자는 '제니, 좋은 아침이야. 나는 10분 뒤에 호텔 로비에 도착해 있을 거야'였고 두 번째는 '혹시 무슨 일 있니? 문제가 생기면 알려줘. 로비에서 기다릴게'였다. 나는 놀라서 몸을 벌떡 일으켜 케이티에게 전화했다. 정말 미안하다고, 지금 당장 내려가겠다고 말하자 케이티는 미국인 특유의 친절한 말투로 괜찮다고, 천천히 나와도 된다고 빠르게 대답했다. 전화를 끊고 그대로 휴대폰과 손가방을 챙겨 로비로 내려갔다.

미국에 오기 전 화상회의로 케이티와 이미 대화해봤기에 우리는 서로를 바로 알아봤다. 새하얀 피부와 금발에, 금테 안경을 쓴 그는 여성학과 학사과정을 졸업한 뒤 조교로 일하고 있었다. 나는 아직 시차 적응이 되질 않아 제대로 깨어나질 못했다고, 미안하다고 거듭 사과했다. 케이티는 괜찮다고 말하며 일단 호텔 사무실에서 내 여권과 비자 정보를 스캔하자고 말했다. 나는 케이티를 따라 호텔 사무실이 있는 층으로 올라갔다. 케이티는 스캔 파일을 소속 기관으로 전송했고, 누군가와 계속 통화했다. 통화하는 중간중간 내 여권 정보를 다시 물었다. 나는 그의 질문을 다 알아듣기가 벅찼다. 리스닝의 한계도 있지만 시차 적응 문제까지 겹쳐 도무지 제정신을 차리기 어려웠다. 케이티는 소속 기관의 웹사이트에서 내 아이디를 만드는 중이었고, 나에게 무언가를 재차 물었다. 케이티가 통화를 끝내고 함께 학교로 가자고 말했다. 그곳에서 후속 업무를 처리하고 점심을 사주겠다고. 혼란스러운 와중에 내가 여전히 운동복 차림이라는 사실을 깨닫고 빨리 방으로 가서 옷을 갈아입고 와도 되겠느냐고 물었다. 그가 당연히 그래야지, 라고 웃으며 대답해 우리는 5분 뒤에 로비에서 다시 보기로 했다.

최대한 빠르게 차림새를 재정비하고 나와 로비로 내려 갔다. 케이티와 함께 호텔 주차장으로 가서 차를 타고 강연이 있을 학교로 향했다. 그곳 학과 사무실에서 몇몇 직원들과 더 인사하고 강연료 처리에 관한 서류를 추가로 작성해 넘겨주었다. 여전히 정신이 돌아오지 않았는데 영어로 계속 말하고 서류를 만들어야 하는 상황에 정신이 더 나가버릴 지경이었다. 모든 작업을 끝내자 영어가 다시 지긋지긋해졌다. 사람들과 함께 점심을 먹으며 영어로 대화하는 시간이 끔찍할 듯해 나는 식당에 가고 싶지 않다고 케이티에게 말했다. 그는 내가 식당에 갈 필요는 없다고, 나에게 점심을 사주려던 것뿐이라고 말하며 차에 타라고 했다. 케이티는 비건 레스토랑 주차장에 차를 세우고 나에게 기다리라고 하더니 식당으로 들어가 미리 주문한 음식을 들고 나왔다. 그러고는 나를 다시 호텔 앞에 데려다주고 내일 강연 때 데리러 오겠다고 말하고 떠났다.

호텔 방으로 돌아와 커피를 한 잔 내려 마시고 전자담배를 입에 물자 그나마 의식이 깨어나는 듯했다. 불현듯 미국에 처음 왔을 때의 악몽이 되살아났다. 아무 말도 제대로 들리지 않고 말하지 못해서 갑갑하고 두려웠던 시간들. 이웨이는 잘 지내고 있을까? 그때 유일하게 나를 도와준 버마인 하우스메이트 이웨이는 정신없이 빠르게 이어지는 원어민의 말을 천천히 반복해 나에게 전해주곤 했다. 그리고 나의 어눌한 억양과 발음을 혼자만 알아듣고 원어민에게 다시 말해주었다. 이번 강연과 낭독회 주최 측에서는 파트너를 한 명 대동할 수 있도록 배려해주었고, 나는 그때처럼 이웨이와 함께 오고 싶었다. 오랜만에 그에게 연락해 상황을 전하니 당장이라도 미국으로 망명하고 싶지만 미얀마 군부 쿠데타로 국가비상사태가 선포되어 출입국이 금지되었다며 괴로워했다.

잠들었다 깨어나 시간을 확인해보니 밤 9시였다. 어제까지만 해도 나는 전혀 변하지 않았다고 생각했는데, 자고 일어나 보니 너무 많이 변했다는 생각이 들었다. 변화하지 않은 것이 정신이라면 변화한 것은 육체일 것이다. 20대에는 서울과 뉴욕을 오가는 동안 시차로 인한 피로를 느끼지 못했다. 15시간이나 되는 비행에도 기내에서 충분히 잠들 수 있었고, 목적지에 도착해서는 따로 쉴 필요도 없었다. 그러나 이제는 장기 비행을 버틸 만한 체력이 남아 있지 않았다.

낮에 케이티가 건네준 음식은 포장된 그대로 창문 앞 탁자에 놓여 있었다. 나는 점심을 먹을 기운도 없이 곧장 잠들어버렸던 것이다. 잠에서 깨어나긴 했지만 몸을 일으킬 엄두가 나질 않았다. 누운 채로 휴대폰 화면을 들여다보며 내일 일정과 강연 내용을 정리한 문서를 들여다보았다.

그러고도 한참이나 더 누워 있다가 겨우 몸을 일으켜 냉장고에 넣어둔 맥주 캔을 꺼내고 탁자 앞 의자에 앉았다. 캔을 따서 한 모금 들이켠 뒤 케이티가 준 봉투를 열어보았다. 일회용 상자에 비건 병아리콩 샐러드 샌드위치 랩이라고 적혀 있었다. 부드러운 토르티야에 삶아 으깬 병아리콩과 푸릇한 야채가 켜켜이 말려 들어가 있었다.

휴대폰 메시지는 온통 광고뿐이었다. 이제 20대 후반이 된 딸아이 한아하고는 평소에도 거의 문자를 주고받거나 대화하지 않았다. 어차피 지금 그 애는 위빠사나 명상을 하러 선원에 들어가 있어 휴대폰을 사용하지 않았다. 한아는 해외 입양인이자 테라피 강사인 친구와 가까워지고부터 1년에 두 번씩 위빠사나 선원으로 수련을 하러 다녔다. 위빠사나 명상을 검색해보니, 자신을 있는 그대로 바라보는 행법을 통해 자기 내부에서 일어나는 현상은 모두 지나가며 그것이 자연의 이치임을 알아차리고 받아들이는 과정이라고 나와 있었다. 이러한 수련으로 우리가 얽매여 있는 온갖 기억과 감정을 비워낼 수 있다고.

창문 밖 월드 트레이드 센터에서 쏟아져 나오는 불빛을 바라보고 있자니, 그렇게 비워낸 자리에 또다시 들어오고 나가는 기억과 감정의 무리를 어떻게 감당할 수 있을지

의문이 들었다. 현상을 그저 바라보고 또 바라보며 비우고 채우기를 반복하는 인간의 어리석은 업보를 어떻게 넘어설 수 있을까? 죽어야만 이 모든 반복과 악업이 사라져 평안해질 거라고 믿은 시기도 있었지만, 위빠사나에 대해 알아볼수록 죽음 이후에도 악순환은 사라지지 않고 영원히 지속될 거라는 생각만 들었다.

만으로 겨우 다섯 살인 한아를 데리고 도망치듯 뉴욕에서 빠져나가던 순간이 떠오르지 않을 수 없었다. 그때는 정말이지 도망쳐야 한다는 생각뿐이었다. 기막히도록 거대한 위용을 뽐내는 월드 트레이드 센터를 바라보니 그때 내가 도망친 이유가 결코 테러 때문이 아니었다는 사실이 더욱 허망하게 다가왔다. 그래, 모두 모니카 때문이었다. 어학연수 기간만 채우고 떠나려던 뉴욕에 눌러앉아버린 것, 어렵사리 한아를 낳은 것, 그리고 한아를 데리고 뉴욕에서 떠나버린 것 전부 모니카 때문이었다. 타인을 사랑하고 미워하는 일이 사실은 얼마나 쉽고 간단한지 모니카를 통해서 아프게 깨달아야만 했다.

절반 정도 먹은 샌드위치를 포장 용기에 넣어둔 뒤 옷장에서 재킷을 꺼내 들고 방 밖으로 나갔다. 내일 일정이 있긴 하지만 이제 막 잠에서 깨어났으니 자정 전에 잠들기는 글른 듯했다. 이곳 대학에서 있을 강연은 내일 오후 3시였고, 1시에 학과 교수들과 먼저 만나 점심을 먹기로 했으니 아침에 서둘러 일어날 필요도 없었다. 나는 처치 스트리트에서 지하철을 타고 14번가로 향했다. 밤이라 그런지 거리에는 사람이 많지 않았다. 한적한 주택가를 가로질러 이웨이와 함께 주말 밤마다 들락거리던 골목을 찾아 들어갔다. 겉보기에는 그저 평범한 카페 같은 바 입구에서 경비가 나에게 신분증과 백신 접종 이력을 보여달라고 말했다. 그에게 내 여권과 서류를 보여준 뒤 안으로 들어서자 입구 근처까지 빽빽이 들어찬 사람들 때문에 바텐더가 있는 곳까지 나아가기도 벅찼다. '쏘리, 익스큐즈 미'를 반복해서 말하며 사람들을 헤집고 바탑으로 다가갔으나 바텐더는 밀려드는 주문에 나를 돌아볼 틈이 없어 보였다. 그 앞에서 한참을 기다려 생맥주 한 잔을 겨우 주문하고 바탑에 앉은 사람들을 바라보았다. 레즈비언 바에 처음 왔을 때 했던 생각은 '남자들이 참 많다'였다. 이웨이와 함께 맨 처음 이곳에 들어섰을 때는 "여기 왜 남자들만 있어?"라고 물어보기까지 했다. 이웨이는 어이가 없다는 듯 실소했으나 내 물음에 답해주지는 않았다. 이웨이가 그렇게 웃어젖히기만 하고 대답하지 않은 이유를 나는 얼마 지나지 않아서 스스로 알아차렸다. 이곳 분위기에 녹아들지 못하고 구석진 자리에서 이웨이와 맥주를 들이켜는 동안 그곳에 자리한 사람들이 대체로 여성이라는 게 드러나 보였다.

바텐더는 내가 주문한 생맥주를 일회용 컵에 담아 내주었다. 바탑에서 값을 치르고 인파를 헤쳐 구석진 자리로 들어갔다. 과거에 바로 이 자리에서 맥주를 마시다가 모니카를 보았다. 모니카는 외모가 특별히 수려하지 않았음에도 어딘가 모르게 타인의 시선을 잡아끄는 기운을 타고난 사람이었다. 그는 바의 한쪽 끝에 반쯤 기대어 서서 옆자리에 앉은 여자와 웃으며 대화하고 있었다. 공항에서 모니카를 처음 보았을 때부터 나는 그가 레즈비언일 거라고 확신했지만 막상 퀴어 바에서 보니 신기했다. 아는 사람 하나 없는 뉴욕에서 그나마 얼굴을 알고 통성명까지 한 사람을 다시 만나 반갑기도 했다. 당장 다가가서 인사하고 싶었지만 그럴 수 없었다. 그래봤자 긴 대화를 나눌 만한 영어 실력이 못 되어 인사만 나눈 뒤 어색하게 돌아설 것 같았다. 나는 그저 맥주를 더 주문하려고 바탑 쪽으로 나아갔고, 그때 모니카 옆에 있던 여자가 자리에서 일어나 문 쪽으로 갔다. 모니카는 밖으로 나가려는 여자를 지켜보다가 나를 발견하고 "헤이"라고 인사했다. 나도 활짝 웃으며 "헤이, 하우

아 유? 왓 어 스몰 월드?"라고 반갑게 인사했으나 그의 말을 알아듣지 못할까 봐 잔뜩 긴장하고 있었다. 모니카는 나에게 자기 옆에 앉으라고 손짓했다. 빈 의자가 하나뿐이었기에 나는 괜찮다고 대답했고, 우리 둘 다 바 앞에 서서 이야기를 나누었다. 모니카가 나에게 '이쪽'이냐고 물을까 봐 초조했다. 나는 모니카 같은 부치가 아니므로 지난번 만남에서 그녀가 나를 레즈비언으로 여겼을 것 같지는 않았다. 모니카는 내 정체성을 묻지는 않았고, 뉴욕 생활이 어떠냐고 물었다. 나는 끔찍하다고 대답했다. 그러자 그는 무슨 일이 있느냐고 물었고 나는 아무 일도 없다고 대답했다. 단지 부족한 영어 실력 때문에 고투하는 중이라고 덧붙였다. 그는 나에게 내 영어가 완전히 괜찮다고 말했다. 나는 가볍게 웃으며 그렇게 말해줘서 고맙지만 사실이 아니라고 했다.

나는 한국에서 태어나 자랐고 영어를 계속 공부했지만 독해와 문법 위주였다. 그래도 영어 공부를 꽤 잘하는 편이었고 어학원에서 따로 수강한 원어민 회화 수업에서 언제나 제대로 소통했기에 나 정도면 충분히 미국에서 생활할 수 있을 거라고 여겼다. 그러나 정작 미국에 와보니 한국에 사는 미국인처럼 말하는 사람은 없었다. 한국에서 만난 미국인은 한국인이 이해하기 쉽도록 최대한 느리고 정확하게 말했고, 내가 어떤 억양과 문법으로 말하든 찰떡같이 알아들었다. 그들은 심지어 내가 할 말이 생각나지 않을 때에도 무슨 말을 하려는지 먼저 알아차리곤 했다. 그러나 이곳에서 만난 사람들 모두가 상상할 수 없을 정도로 빠르게 말했고, 내가 어떤 말을 어떤 식으로 해도 전혀 알아듣지 못했다. 나는 심지어 카페와 레스토랑 직원이 던지는 '여기서 먹고 갈래, 포장해 갈래?'라는 간단한 질문조차 자주 이해하지 못했다. 여러 차례 되물어 겨우 알아듣고 대답해보면 이번에는 그들이 내 발음을 알아듣지 못했다.

학교에서 만나는 친구들은 처음에는 나에게 먼저 "하이, 하우 아 유?"라고 인사하며 관심을 표했지만, 내 발음과 억양을 듣자마자 부지불식간에 시선과 표정을 달리했다. 그다음부터는 모두가 나에게 딱 그 말만 했다. '하이, 하우 아 유?' 그게 다였다. 누구도 나와 대화를 지속하지 않았고 시간을 함께 보내려 하지 않았다. 그래봤자 어차피 소통할 수 없으니 무슨 의미가 있겠는가? 나도 그 이유를 알기에 굳이 그들과 대화하거나 친해지려 들지 않았으나 마음에 켜켜이 쌓여가는 상처와 울분을 어찌할 도리가 없었다. 대화 도중 수도 없이 '쏘리?'를 연발하고 '아임 익스큐즈 마이 잉글리쉬'라는 말을 반복하다 보니 어떤 날에는 내가 도대체 뭘 그렇게 잘못했나 싶어 화가 나기도 했다. 내가 아무리 열심히 말해봤자 아무도 알아듣지 못할 거라는 선입견이 생겨 점점 더 말하기를 꺼리게 됐다. 그러다 보니 영어 실력이 한국에서보다 더 형편없어지고 있었다.

나는 내가 이렇게까지 소통에 어려움을 겪을 줄 몰랐다고, 영어 때문에 미국에서 보내는 시간이 우울하고 끔찍하다고 모니카에게 말했다. 잠자코 듣고 있던 모니카가 그들이 문제일 뿐이라고 말했다. 언어가 달라서 소통할 수 없다는 생각은 멍청하기 짝이 없다고, 그들은 다른 언어와 문화와 인종을 존중하지 않는 어리석은 사람일 뿐이라고 말하며 그런 사람에게 부정적인 영향을 받지 말라고 충고했다. 자신은 일곱 살 때 일본인 어머니와 둘이서 미국으로 왔고, 어머니는 일본인 특유의 억양과 문법으로 영어를 구사했지만 미국인 남편과 잘 소통하며 지냈다고, 나도 분명히 그럴 수 있을 거라고 말해주었다. 그새 이웨이가 우리 곁에 다가와 있었다. 그때부터는 셋이서 영어로 대화하며 시간을 보냈다. 이웨이가 끼어든 후로 모니카는 좀 더 빠르게 많은 말을 쏟아냈다. 나는 대화를 알아들으려 애썼지만 거의 이해하지 못했다.

혼자서 바에 앉아 맥주를 들이켜고 있으면 누군가 나에

게 다가와 먼저 말 걸지 않을까, 내 연락처를 묻거나 시간을 함께 보내려 들지 않을까, 라는 기대와 환상을 갖게 되지만 실제로 그런 경우는 드물었다. 사람들은 대부분 일행과 이곳을 찾았고, 우연히 눈이 마주치지 않는 이상 굳이 먼저 인사하지 않았다. 그래도 이곳에 있으면 내 나이가 사라지는 듯해서 뭔가 색다른 기분이 들었다. 한국의 클럽은 남녀가 모두 드나드는 곳이건 여자만 드나드는 곳이건 관계없이 온통 젊은 사람들뿐이었다. 나처럼 50대에 접어든 여자 홀로 들어갈 수 있는 클럽은 한 군데도 없었다. 나이든 레즈비언이 드나드는 술집이 홍대 근처에 있긴 하지만, 조용히 앉아서 음악을 듣고 술을 홀짝이기만 할 뿐 와자지껄하게 떠들고 춤추는 파티 분위기의 클럽은 아니었다. 레즈비언인 이웨이를 따라 퀴어 바에 드나들면서 늘 기분이 좋았던 까닭은 그래서였다. 20대 초반의 젊은 사람들부터 70대 노년층까지 아무런 거리낌 없이 이곳에서 편하고 즐거운 시간을 보냈다. 인종과 연령, 젠더가 다양한 사람들이 아무렇지도 않게 저마다 여유를 즐기는 모습이 묘한 흥분과 편안함을 동시에 전해주었다. 구태여 이성애자인 체하거나 나 자신을 숨길 필요가 없어서, 나는 모든 것이면서 모든 것이 아닌 '나'인 것만 같아서, 그저 '나'라는 존재가 현현하는 듯해서 좋았다.

수많은 사람으로 북적이는 바에서 나와 한적한 골목에 자리한 '코너 비스트로'를 찾아갔다. 퀴어만 가는 장소는 아니지만 퀴어 바 근처에 있다 보니 자연스레 이쪽 손님이 늘어난 곳이었다. 입구의 경비원에게 신분증과 백신 접종 이력을 보여주고 안으로 들어가 생맥주를 주문했다. 맥주 잔을 다 비운 뒤에야 밖으로 나와 지하철역 방향으로 걸었다. 핼러윈 시즌이라 가정집 대문 앞에는 호박과 유령 인형들이 잔뜩 놓여 있었다. 크리스천이 대부분인 미국 땅에서 귀신 분장을 하는 핼러윈 문화를 이해하기 어려웠는데, 이제는 유령이 그다지 이상해 보이지도 않았다. 지하철을 타려 했지만 왠지 좀 더 걷고 싶어 호텔까지 걸어가보기로 했다. 휴대폰 지도 앱을 열어 방향을 확인하고 처치 스트리트로 걸어가는 동안 내 좌표는 어디쯤에 있을지 궁금했다.

케이티는 정확히 오후 12시 30분에 호텔 로비에 도착해 있었다. 가볍게 인사를 나눈 뒤 케이티의 차에 올라타 그가 예약해두었다는 식당으로 향했다. 크레이프를 전문으로 하는 프랑스 식당이었다. 점심시간에 왜 디저트를 먹는지 이해되지 않았지만, 잠자코 있다가 식당에 도착해 메뉴판을 보고서야 크레이프가 단순히 과일과 생크림 따위를 넣어 먹는 디저트만이 아니라는 사실을 알게 되었다. 솔티드 크레이프 안에 고기와 야채, 치즈 따위를 넣어서 식사용으로 먹기도 했다. 나는 식당에 모인 사람들에게 크레이프를 식사로는 처음 먹는다고 말했다. 가볍게 와인을 곁들이기도 하지만 나는 오후에 강연을 해야 하므로 홍차와 크레이프만 주문했다.

그곳에는 나처럼 강연이 예정된 학자들, 행사의 주최자와 사회자, 학과 교수들, 운영진, 조교, 몇몇 학생들이 자리해 있었다. 스무 명이 조금 넘는 인원이었는데 한국에서처럼 기다란 단체석에 앉아 격식을 차리며 식사하지는 않았다. 테이블 네 개에 각각 다섯 명이나 여섯 명씩 자리했고 나는 또 다른 강연자 두 명과 학과 학생 두 명 그리고 케이티와 함께 앉았다. 두 강연자는 아프리카인과 파키스탄인이었다. 나와는 다르게 유창한 그들의 영어 스피킹을 듣고 있자니 주눅이 들어 아무 말 없이 먼저 나온 홍차만 홀짝였다.

이곳에 오게 된 건 여성학자로서의 경력이 아닌 우연히 출간하게 된 산문집 덕분이었다. 언젠가 일간지 주간 칼럼에 도서 소개 원고를 쓰며 짧게 언급했던 나의 여성학 공부 이야기를 읽은 한 출판사에서 사적인 경험을 토대로 산문집을 써보면 어떻겠느냐는 연락을 해왔다. 오래 망설이고 협의한 끝에 계약이 성사되어 생에 첫 산문집을 집필하고 출간했다. 사람의 일이란 때로는 아무 노력 없이 이루어지는 것들이 있기 마련인지, 산문집은 국내에서 별다른 호응을 얻지 못했지만 우연한 계기로 영미권 번역 출간 계약이 성사되었다. 제3세계의 페미니즘과 젠더 문화에 관심을 기울이기 시작한 미국 정서에 내 책이 들어맞은 모양이었다. 코로나 시국에 출간되는 바람에 한국에서는 책을 토대로 강연이나 낭독회를 해볼 기회가 없었는데, 미국에서는 어떻게든 이런 행사를 이어가는 모양이었다.

　미국에 올 수 있는 좋은 기회임에도 행사에 참여할지 말지 결정을 내리기까지는 오랜 시간이 걸렸다. 모니카 때문이었다. 우여곡절 끝에 한아를 낳고 5년 동안 함께 살았던 모니카. 그와 함께 보낸 시간을 돌아보는 일은 추억보다는 통증에 가까웠다. 미국에 오게 되면 모니카를 다시 만날 수도 있을 것 같아 두려움이 앞섰다. 그러나 아이러니하게도 이번 미국행을 결심한 이유 또한 모니카였다. 이를테면 미국행은 나에게 일종의 시험 같았다. 나는 모니카를 만나게 될 수도 있고 만나지 못할 수도 있을 것이다. 그가 다시 내 앞에 나타날 수도 있고 그렇지 않을 수도 있다. 만약에 다시 만나면 어떤 일이 벌어질지 알 수 없기에 두려움과 기대감이 동시에 밀려들었다. 다시 만나지 못한다면 그 또한 나에게 다가온 하나의 답안일 거라는 생각이 들었다. 모니카와 함께한 모든 추억을 두 번 다시 꺼내보지 않으면 더 이상 고통받을 일도 없을 것 같아 그런 결말도 기대가 됐다.

불안과 기대를 모두 안고 뉴욕행 비행기에 올라타 수도 없이 상상했다. 내가 강연하는 동안 강연장 뒤쪽 자리에 앉아 있는 모니카의 모습. 당장이라도 달려가서 말을 걸고 싶지만 모니카를 그저 바라볼 수밖에 없는 나의 모습. 강연이 끝난 뒤 강연장 밖으로 빠져나가는 모니카의 모습. 그를 붙잡아 인사를 건네고 대화하기 위해 따라 나가려 하지만 강연에 대한 감상을 나누려는 관객들에 둘러싸여 곧바로 나아가지 못하는 나의 모습. 그런 상황에도 강연장 바깥에서 나를 기다리는 모니카의 모습. 아무 말 없이 서로를 끌어안고 마음을 추스르며 술을 마시러 가는 모습. 단 한 번도 나를 잊은 적 없다고 말하는 모니카. 여전히 너를 사랑한다고 말하는 나.

모니카

터무니없음을 알면서도 끊임없이 떠오르는 상상을 몰아낼 재간이 없었다. 한편으로는 또 다른 상상도 떠올랐다. 여전히 나를 사랑하는 체하며 다가와 밀어를 속삭이다가 갑자기 권총이나 잭나이프를 꺼내어 드는 모니카. 아니면 함께 술을 마시다가 내가 화장실에 간 틈을 타서 다량의 수면제를 내 술잔에 쏟아 넣는 모니카. 자신의 인생을 망쳐버린 나에게 복수하려는 모니카의 모습이 떠오를 때면 모든 것을 체념하기도 했다.

식사를 마치자 다른 사람들은 카페에 가서 좀 더 이야기 나누다가 강연장으로 바로 갈 계획이라고 했다. 나는 더 이상 떠들어대기 피곤해 방으로 돌아가 쉬다가 강연장으로 가고 싶다고 말했더니 케이티가 호텔까지 데려다주겠다고 했다. 그들에게 이따가 보자고 인사한 뒤 호텔 방으로 돌아와 옷도 갈아입지 않고 침대에 드러누웠다.

오래전 내가 학생이었을 때 비슷한 명사 특강을 들은 적이 있었다. 강연이 끝난 뒤 몇몇 학생과 학과 조교, 교수와 저녁 식사도 함께 했다. 그 무렵에는 영어 회화에 어느 정도 익숙해져 그런 자리에 가더라도 어떤 대화가 오가는지 알아들을 수 있었고, 더듬거리면서도 내가 하고 싶은 말을 할 수 있었다. 그럼에도 영어로 뭔가 말해야 하는 순간이 오면 나는 영어 실력이 완벽하지 않다고 선을 그어둔 채 말문을 열었다. 그래야 내 영어의 어색한 발음과 불완전한 문법을 그들이 이해하고, 나를 배려해 평소보다 천천히 말해주는 경향이 있었다.

그러나 그때 강연했던 아프리카계 미국인 교수는 내 기대와 다르게 행동했다. 내가 영어 스피킹을 잘 못한다고 하자 단번에 무시와 경멸을 드러내던 표정을 나는 아직까지도 잊을 수 없었다. 그는 "오케이, 댓츠 파인"이라고 말한 뒤 나에게서 고개를 돌리고 다른 학생에게만 말을 걸었다. 그는 이 땅에서 나고 자라온 원어민보다 훨씬 더 빠르게 영어로 말했다. 그런 이민자 영어를 들을 때마다 사회언어학을 공부할 때 접한 노엄 촘스키의 이론이 떠올랐다. 하층민일수록 알파벳 'r'을 과도하게 발음해 상류층처럼 보이려 한다는 통계가 있었다. 이제 이 나라의 이민자들은 'r' 발음 대신 과도하게 빠른 속도로 영어를 구사함으로써 그와 유사한 욕망을 실현하는 것 같아 뒷맛이 썼다.

그 교수의 말을 알아들은 내가 이따금씩 대화에 끼어들어 내 의견은 이렇다고 말해도 그는 들은 체하지 않았다. 나는 그를 존경하긴 했다. 아프리카계 미국인으로서 성공한 교수이자 작가가 되기까지 그는 다른 미국인보다 훨씬 더 많은 노력을 기울였을 것이다. 그의 노력을 생각하면 어쩐지 가슴이 아팠다. 나는 죽었다 깨어나도 그 교수처럼 되지 못할 거라는 사실도 잘 알기에 더욱 그랬다. 그렇다고 해서 나를 외면하고 무시하는 그의 행동이 상처가 되지 않는 것은 아니었다.

　그날 밤 나는 모니카와 한 침대에 누워 그 교수를 존경하지만 그처럼 되고 싶지는 않다고 말했다. 내가 닮고 싶은 사람은 바로 너, 모니카라고 말하며 눈물을 훔치기까지 했다. 불완전한 내 언어를 알아듣기 위해, 이방인인 나와 소통하기 위해 최선을 다하는 너야말로 내가 닮고 싶은 사람이라고, 나는 너와 같은 사람이 되기 위해 최선을 다해서 살아갈 것이라고 말하는 나를 모니카는 그저 물끄러미 바라보았다. 그랬다. 나는 정말로 모니카를 존경하고 사랑했다. 나의 말에 언제나 귀 기울이고, 나를 위로하고 안아주던 모니카. 나를 위해서라면 무엇이든 아무 불평 없이 감내해주던 모니카를 나는 정말로 사랑했다. 그때 나는 그와 하나가 될 수 있다면, 그와 함께할 수만 있다면 무슨 짓이든 할 수 있는 사람이었다.

　그대로 누워 잠들고 싶었지만 그랬다가는 비몽사몽 상태로 강연에 가게 될 것 같아 그만 자리에서 일어났다. 그리고 책상 앞에 앉아 랩톱을 펼치고 강연을 위해 준비한 문서를 소리 내어 읽다가 페이스북에 접속해보았다. 미국에 오기로 결정하고 강연 일정과 포스터를 페이스북 계정에 올린 후로 번번이 모니카의 계정을 들여다보게 되었다. 그가 댓글을 남기거나 메시지를 보내지 않을까 하며 반응을 살폈지만 그런 일은 없었다. 모니카가 페이스북 계정으로 친구 신청을 해온 지는 벌써 10년도 더 지났다. 당시 내가 맡은 수업에서는 페이스북 커뮤니티 페이지에 공지 사항을 올리는 탓에 계정을 만들어야만 했다. 처음 사용해보는 소셜미디어였지만 그리 낯설지 않았다. 미국에서 공부할 때 마이스페이스를 사용한 적이 있었고, 한국에서도 싸이월드와 카카오스토리 등에 가입했기에 비슷한 종류의 상호소통 앱으로만 보였다. 다만 내가 놀랐던 것은 페이스북 계정을 만들고 얼마 지나지 않아 모니카에게서 친구 신청이 왔기 때문이었다. 사실 모니카가 내 계정을 찾기는 그리 어렵지 않았을 것이다. 페이스북에 가입하자마자 미국에서 알고 지내던 지인들 대부분과 친구가 되었고, 우르르 뜨는 '알 수도 있는 사람'에게 친구 신청을 해대고 있었다. 그러니 모니카의 계정에도 내가 '알 수도 있는 사람'으로 떴을 것이다. 그렇다고 한들 왜 나에게 친구 신청을 했을까? 그는 나를 증오하지 않을까? 그에게서 한아를 떼어놓고 그를 동물학대범으로 신고한 뒤 도망쳐버린 나를, 한순간에 직업을 잃게 만들고 인생을 송두리째 망가뜨린 나를 저주하려고 친구 신청을 한 게 아닐까? 아니면 그런 일을 겪고도 여전히 나를 잊지 못해서 신청했을까? 나를 다시 만나고 싶을까? 답을 알 수 없으므로, 그러나 알고 싶으므로 나는 친구 신청 수락 버튼을 눌렀다. 그와 친구로 맺어졌다는 알림이 떴지만, 그게 다였다. 이후로 모니카에게 아무 메시지도 연락도 오지 않았다. 그의 계정에는 그저 최근에 가입했다는 정보뿐 어떠한 사진도 글귀도 없었다. 그럼에도 페이스북 메신저 창을 열어보면 그는 꽤 자주 접속해 있었다. 분명 페이스북을 들여다보며 친구들의 근황을 확인한다는 뜻일 텐데, 다른 친구의 계정에 들어가보아도 모니카가 '좋아요'를 누르거나 댓글을 단 게시물은 하나도 없었다. 그렇지만 나는 모니카가 내 게시물을 보고 있을 거라고 확신했다. 특히 나의 미국 강연 일정만큼은 확인했으리라는 생각을 지울 수 없었다. 미국에 오기 전에 모니카에게 메시지를 보낼지 말지 오래 고민했다. 그러나 이제 와서 그에게 뭐라고 말할까? 안녕, 모니카. 나야, 제니. 잘 지내지? 너무 늦었지만, 그때는 정말 미안했어. 나는 곧 뉴욕에 갈 거야. 너를 다시 볼 수 있을까? 그래, 나는 그 말을 하고 싶었다. 그러나 만에 하나라도 모니카가 나를 보러 오겠다고 하면, 그다음에는? 그다음에는 무엇을 할 수 있을까? 어떤 일이 일어날지 궁금했지만 아무 메시지도 보내지 못했다. 두려웠다. 내가 저지른 행동을 그가 되돌려줄까 두려웠고, 비극이 재현될까 두려웠다. 그런 상황이라면 어떻게든 피하고만 싶었다. 그와 동시에 나는 알고 싶었다. 결국 비극이 도래할지라도 아직 보지 못한 결말을 향해 끝까지 가보고 싶었다. 그에게 끝내 메시지를 보내지 못했지만 이 모든 두려움에도 불구하고 미국에 오기로 결정한 것은 결국 나의 치기 어린 욕망과 집착 때문이었다. 그를 다시 보고 싶다는 욕망, 그와 다시 이야기하고 싶다는 욕망, 설사 부정적이라 할지라도 반드시 결말까지 다다르고 싶다는 욕망.

강연장에는 사람이 그리 많지 않았다. 이미 인사를 나눈 학과 교수와 학생 그리고 출판사와 에이전시에서 나온 직원이 보였다. 코로나 시국이라 강연을 포함한 여러 행사에 관객이 대면과 비대면 방식으로 모두 참여할 수 있게 되었고, 그래서인지 현장에 참석하는 관객은 다소 줄어든 편이라고 케이티가 말해주었다. 나는 몇몇 사람들과 가볍게 인사를 나눈 뒤 앞쪽 강연자 자리에 가 앉았다. 이미 관객석에 자리한 사람들이 내가 미리 작성해둔 강연 노트를 손에 쥔 채 들여다보고 있었다. 그들 사이에 모니카가 있지는 않을까 싶어 주의 깊게 살펴보았다. 그의 모습이 보이지 않는 게 어쩐지 당연하게 여겨지면서도, 그가 늦게라도 오지 않을까 하는 기대가 사라지지 않았다.

이내 강연을 시작할 시간이 되자 학과장인 교수가 연단에 서서 오늘 강연할 작가들을 한 명씩 소개해주었다. 내 강연 순서가 첫 번째라서 나는 사회자의 소개에 맞춰 자리에서 일어나 연단에 섰다. 이 자리에 서게 되어 영광이라고, 기회를 마련해준 분들에게 감사하다고 인사한 뒤 강연 노트를 읽어나갔다. 20분 정도 발표하고 자리로 돌아가 앉아 있는 동안에는 다른 강연자의 발표를 집중해서 듣느라 관객석은 쳐다보지 못했다. 나를 포함해 세 명의 강연자가 발표를 마치기까지는 한 시간이 걸렸고, 이내 모두 자리에 앉아 강연 내용에 대한 질문을 받고 대답하는 시간이 이어졌다. 과거에는 이런 순간이 가장 불편했다. 학과 수업에서 발표를 자주 했는데, 학생들이 던진 질문에 뭐라고 답해야 할지 한국어로도 떠오르지 않았다. 머릿속이 새하얘져 아무 대답도 못 하고 옹알이만 하다가 영어 실력이 부족해서 미안하다는 말을 거듭하는 게 최선이었다. 그래도 이제는 나이가 들고 보니 뭔가 대답할 거리가 충분하지 않아도 질문을 여유 있게 받아칠 수 있었다. 그래, 정말 좋은 질문이야, 내가 미처 생각하지 못한 문제를 언급해줘서 고마워, 우리가 함께 그 문제를 깊이 들여다보고 어떻게 해결해나가야 할지 사유해보는 과정 자체가 의미 있다고 생각해, 라는 식으로 뭉뚱그려 대답하면 그저 그러려니 할 뿐 더 이상 파고드는 관객은 없었다. 어차피 그들은 내 대답을 듣기 위해서라기보다는 자기가 어떤 주제에 관심이 있으며 어떤 식으로 사고하는지 드러내고 싶어서 마이크를 붙잡고 떠들어댈 뿐이었다.

발표와 토론이 끝나고 사회자가 마무리 인사를 하자 미처 질문하지 못한 관객들이 앞으로 나와 강연자를 한 명씩 붙들고 자신의 생각이나 감상을 말해주었다. 그만 이곳에서 벗어나 자리에서 일어나는 관객들 틈에서 모니카를 찾아보고 싶었지만 말 한마디 없이 곧바로 빠져나가기는 어려웠다. 인사를 건네는 이들에게 일일이 고맙다고 말하고 책에 사인을 해주며 대화를 이어가다가 사람들을 헤치고 나아가보니 관객석은 이미 비어 있었다. 강연장 바깥 복도에선 여전히 사람들이 서서 대화를 나누고 있었다. 그 모습을 보고나자 어디에도 모니카가 없다는 확신만 밀려들었다.

강연장 안으로 되돌아가 강연자, 운영진들과 함께 기념 사진을 한 장씩 찍었다. 코로나의 여파인지 뒤풀이는 없었고, 있다 하더라도 영어로 대화하기 피곤해 참석하지 않았을 것이다. 케이티가 운전하는 차를 타고 호텔로 돌아왔다가 편의점으로 가서 캔 맥주와 감자칩을 좀 더 샀다. 호텔에서 가까운 거리에 반 고흐 전시회가 열리고 있으니 시간될 때 미술관에 한번 들러보라고 케이티가 알려주었으나, 홀로 뉴욕 거리를 배회하고 싶지 않았다. 나는 그저 맥주나 더 마시고 싶었다.

오래전 하우스메이트였던 이웨이는 내 말을 항상 잘 들어주었고 우리는 언제나 어디에나 함께 다녔다. 말이 잘 통하지 않는 이 땅에서 혼자 다니기가 겁이 났고, 새로운 사람을 사귀기도 어렵던 시절이었다. 학생들은 주말에 스포츠 경기를 보러 가거나 뮤지엄, 극장을 찾아다녔다. 나는 원체 관광이나 쇼핑을 좋아하지 않아 특별히 가고 싶은 곳이 없었으나 이웨이가 외출하는 날이면 매번 따라나섰다. 한번은 이웨이가 소호 거리에 있는 퀴어 바에서 드래그 쇼를 볼 거라고 해서 따라간 적이 있었다. 뉴욕에 오기 전부터 지인들이 소호는 꼭 가보라고 말하기도 했고, 드래그 쇼도 한 번쯤 보고 싶은 마음에 흔쾌히 외출한 날이었다. 10월인데 겨울처럼 바람이 많이 불었고, 소호 거리 곳곳에 떨어진 낙엽과 쓰레기들이 공중으로 떠올라 흩날리고 있었다. 미국이 한국보다 물가가 비싸다는 사실을 알고 있었지만, 현지에서 직접 확인한 가격은 상상 이상이었다. 소호에서는 사고 싶은 것도 먹고 싶은 것도 없었다. 매서운 바람을 뚫고 어렵사리 찾아간 퀴어 바는 이미 사람들로 꽉 차서 더이상 손님을 받을 수 없다고 했다. 별수 없이 근처 카페에 들어가 에일을 한 잔씩 마시고 기름에 전 피시 앤 칩스를 먹었다. 그날 외출하기 전에 나는 시카고에 사는 친구와 전화로 다퉜다. 별것도 아닌 사소한 오해로 서로 마음에 상처가 될 말을 남긴 터라 기분이 좋지 않았다. 이웨이에게 이야기하면 마음이 좀 가벼워질 것 같아 어떤 일이 있었는지 털어놓았지만, 그는 좀처럼 말뜻을 파악하지 못했다. 내 말을 흘려듣고 있었는지 "아까 뭐라고 했지?"라고 말하거나 "그래서 왜 기분이 나빴다는 거야?" 하는 식으로 이해할 수 없다는 반응만 보였다. 내가 영어를 못해서가 아니라 단지 이웨이가 내 고민을 들어줄 상태가 아닌 것 같았다. 날씨가 유난히 춥기도 했고, 이웨이는 옷을 충분히 껴입지 않았으며, 퀴어 바를 찾느라 거리를 헤맨 탓에 지쳐 있었고, 애써 찾아간 바에서 문전박대를 당했으니 내가 주절거리는 내용이 귀에 들어올 리 없음을 알면서도 속이 상했다. 이제는 이웨이마저도 나와 소통하지 못한다는 생각이 들었고, 그럼 나는 누구와 이야기하고 마음을 나눌 수 있을까 싶었다. 이 거대한 대륙에 나의 이야기에 귀 기울여줄 사람이 단 한 명도 없다는 생각만 가득 차올랐다.

그만 숙소로 돌아가겠다는 이웨이를 따라 나도 방으로 돌아갔다. 이미 밤늦은 시간이었지만 잠이 올 것 같지 않아 그대로 14번가의 퀴어 바로 향했다. 모니카가 그곳에 있으리라고 생각하지는 않았다. 다만 술이나 좀 더 마시다가 돌아오고 싶었다. 모니카는 바에 없었고, 나는 혼자서 맥주 두 잔을 연거푸 마시며 다른 손님을 하염없이 바라보았다. 그만 밖으로 나가려던 그때, 가게로 들어서는 모니카와 마주쳤다. 우리는 서로를 알아봤고, 근처의 다른 퀴어 바에 가서 술을 마시며 이야기를 나누었다. 밤이 깊어 숙소로 돌아가야 할 시간이었지만 술을 더 마시고 싶다고 말했다. 모니카가 술을 사서 자기 방에서 마시자고 해 편의점에서 맥주와 감자칩을 사 갔다.

모니카와 함께 걷는 동안에는 외롭고 두려운 감정만 불러일으키던 이 거리가 나를 보호해주는 것 같았다. 모니카와 뉴욕의 거리를 걸을 때면 나는 더 이상 외롭거나 두렵

지 않았다. 이 세상 모두가 다 나를 외면한다 해도 모니카
만큼은 내 곁에 있어줄 것이고, 언제까지나 나의 이야기에
귀 기울여주리라는 기대와 환상으로 나는 점점 부풀어 올
랐다.

　　오전 7시에 눈을 뜨기는 했지만 몸이 일으켜지지 않았
다. 저녁 7시에 있을 낭독회 외에는 다른 일정이 없어 내내
침대에 누워 있다가 느지막이 일어나 씻고 옷을 갈아입은
뒤 밖으로 나갔다. 호텔 앞에서 지하철을 타고 한국어 간판
이 즐비한 한인타운으로 향했다. 순두부 식당에 들어가 겨
우 한 끼를 때우고 엠파이어 스테이트 빌딩과 타임스퀘어
를 지나 모던 아트 뮤지엄을 찾아갔다. 어느덧 50대에 접어
든 나이인데도 새치와 주름이 거의 없는 나에게 매표소 직
원은 학생이냐고 물었다. 아시아계 사람들 대부분이 동안
이라고는 하지만 그중에서도 유난히 어려 보이는 나의 외
모를 나는 별로 좋아하지 않았다. 미국에서는 외모 때문에
자주 어린애 취급을 당했다. 어리숙한 모습에 영어 실력까
지 형편없다 보니 쉽게 무시당한다고 20대 때부터 줄곧 생
각했다. 그러나 내 외모가 제 나이로 보이고 영어가 완벽했
다 하더라도 자괴감은 사라지지 않을 듯해 더욱 좌절할 수

밖에 없었다. 나이가 들면서 쓸데없는 자괴감을 더는 느끼지 않았고, 그 변화에 대해서도 이제는 아무런 감정이 끼어들지 않았다.

젊은 시절 나는 미국에 와서 특히 뉴욕의 거의 모든 부분에 실망했다. 서울에서 나고 자란 나에게는 뉴욕의 풍경이 명동이나 강남 거리와 딱히 달라 보이지 않았다. 지나치게 크고 높은 건물들, 어디에나 있을 법한 프랜차이즈 식당과 의류 상점, 발 디딜 틈 없이 거리를 가득 메운 사람들. 뉴욕은 도쿄, 싱가포르, 토론토 등 코즈모폴리턴 도시와 별다를 것 없는 인상을 풍겼다. 학교에서 만난 친구들 대부분 스포츠 경기와 할리우드 영화, 미국 드라마와 대중가요에 대해서만 떠들어댔다. 그런 이야기를 계속 나누다 보면 모두가 다 교육받지 못한 떠돌이처럼 보였다. 석유와 전쟁이 아니었다면 이 나라는 지금쯤 어떤 모습일까? 나는 보잘것없는 환상에 사로잡혀 이곳까지 떠내려온 것을 후회하고 자괴하는 20대를 보냈다. 하지만 뉴욕의 미술관에서는 그런 감정에서 벗어날 수 있었다. 미술관에만 오면 정말이지 이 나라를 존중하지 않을 수 없었다. 교과서에서나 보던 세계적인 화가의 대표작이 줄줄이 전시된 모습을 볼 때마다 이것이 바로 선진국의 힘이구나, 라는 생각이 절로 들었다.

피카소, 달리, 호퍼, 워홀, 고흐, 고갱, 마티스, 이우환의 작품을 보다가 발길이 멈춘 곳은 프리다 칼로의 자화상 앞이었다. 머리카락을 짧게 잘라낸 칼로가 떠나간 남편의 슈트를 입은 채 나무 의자에 걸터앉은 그림이었다. 그의 손에는 이발 가위가 들려 있고 바닥에는 잘린 머리카락이 흩어져 있었다. 그 옆에는 칼로의 작품을 넣은 액자와 크기도 모양도 똑같은 액자가 하나 걸려 있었는데, 그림 대신 거울이 들어 있었다. 그 거울에 비친 내 모습에 나는 깜짝 놀랐다. 너무 반듯하고 멀쩡한 사람이 보여서, 사람들이 보는 내 모습이 정말로 이럴까 싶어서, 눈에 보이는 멀쩡함이 얼마나 보잘 것없는 거짓인지 정면으로 마주할 수 있어서 나도 칼로처럼 스스로 머리카락을 잘라내고 싶은 욕구에 시달려야 했다.

전시된 그림을 모두 돌아본 뒤 뮤지엄 중앙 정원에 있는 카페로 가서 커피를 주문했다. 자리에 앉아 낭독할 원고를 꺼내어 달달 외우다시피 읽다가 밖으로 나가 나를 데리러 온 케이티와 만났다. 낭독회는 학교가 아니라 독립서점에서 하기로 했다. 케이티와 함께 도착한 독립서점의 규모는 예상보다는 큰 편이었다. 입구와 가까운 쪽에 책장이 줄줄이 늘어섰고 기역자형으로 꺾어진 안쪽의 공간에 문구류와 기념품 판매대가 있었다. 그 옆으로 관객이 앉을 의자가 스무 개 정도 자리했고 작가와 사회자가 앉을 의자가 마주 놓여 있었다. 낭독회를 시작하려면 30분 정도 기다려야 했다. 서점의 가장 안쪽에 있는 폴딩도어 너머로 화단을 잘 가꾸어놓은 테라스가 보였다. 아기자기하게 피어난 화초를 자세히 보려고 가까이서 도어 바깥을 내다보니 얼룩덜룩한 고양이 한 마리가 고개를 들고 나를 바라보았다. 서점에서 돌보는 고양이인지 그저 지나가는 길고양이인지 알 수 없었다. 모니카의 방에도 검은색 고양이가 한 마리 있었다. 모니카는 그 고양이를 바이올렛이라고 불렀다. 모니카의 전 애인이 키우다가 두고 떠난 고양이라고 했다. 검은 고양이를 왜 바이올렛이라고 부르냐고 물으니 전 애인의 설명에 따르면 고양이의 눈이 바이올렛 아이즈라고, 겉보기에는 블루 아이즈 같지만 가만히 들여다보면 안에 숨은 보라색이 드러나 보인다고 했다. 모니카의 말을 듣고 고양이를 바라봤지만 고양이와 눈을 정면에서 마주치기는 쉽지 않고, 어쩌다 마주쳐도 보랏빛 눈동자는 보이지 않았다. 고양이의 눈이 그저 파란색으로만 보인다고 말하자 모니카는 내 말이 옳다며 자기도 여태껏 전 애인이 말한 바이올렛 아이즈를 못 찾았다고 말했다.

모니카는 나와 함께 살게 되면서 바이올렛을 데리고 왔

다. 바이올렛은 그때 이미 열 살이 넘어 꽤나 늙은 편이었다. 바이올렛은 나에게 가까이 다가오거나 애교를 부리지는 않았지만 나를 멀리하거나 공격하려는 태도를 취하지도 않았다. 고양이가 나를 별로 좋아하지 않는 것 같다고 말하면 모니카는 바이올렛이 늙어 기력이 없을 뿐이라고 했다. 20여 년이라는 세월이 지났으니 바이올렛은 이미 죽었을 것이다. 어떻게 죽었을까? 모니카 곁에서 학대당하다가 비참하게 생을 마감했을지 아니면 동물 보호소에서 죽음을 기다리다 자연사했을지 알 길이 없었다. 모니카는 알까? 만약에 후자라면 모니카도 바이올렛의 마지막을 알지 못할 가능성이 높았다.

낭독회를 보러 온 관객이 하나둘씩 자리를 잡았다. 나는 관객석 가장 앞쪽에 앉아 있다가 사회자가 나를 소개해주면 무대 쪽으로 옮겨 앉을 예정이었다. 낭독회에서는 내 책에서 중요한 구절을 발췌해 읽고 사회자와 대담 형식으로 질문을 주고받기로 했다. 미리 질문지를 받아 어떤 답변을 할지 적어 왔으므로 어제 했던 강연보다는 마음이 편했다. 관객과 현장에서 질문을 주고받지 않을 테니, 책에 사인을 해줄 때 개별적으로 소통할 일만 다소 걱정됐다.

사회자가 앞으로 나가 낭독회와 나를 소개해주었다. 그

의 소개에 맞춰 무대에서 관객에게 인사하려다가 모니카를 보았다. 관객석 가장 뒤쪽, 짧게 친 머리카락에 검은색 가죽 재킷을 입고 앉아 있는 모니카. 나는 그대로 멈춰 서 그를 바라보았다. 당연하지만, 그는 모니카가 아니었다. 나는 곧바로 내 착각이었음을 알아차리고 그저 자리에 앉았다. 예전에도 강마르고 머리가 짧은 동양인 남자를 모니카로 오인할 때가 왕왕 있었다. 반가운 마음에 다가가보면 그저 엇비슷한 외모의 동아시아인일 뿐이었다.

책에서 미리 골라둔 구절을 소리 내어 읽어나갔다. 이미 수백 번도 더 연습했지만 막상 사람들 앞에서 읽으려니 긴장이 됐다. 책장 속 알파벳이 점점 작아지는 듯해 나는 어깨와 등을 잔뜩 웅크린 채로 글자를 주의 깊게 들여다보았다. 케이티는 내가 낭독하거나 강연할 때 관객과 시선을 자주 마주치면 좋겠다고 말해주었으나 나는 오히려 책장에 고개를 파묻고 말았다. 낭독을 이어가는 20분이 마치 200분처럼 느껴졌다. 어렵사리 낭독을 마치고 사회자와 대담을 나누었다. 사회자는 관객에게 질문하거나 발언하고 싶은 사람이 있는지 물었다. 두 명이 질문을 던졌는데, 나는 좀더 정확하고 단순하게 질문해줄 수 있겠느냐고 되물어 가까스로 대답했다.

행사가 끝나자 사람들이 자리에서 일어났다. 곧바로 빠져나가는 사람도 있고 나에게 다가와 인사와 덕담을 건네며 사인을 요청하는 사람도 있었다. 어디선가 풀 냄새가 났다. 오전에 정원사 일을 마치고 돌아올 때마다 모니카의 몸에서 진동하던 냄새와 비슷했다. 그가 샤워하고 옷을 갈아입어도 풀 냄새는 사라지지 않았다. 어떤 날에는 그 냄새가 참 싱그럽게 다가왔고, 어떤 날에는 비리고 역겹게 다가왔다. 사람들 틈에 끼어 있는 동안 바깥에 있던 고양이가 안쪽으로 들어와 유유히 돌아다녔다. 고양이의 눈 어디에 보랏빛이 숨어 있을까? 고양이를 아무리 들여다봐도 모니카의 전 애인이 말한 보랏빛 홍채를 발견할 수 없었다. 보이지 않는 빛을, 있지도 않을 빛을, 나는 왜 계속 찾으려는 것일까? 사람들 사이에서 모니카를 닮은 동양인 남자를 찾아봤으나 보이질 않았다. 서둘러 서점 밖으로 나가 그의 모습을 한 번이라도 더 보려고 거리를 가득 메운 사람을 빠르게 훑었다. 백지에 점점이 박힌 알파벳이 흩어졌다 모이기를 반복하는 것처럼, 까만 고양이의 파란 눈이 커졌다 작아지기를 반복하는 것처럼, 그 또한 나타났다 사라지기를 반복하고 있었다.

비터스윗

수련실 안의 공기가 맑지 않았다. 새벽녘 한기를 가득 머금은 바닥은 물기로 흥건했다. 쉼 없이 몸을 움직이는 사람들의 몸에서 떨어져 나온 땀방울이 물기에 섞여 얼룩져 있었다. 인도 특유의 향신료 마살라 냄새와 그들의 땀 냄새 그리고 정체 모를 냄새가 뒤엉겨 온몸에 끈적끈적하게 들러붙는 듯했다. 그래도 나는 사람들 사이를 비집고 들어가 요가 매트를 펼쳤다. 한 평도 채 되지 않는 직사각형의 세계. 그 위에 서서 두 눈을 감고 만트라를 외운 뒤 요가 수련을 시작했다. 하늘을 향해 두 손을 뻗고, 땅을 향해 허리를 숙이며 숨을 들이쉬고 내쉬는 과정. 문득 이 작은 요가 매트 밖의 세계가 모두 사라지고 내가 그 안에 오롯이 존재하는 듯했다. 다른 사람도, 다른 세계도 보이질 않고 오직 나 자신만 바라볼 수 있었다. 때로는 고통스럽고, 때로는 즐겁고, 때로는 아무것도 느껴지지 않으면서도 모든 것을 느낄 수 있어서 요가가 좋았다. 온몸의 구멍, 모공 하나하나까지도 세밀하게 반응하며 벌어지고 조여드는 감각 속에 나는 아무런 생각도 감정도 느낄 필요가 없었다.

아사나 수련을 마친 뒤 매트를 들고 명상실로 들어갔다. 다시 매트를 펼치고 누워 사바아사나, 송장 자세를 취했다. 어느새 해가 다 떠올라 날이 환히 밝아 있었다. 창문 사이를 파고드는 미풍에 한기가 서려 몸에 수건을 덮은 뒤 다시 누워 눈을 감았다. 눈꺼풀 안쪽의 세계는 결코 어둡지만은 않았다. 이곳에도 빛이 새어 들어오고 소리가 들려, 나는 모든 것을 분명하게 보고 들을 수 있었다. 이 명상실 안에 나와 같은 자세로 누워 나와 같은 감각을 느끼고 있을 진 언니를 떠올렸다. 아니야, 모두 같지만은 않을 거야. 진 언니는 언니대로, 나와는 다른 감각을 느끼겠지. 나는 속으로 되뇌었다. 그래도 비슷할 거야. 나와 같이 한기를 느끼고, 나와 같이 몸에 수건을 덮고 있을 거야. 그리고 집으로 돌아가 무와 다시마, 말린 표고버섯을 넣고 끓인 채수에 감자와 애호박을 자박자박 썰어 넣어 밀가루 반죽을 떼운 수제비를 만들겠지. 뜨거운 그릇을 양손으로 감싸 들고 입으로 후후 바람을 불어 식힌 국물을 들이마시면, 뜨거운 기운이 배 속을 타고 내려가 언니, 속이 다 시원해, 나는 말하고, 그러면 언니는 소리 없이 미소 지을 것이다.

"더 먹어. 뭐 더 먹고 싶은 거 없어? 달걀이라도 부쳐줄까?"

"아니야, 언니. 단 게 먹고 싶어."

그러자 진 언니는 찬장에서 초콜릿 상자를 꺼내어 식탁에 올리고, 냉장고에서 요구르트도 꺼내어 왔다.

"어제 새로 만든 건데, 좀 쓸 거야."

언니가 초콜릿 상자의 뚜껑을 열며 말했다.

"왜 이렇게 쓴 걸 먹어?"

그렇게 물으며 나는 초콜릿 조각을 하나 집어 입에 넣고 깨물어 씹었다.

"딱딱해서 더 그렇게 느껴지는 것 같아."

"나는 이렇게 쓰고 단단한 게 좋더라."

진 언니의 말에 나는 눈을 동그랗게 뜨고 다시 물었다.

"그래? 나는 쓰고 딱딱한 건 잘 못 먹겠어. 꼭 크레파스 씹는 것 같지 않아?"

"하하, 그런가? 그러네, 그러고 보니."

진 언니는 그렇게 말하며 작은 그릇에 요구르트를 덜어 나무 수저와 함께 내 앞으로 밀어주었다. 내가 수저를 손에 들고 요구르트 그릇을 집자 언니가 서둘러 말했다.

"이것도 그냥 먹으면 신맛만 날 거야. 망고 잼이랑 석류 잼이 있는데 섞어줄게. 어떤 걸로 먹을래?"

"아무거나 괜찮아. 언니가 먹고 싶은 걸로 골라 줘."

그 말에 진 언니는 석류 씨앗이 담긴 유리병을 냉장고에서 또 꺼내어 왔다. 그러고는 씨앗을 나무 수저로 조심스레 떠서 요구르트 그릇에 덜어주며 말했다.

"이건 사실 잼이 아니라 청이야. 석류 씨앗을 골라내서 설탕에 사나흘 정도 재워두면 딱 알맞게 돼."

새하얀 요구르트 위에 붉은 석류 청을 띄우자 마치 눈밭에 떨어진 동백꽃 같아 보였다. 나는 나무 수저로 그것을 휘저은 뒤 한가득 떠서 입에 넣었다.

"역시, 달고 부드러운 게 좋아."

나는 소리 내어 웃었다. 그리고 진 언니는 그런 나를 바라보며 희미하게 웃었다. 너무 옅어서 아무런 색깔도 찾아볼 수 없는 미소. 나는 진 언니의 미소를 볼 때마다 새하얀 모래가 손가락 사이로 흘러내리는 듯한 인상을 받았다. 조급함이나 분주함 없이 모든 일을 차분하게 해내는 진 언니의 손짓과 표정을 나는 사랑했다. 그것을 보고 있으면 내 마음까지도 가없이 가라앉는 것만 같았다. 따로 명상을 하

지 않고, 진 언니를 바라보기만 해도 평화롭고 따뜻한 기운
을 느낄 수 있었다.

　나는 초콜릿 조각을 하나 더 집어 입에 넣었다. 그리
고 다시 한번 이로 씹어 부쉈다. 부서진 초콜릿 조각과 석
류 씨앗이 입 안에서 서로 부딪치고 갈렸다. 그것을 목구멍
으로 밀어 넘기며 파편이 온몸의 근육과 관절을 파고드는
상상을 했다. 그것이 빠져나오지 않고 그 안에 촘촘히 붙어
있기를 나는 바랐다.

　"더 많이 먹고 싶어."

　"응? 뭐를?"

　나는 언니의 물음에는 대답하지 않고 그저 살며시 미소
지었다.


　커튼을 모두 드리워 어두운 집 안에 회색 불빛만이 한
쪽에서 쏟아져 나오고 있었다. 오늘도 준은 랩톱을 붙들고
게임을 하고 있었다. 그가 태우다 만 위드Weed 가루가 탁자
위에 흩뿌려져 있는 모습을 보고 나는 미간을 찡그렸다. 준
은 내가 들어온 것을 알고도 나를 돌아보거나 나에게 인사
하지 않았다. 나는 준이 앉아 있는 탁자 앞으로 가 커튼을
열어젖혔다. 아니나 다를까, 준이 벌떡 일어나 커튼을 잡아

채며 "뭐 하는 거야?"라고 소리쳤다.

"이 꼴을 좀 봐, 연기가 자욱하잖아. 나는 이 냄새가 싫어."

내가 아무리 목소리 높여도 준은 아랑곳 않고 커튼을 다시 드리우고는 자리에 앉아 게임만 했다.

"도대체 환기는 언제 하라는 거야?"

내가 묻자 준은 이따가 창문을 조금 열어두고 나갈 거라고 대답했다. 나는 준이 아침을 먹고 탁자 위에 그대로 둔 접시를 들고 부엌으로 갔다. 빵과 달걀을 굽고 방치한 프라이팬, 피넛 버터 병, 과도 등이 조리대에 지저분하게 놓여 있었다. 나는 서둘러 그것들을 치우고 싱크대에 물을 받아 세제를 풀어서 설거지를 시작했다. 일말의 양심은 있는지 이럴 때마다 준은 나에게 이따가 자신이 치우겠다고 말했지만, 말이 실제 행동으로 이어지는 경우는 한 번도 없었다. 네가 먹고 어지른 것들은 네가 좀 치우라고 이야기하기도 지긋지긋해 이제는 그런 말을 일절 하지 않았다. 잔소리가 번번이 싸움으로 번져 스트레스를 받는 것보다 내가 직접 치우고 내 몸이 힘든 게 훨씬 더 마음 편했다.

설거지를 마치고 손의 물기를 닦아낸 뒤 방으로 들어가 침대에 누웠다. 잠시 눈을 붙이고 쉬어보려고 하면 어김없이 준이 실실 쪼개며 방 안으로 들어왔다.

"지나, 잇츠 미."

그러고는 내가 누워 있는 침대에 올라와 내 허리를 감싸 안고 가슴을 주물렀다. 일본인인 준은 강남에 있는 호텔에서 매니저로 일해 영어와 일본어, 한국어에 능통했다. 하지만 나는 일본어를 못해 대화는 대부분 한국어로 하고, 필요에 따라 영어를 조금씩 사용했다. 호텔 투숙객과 직원들을 위한 서비스의 일환으로 개설된 요가 수업에 나는 2년 전 강사로 취직했고, 그곳에서 준을 처음 만났다. 그의 진짜 이름은 준이치로였으나 모두들 그를 준이라고 불렀다. 그는 내가 맡은 요가 수업을 관리하는 매니저이기도 했다. 호텔 직원과 투숙객 중에서 요가 수업에 참여하기 원하는 사람은 매일 그를 통해 수업을 미리 예약했다. 매달 내 수업료를 입금해주고 수업에 필요한 물품이나 준비 사항 등을 챙겨주는 사람도 준이었다. 그러던 준이 언젠가부터 시간을 내어 내 수업에 들어와 요가를 배우기 시작했다. 키가 크고 마른 체형의 준은 유니폼 슈트를 벗으니 어깨가 안으로 많이 굽어 있고 척추도 구부정했다. 골반 또한 매우 뻣뻣해 제대로 따라 할 수 있는 요가 동작이 거의 없었다. 어디서부터 어떻게 도와주어야 그가 요가 동작을 조금이라도 더 수월하게 할 수 있을까 고민해봤지만 내가 도와줄 수 있는 게 없었다. 그래도 그는 포기하지 않고 꾸준히 요가를 배우러 왔다.

빼빼 말랐지만 서글서글한 인상에 부드러운 미소를 지닌 준은 애초에 남자다워 보이는 사람은 아니었다. 인도에서 준을 처음 본 진 언니가 "쟤는 성욕이 없어 보인다"라는 말을 작게 속삭일 정도였다. 그런 겉모습과는 달리 준은 시도 때도 없이 섹스를 원했다. 자신의 숙소에서는 물론 일하는 호텔에서도 이따금씩 마스터키를 가지고 와 빈방에서 몰래 섹스를 하자고 졸라댔다. 극장에서 영화를 볼 적에도 수시로 내 몸을 더듬고 입을 맞추는 등 다른 사람들의 이목조차 신경 쓰지 않고 색을 밝혔다.

내가 인도에 있는 요가학교로 연수를 가겠다고 하자 준은 한 달 동안 휴가를 내어 나를 따라나서겠다고 했다. 나는 매우 기뻤다. 인도는 치안이 좋지는 않은 나라이기에 함께 다니면 안전할 것 같았고, 월세와 생활비를 혼자서 감당하는 것보다 둘이 내는 게 나았기 때문이다. 무엇보다도 연인과 함께 사는 것은 내 인생에서 꼭 한번 해보고 싶은 로망이기도 했다.

낭만이 모두 깨지기까지는 얼마 걸리지 않았다. 물론

유리창 깨지듯 순식간에 산산조각 나지는 않았다. 아니, 차라리 그랬더라면 모든 것이 더 쉬웠을 것이다. 쉽게 깨진 것은 쉽게 치워버릴 수 있을 테니까. 그러나 삶은 그렇게 쉽게 깨지지 않아 어렵고 불편하게 다가왔다.

처음에는 벽 한쪽에 생긴 금을 발견했으나 크게 신경 쓰지 않고 놔둔 격이었다. 한 번 두 번 외면하다 보니 어느 순간부터 금이 점점 길어지고 있음을 알아차릴 수 없었다. 금 때문에 벽이 완전히 갈라져 집이 무너져 내렸을 때에야 애초부터 무언가 잘못됐음을 알게 됐지만 돌이킬 수 없었다. 갈라진 벽은 다시 붙일 수 없었고, 그러므로 무너진 집 또한 다시 세울 수 없었다. 산산이 부서진 잔해 앞에서 나는 그만 뒤돌아 떠나는 것이 상책이라는 사실을 알고 있었으나 어쩐지 그렇게 할 수가 없었다. 나는 그저 모든 것이 무너진 장소 앞에 가만히 서서 잔해들이 비와 바람에 쓸려 자연스럽게 사라지게 될 날을 기다리기로 했다.

나는 옷을 벗고, 침대에 드러누운 준의 옷도 벗겼다. 아직 발기되지 않은 준의 성기를 손으로 붙들고 흔들어 단단하게 세운 뒤 입에 욱여넣었다. 준의 성기가 내 목구멍을 건드리는 오럴 섹스는 소름 끼치도록 싫었지만 좀체 젖지 않는 나의 질 속에 그의 성기를 넣으려면 이렇게 할 수밖에 없었다. 나는 그의 성기를 타액으로 겨우 적신 뒤 곧바로 머리를 들어 올리고 조금 전까지 내 입속에 있던 성기를 질 입구에 대고 문질러 내 안으로 집어넣었다. 그 위에 앉아 움직일 기운도 나질 않아 곧바로 체위를 바꾸고 가만히 누워 그가 빠르게 사정하기만을 기다렸다.

좋아하지도 않는 섹스를 하는 이유는 단 하나, 섹스를 거부할 때마다 어김없이 닥쳐오는 준의 짜증과 투정을 감당하고 싶지 않기 때문이었다. 섹스를 하지 않는다고 해서 그를 사랑하지 않거나 싫어하는 것은 아닌데, 그는 이제 내가 변했고 자신을 더 이상 사랑하지 않는다며 성을 냈다. 그러고는 내 이야기는 들어보지도 않고 위드를 태우며 종일 게임을 하는 것으로 일종의 시위를 대신했다. 내가 아무리 그게 아니라고, 나는 인도에 요가를 배우러 왔고, 요가 수련에 많은 체력과 신경을 쏟아야만 하기에 다른 것까지 해낼 기운이 없을 뿐이라고 말해도 그는 믿지 않았다.

그의 화를 풀려면 섹스를 해야만 했다. 그래서 내가 먼저 섹스를 하자고 말해도 그는 계속 토라져 있었다. 너는 이거 싫어하잖아, 싫은데 억지로 하지 마, 라고 말하며 오히려 그가 거부하고 나섰다. 아니야, 내가 정말로 원해서 그래, 라고 거짓말하며 보채면 그는 마지못해 하는 듯 억지로 섹스를 하고도 마음을 풀지 않았다. 그와 지금 헤어져 두 번 다시 안 볼 수 있다면 나는 그렇게 했을 것이다. 하지만 지금 당장은 그와 함께하는 생활과 관계를 끊을 수가 없었다. 헤어질 때 헤어지더라도, 함께 있는 동안만큼은 잘 지내기를 나는 바랐다. 그렇게 그와 잘 지내려면 나는 섹스를 해야 했고, 그를 좋아해야 했다.

초콜릿 만드는 모습을 보고 싶다고 하자 진 언니는 정말로 보고만 있어달라고 말했다. 초콜릿을 만들 때 누군가 자기를 도와주는 것을 좋아하지 않는다고, 혼자 다 만들 테니 그저 보고만 있어달라고 말했다. 처음에 나는 언니가 도움받기 미안해 에둘러 거절하는 줄 알았다. 하지만 언니는 진짜 도움을 원하지 않았다. 누군가 옆에 있는 것도 그리 달가워하지 않았다. 내가 언니와 시간을 보내고 싶어 찾아온다는 사실을 알고 수락했을 뿐, 정말로 초콜릿을 함께 만들 생각은 없었다.

가스레인지 앞에 서서 고체 상태의 초콜릿 덩어리를 중탕해 녹이는 동안 언니는 그것을 물끄러미 바라보고 있었다. 초콜릿이 적당히 녹아나는 지점이 가장 중요하다고, 그 상태를 말로는 설명할 수 없는데 가만히 들여다보면 알아낼 수 있다고 말했다. 그렇게 중탕한 초콜릿을 능숙한 손길로 자그마한 틀에 담아낼 때부터 언니는 더 이상 아무 말도 하지 않았다. 조금만 실수해도 초콜릿 형틀에서 초콜릿 액이 흘러넘치거나 부족하게 채워지기 때문에 고도의 집중력과 주의력을 발휘해야 했다.

초콜릿 액을 따르는 진 언니의 모습을 나는 조금 멀리 떨어져 서서 바라보았다. 언니의 근육이 팔과 어깨 그리고 목선을 따라 미세하게 솟아올랐다가 다시 가라앉는 모습을 왠지 숨죽여 바라보게 되었다. 매일 새벽 강행군처럼 이어지는 강도 높은 요가 아사나 수련에 단련되어온 근육 덩어리들이 오밀조밀 들어찬 단단한 몸이 어떻게 저렇게 가늘고 부드러워 보일 수 있을까? 나는 궁금했다.

"이걸 보는 게 좋아."

진 언니는 그렇게 말했다. 초콜릿 만드는 것을 좋아하는 게 아니라, 초콜릿이 만들어지는 과정을 바라보는 것이 좋다는 얘기였다.

"차가웠던 초콜릿이 뜨거워지고, 딱딱했던 초콜릿이 녹아서 부드러워져. 그리고 액체가 된 초콜릿이 굳어서 다시 고체가 되잖아. 이것만큼은 내가 원하는 모양으로, 내가 원하는 맛으로 만들 수가 있는 거야, 이것만큼은……."

언니는 잠시 숨을 고르고 다시 느릿하게 말했다.

"그 과정을 보고 있으면 아무런 생각이 나질 않아서 좋아. 평상시 나를 사로잡았던 생각들이 하나도 떠오르지 않고 오직 지금 이 순간만 나에게 다가와. 고체가 녹아나는 순간, 액체가 굳어가는 순간, 눈으로 바라보거나 손으로 만질 수 없는 바로 그 순간이 진짜로 존재하는 거야. 그것을 온몸으로 느낄 수가 있어."

나는 숨을 조금 크게 내쉬고 웃으며 말했다.

"일종의 명상이네?"

"그런 셈이지. 그나마 이렇게 인도에 와 있을 때나 초콜릿을 만들지, 한국에서는 아예 시도조차 할 수 없어."

그때, 현관문이 열리는 소리가 다소 시끄럽게 울렸다. 신발을 벗고 책가방을 내던지며 정신없이 뛰어 들어오는 소리가 뒤를 이었다.

"제이슨."

제이슨이 부엌으로 들어오기도 전에 나는 그렇게 말했다. 진 언니의 아들인 유준을 나는 그렇게 불렀다. 그가 한국에 있을 때 다닌 영어학원에서 쓰던 이름이라고 들었다. 나는 인도로 올 때 저 아이를 처음 본 까닭에 그냥 제이슨이라고 부르는 것이 더 편했다. 진 언니는 아무 말 하지 않고 제이슨을 물끄러미 바라보았다.

"진아 이모, 안녕하세요."

제이슨은 산란하게 뛰어오다가 나를 보고는 그대로 멈춰 예의 바르게 인사했다. 나는 제이슨의 예의 바른 인사에 매번 소름이 끼쳤지만 전혀 내색하지 않고 웃는 얼굴로 "그래, 왔어?"라는 대답과 질문을 함께 던졌다. 이제 열한 살인 제이슨은 제 엄마보다 키가 크고 덩치도 커다랬다. 게다가 뚱뚱하기까지 해서 보는 사람마다 제이슨이 정말로 진 언니의 친아들이 맞느냐고 묻고는 했다. 예의를 생각할 겨를도 없이 입양한 게 아니냐고 물어볼 정도로 둘의 외모는 극과 극이었다. 그러면 진 언니는 휴대폰 사진을 찾아 그들에게 보여주었다. 진 언니의 남편과 제이슨, 진 언니가 함께 찍은 사진이었다. 사진 속 부자의 외모는 완전한 판박이였다. 큰 키에 각진 어깨 그리고 커다란 몸. 쇠꼬챙이처럼 비쩍 마른 진 언니의 모습이 두 사람과 기이하게 어울렸다. 그 사진을 보면 누가 봐도 그들이 한 가족이라는 사실을 알 수 있었다. 그럴 때마다 사람들은 하하 웃으며 너를 닮은 딸을 하나 더 낳으라고 진 언니에게 농담을 던지곤 했다.

제이슨은 냉장고에서 생수병을 꺼내어 뚜껑을 열고는 주둥이에 입을 대고 물을 벌컥벌컥 들이마셨다. 물을 미처

다 삼키기도 전에 입을 열어 "엄마, 오늘 우리 뭐 먹을 거야? 뭐 먹을 거야? 뭐 먹을 거야?"라고 소리치듯 물었다. 그 바람에 그의 입에서 물이 흘러내렸고 셔츠의 옷깃이 다 젖었다. 그러자 제이슨은 손등으로 물기를 슥 훑어낸 뒤 "뭐 먹을 거야? 어디 갈 거야? 뭐 먹을 거야?"라고 다시 물었다.

"아들 먹고 싶은 거 먹자."

진 언니가 말하자 제이슨은 더 크게 소리를 지르며 짜증을 냈다.

"아, 엄마 먹고 싶은 걸 말해, 말하라고!"

제이슨이 산만하게 소리 지르고 짜증을 부려도 진 언니는 아무 말 하지 않았다. 언니는 그저 초콜릿으로 채운 형틀을 유산지로 감싸고 조심스럽게 들어 냉장고 안으로 옮겨 넣었다. 나는 언니를 도와 식탁에 있는 그릇들을 옮기고 정리했다. 제이슨은 제 엄마를 채근하다 지쳤는지 식탁 의자에 앉아 휴대폰을 들여다보았다. 재빠르게 손가락을 놀리는 것으로 보아 게임을 시작한 모양이었다. 그러면서도 끊임없이 다리를 움직여 식탁 의자에 부딪는 소리를 냈다. 나는 개수대에 물을 세게 틀어 물이 떨어지는 소리를 들으며 비누칠한 그릇을 헹구었다.

준은 요가학교 앞 사거리 한가운데에 서서 우리를 기다리고 있었다. 가늘고 기다란 몸은 강한 바람에도 흔들림 없이 꼿꼿하게 서 있었다. 유연하지도 정교하지도 않은 몸, 그러나 남성이라는 이유 하나로 타고나는 물리적인 힘. 그의 몸을 가까이에서 볼 때마다 내 안에서는 뜻 모를 부아와 두려움이 함께 일었다.

"요, 와썹?"

제이슨이 준에게 인사했다. 준은 딱히 대답하지 않고 살짝 미소 지어 보이는 것으로 인사를 대신했다.

"잘 지냈어요?"

준은 진 언니와 제이슨 모두를 향해 그렇게 물었다. 진 언니도 "네, 잘 지냈어요"라고 대답하며 웃어 보였다. 나는 휴대폰 앱으로 택시를 호출했다. 가까운 거리에 택시가 세 대나 지나는 중이라고 나와 있어 그중 1분 거리에 있다는 택시의 번호를 확인한 뒤 기다리기로 했다.

준은 아직 어린아이에 불과한 제이슨과 잘 놀아주는 편이었다. 나이대는 다르지만 마치 남자들끼리의 원만한 소통과 연결성을 타고나기라도 한 것처럼 둘은 처음 만났을 적부터 죽이 잘 맞았다. 둘 다 축구나 야구, 농구 같은 구기운동을 좋아했고 게임과 오락, 장난을 즐겼으며, 무엇보다도 식성이 비슷했다. 육류와 어류를 먹지 않는 나와 진 언니하고는 달리 두 사람은 육류, 그중에서도 닭고기와 양고기를 즐겨 먹는다는 공통점이 있어 이렇게 넷이서 만나는 것에 나는 만족했다. 준과 단둘이 식당에 갈 때면 내가 육류를 함께 먹지 않아서 그가 늘 불만을 가졌는데, 제이슨하고 같이 먹을 수 있으니 나는 마음이 편했다. 좋지는 않지만 편안한, 그런 종류의 편안함이었다.

1분 안에 도착한다고 했던 택시가 좀체 오질 않았다. 택시 위치를 확인해보려 휴대폰을 꺼내 화면을 켜자 제이슨이 내 손을 붙들며 자신이 먼저 보겠다고 했다. 제이슨의 손에서 우악스러운 힘이 느껴져 나도 모르게 손에 힘을 꽉 주고 이러지 말라고 말했다.

"저 지금 아무것도 안 했어요. 제가 뭘 했다고 그러세요?"

제이슨은 오히려 나를 힐난하는 어조로 표독스럽게 말했다. 고집스러운 태도에 나는 자꾸만 화가 났지만 티 내지 않으려 노력했다.

"내가 볼 테니까 이 손 놓으라고."

나는 이를 꽉 물고 말했다. 그러나 제이슨은 내 말을 듣지 않았다. 아이들끼리 휴대폰 한 대를 두고 서로 자기가 쓰겠다고 싸우는 꼴이라는 사실을 나는 모르지 않았다. 그럼에도 나보다 한참 어린 이 아이가 원하는 대로 해주고 싶은 마음은 눈곱만큼도 없었다. 제이슨이 말했다.

"제가 본다고요, 좀."

그는 휴대폰을 꽉 움켜쥐고 내 손에서 빼내려 했다. 진 언니는 그런 제이슨을 말리지 않았다. 그것은 진아 이모 거라는 말조차도 그에게 해주지 않았다. 진 언니는 우리에게서 비스듬히 비껴 선 채로 아직 오지 않은 택시가 오기만을 기다렸다.

"진아 이모가 뭔가 잘못 설정한 거예요. 그러니까 택시가 안 오잖아요."

어떠한 방식으로든 상대방을 끌어내리고, 주저앉히고, 발로 짓뭉개 그 위에 올라서야만 직성이 풀리는 저 심성을 나는 당연히 좋아하지 않았다.

"이리 내놔"라고 말하면서도 나는 결국 손에 힘을 풀어 제이슨에게 내 휴대폰을 내주어야만 했다. 제이슨이 앱 화면을 확인하려는 순간 전화벨이 울렸다. 택시 기사가 건 전화였다. 내가 다시 내놓으라고 말하며 전화를 받으려 했지만 제이슨이 재빨리 통화 버튼을 눌러 "헬로"라고 말했다. 제 엄마를 따라 인도에 와 있는 동안 제이슨은 간단한 영어 인사말과 일상에서 자주 쓰는 표현을 자신감 있게 내뱉곤 했지만 정확한 문법이나 철자는 알지 못했다. 외국인과 대화를 할 때에도 자기가 하고 싶은 말 중에 생각나는 단어만 내뱉을 수 있을 뿐 상대방이 쓰는 영어를 알아듣지는 못하는 아이였다. 그래서 그는 택시 기사가 하는 말은 들으려 하지 않고 "히어, 고쿨람, 요가 샬라, 요가 샬라"라는 말만 연신 내뱉으며 우리가 있는 곳을 설명했다. 제이슨이 잠시 방심한 틈을 타 나는 얼른 그의 손에서 휴대폰을 빼앗아서 기사에게 지금 우리가 서 있는 위치를 자세히 설명해주었다. 씩씩거리며 성을 낼 것 같았던 제이슨은 의외로 "에이, 씨발"이라는 말만 툭 던지고는 금세 준과 어울려 수다를 떨었다.

곧 도착한 택시에 우리는 차례로 올라탔다. 준이 앞자리에 탔고, 제이슨이 뒷좌석 가장 안쪽에, 그리고 진 언니와 내가 제이슨 옆에 앉았다. 누가 뭐라고 말하기도 전에 제이슨이 먼저 나서서 기사에게 마이솔 호텔로 가라고 말했다. 절대로 가만히 있지 않고 끊임없이 나대는 저 성질머리에 나는 끊임없이 화가 났다. 왜 항상 모든 것을 자기 멋대로, 자기가 먼저 해야만 할까? 그리고 제이슨의 태도에 왜 아무도 화를 내지 않을까? 왜 나만 이렇게 화가 날까? 왜 나만

저 아이의 언행을 참을 수가 없을까?

"아직 어린아이잖아."

이따금씩 내가 제이슨에게 "너 대체 왜 이래?"라고 물으면 진 언니는 특유의 차분하고도 무기력한 말투로 마치 그를 대변하듯 말했다.

"몸만 컸지 속은 아직 어려서 뭘 잘 몰라. 그냥 그러려니 해."

언니는 어떻게 저 아이의 모든 행동을 참아줄 수 있을까? 자기 아이라는, 단지 그 이유 하나만으로 정말 가능할까? 그렇다면 준은, 준은 왜 화를 내지 않을까? 준이치로, 너도 그래? 너도 저 아이에 대해서 전혀 화가 나지 않아? 왜? 왜 그래? 왜 아무도 저 아이에게 화를 내지 않아? 왜 나만 저 아이에게 화가 나고, 왜 나만 이 화를 조절할 수 없어? 왜?

호텔 레스토랑에서 준과 제이슨은 양고기 스테이크를, 나와 진 언니는 파스타와 샐러드를 주문했다. 준과 제이슨이 인도 향신료가 들어간 음식을 전혀 먹지 못하고 냄새를 맡는 것조차 싫어해, 우리는 외식을 할 때마다 서양 음식만 먹었다. 이내 주문한 음식이 나오자 제이슨은 순식간에 제 몫의 접시를 비우고는 똑같은 메뉴를 하나 더 시켜달라고 말했다. 그래서 진 언니가 같은 음식을 다시 주문했는데, 이내 음식이 나오자 제이슨은 배가 불러 더 이상 못 먹겠다며 접시를 앞쪽으로 밀어버렸다. 나와 진 언니는 고기를 먹지 않았고, 평상시 소식을 즐기는 준 또한 그 접시에는 손대지 않았다.

호텔 출입문 앞에는 늘 택시가 대기하고 있어 이번에는 굳이 다른 택시를 호출할 필요가 없었다. 배가 부른 탓에 나는 좀 걷고 싶었지만 걷기를 싫어하는 제이슨 때문에 우리는 다시 택시를 타기로 했다. 호텔 직원이 택시 문을 열어주어 한 명씩 차에 올랐고, 제이슨은 기사에게 인사도 없이 마이솔 동물원이라고만 내뱉었다.

인도의 동물원은 동물원보다는 식물원에 더 가까운 느낌이었다. 동물원 입구부터 울울창창하게 늘어서 있는 남국의 꽃나무와 코코넛 나무. 화단에도 줄줄이 심어놓은 화려한 색채의 꽃. 동물 관리보다 식물 관리에 더 힘을 쏟는 게 아닐까 싶을 정도로 잘 가꾸어진 꽃과 나무가 경이롭게 다가왔다. 꽃나무들이 만든 그늘을 따라 걷다 보니 산림욕이라도 하듯 서늘하고 상쾌했다.

"〈라이프 오브 파이〉라는 영화 혹시 봤니?"

진 언니가 나에게 물었다. 나는 영화를 보고 원작 소설도 읽었다고 대답했다. 그러자 언니가 다시 말했다.

"맞아, 나도 소설도 읽었어. 나는 원래 책을 잘 안 읽는데, 그 소설은 인도 소년이 주인공이라서 한번 읽어봤어. 그리고 영화와 소설 모두 시작 부분에 인도 동물원이 나오잖아. 그래서인지 항상 궁금했어, 실제 인도 동물원은 어떨지."

그러고 보니 그 영화에서 묘사된 인도 동물원 모습도 진한 녹색 빛이 어우러진 식물원 같은 모습이었다. 언니는 계속 말했다.

"인도 소년이 호랑이와 함께 태평양에서 표류하는 내용인데, 나는 그 부분보다는 앞부분에 잠깐 나오는, 인도에서 펼쳐지는 장면이 그렇게 좋았어."

"맞아, 나도 그랬어. 소설 맨 앞부분에 작가가 인도 뭄바이에서 겪은 일이 나오는데, 거기서 만난 노인의 모습, 그리고 파이의 어린 시절과 주변 사람들, 가족들 모습이 여기서 우리가 만나는 인도 사람들과 거의 같아서 더 생생하게 느껴진 것 같아."

"응, 맞아. 근데 사람들은 다 앞부분이 지루하고 재미없다고 말하더라. 그럴 때마다 내가 이상한 사람이나 다른 세계에 사는 사람인 것만 같은 기분이야. 왜 다들 나와 다르지? 아니, 왜 나는 남들과 다르지? 내가 바라보는 것, 내가 생각하는 것, 내가 느끼는 것…… 이 모든 것을 다른 사람들은 정말로 모를까?"

"모두가 다 인도를 싫어하는 것 같아……."

"응?"

"파이 이야기 말이야. 거기서 파이의 아버지는 콜럼버스처럼 새로운 땅을 향해 떠나자고 말하잖아. 정작 콜럼버스는 인도를 찾아서 떠났는데. 그런데도 대부분의 사람들에게 '새로운 땅'이란 결코 인도는 아니야. 그런 생각이 들어."

준과 제이슨이 정신없이 뛰어다니며 다양한 동물을 구경하는 동안, 나는 진 언니와 느릿하게 걸으며 수다를 나눌 수 있어 좋았다. 진 언니는 제이슨을 떼어놓고 나만 만날 수 없고, 나 또한 준을 방구석에서 게임만 하게 놔둔 채로 진 언니만 만날 수는 없었다. 이렇게 넷이 만나면 진 언니와 준은 거의 대화하지 않았고, 제이슨과 나 또한 거의 대화하지 않았다. 자연히 준과 제이슨이 같이 어울렸고, 나는 진 언니와 단둘이 있는 것처럼 시간을 보낼 수 있었다.

준과 제이슨이 야생동물을 보러 간 사이 나는 진 언니와 함께 조류 공원으로 들어가보았다. 이곳이 정말로 남국이구나, 라는 생각이 들었다. 어린 시절 그림책에서나 보았을 법한 다양한 색깔의 조류들이 새장 속에서 각각 다른 칸에 들어가 있었다. 노란색, 빨간색, 파란색 등 원색의 새를 한국에서는 본 적이 없었다. 그뿐만 아니라 청록색, 보라색, 하늘색, 연두색 등 책이나 TV에서조차 보지 못한 신비로운 색깔의 새들이 여기저기서 지저귀고 있었다. 한동안 말없이 걸으며 새를 구경하던 진 언니가 불현듯 말했다.

"나는 동물원이 자연에서 살아야 할 동물을 가둬두고 돈벌이로 이용하기만 하는 곳이라고 생각했어. 동물권이라는 게 없는 세계라고 말이야. 하지만 그 책,《파이 이야기》를 읽고 나서는 꼭 그렇지만도 않다는 사실을 알게 됐어."

소설의 주인공 파이는 그런 말을 했다. 동물원에서는 동물이 사냥을 하며 서로 먹고 먹힐 필요 없이 그저 쉬고 먹고 마시고 목욕하고 털을 가다듬으며 살아갈 수 있다고. 그들은 동물원 안에서도 야생 그대로 행동하며, 야생에서 사는 것보다 객관적으로 더 나을 것도 나쁠 것도 없다고.

"그 논리에는 아무래도 논란이 따르겠지만, 파이의 말을 믿지 않으면 삶이 너무 고통스러워져……."

언젠가 언니는 한국의 남쪽 지방으로 내려가서 요가원을 꾸리며 살아보고 싶다고 말한 적이 있었다. 그럼 하면 되잖아, 라고 생각했지만 말로 내뱉을 수는 없었다. 언니의 남편은 서울에서 일했고, 제이슨도 서울에서 학교와 학원을 다녔다. 왜…… 그들과 헤어지면 안 돼? 나는 항상 그것이 궁금했다. 그러나 끝내 물을 수 없었고, 물을 수 없으므로 답 또한 알 수 없었다.

언니, 나랑 가자. 나랑 가서 같이 살아갈 방을 찾고 건물을 구해서 요가원을 만들자. 사람들에게 요가를 가르치고, 요가원을 운영하며 살아가자. 언니 혼자서는 어렵겠지만, 나도 혼자서는 못하겠지만, 함께한다면 가능할 거야. 우리, 그렇게 살자. 응?

그러면, 우리가 원하는 대로 살기 위해, 모두에게서 등진 채로 떠나면, 우리가 꿈꾸던 진실한 삶이 그곳에 있을 것 같아? 그럴 수도 있겠지. 그곳에 진짜 내가, 진짜 내 삶이 존재하고 있을지도 몰라. 그런데, 그러면 행복해질 수 있을까? 꿈을 이루면 영원한 행복에 이르러 두 번 다시 불행과 불안을 느끼지 않으며 살 수 있을까? 너는 정말로 그렇게 믿어?

조류 공원이 끝나는 지점에서 길은 다시 네 갈래로 나뉘었다. 야생동물 구역에서 빠져나온 준과 제이슨을 만나다 같이 매점에 가기로 했다. 그곳으로 걸어가는 길의 오른쪽 울타리 너머에는 말과 사슴, 기린 같은 초식동물이 있었다. 특별히 눈길이 가거나 신기한 동물은 없었지만, 한낮의 뜨거운 햇볕에 몸이 축 늘어져 우리는 조금 느릿하게 걸었다.

"우와."

제이슨이 소리쳤다.

"저것 봐!"

제이슨이 손가락을 뻗어 가리킨 곳에는 얼룩말이 있었다. 제이슨이 다시 말했다.

"나 얼룩말 처음 봐."

그러자 진 언니와 준이 "나도"라고 말했다. 그러고 보니 나 또한 얼룩말을 실제로 보는 것이 처음이었다. 얼룩말의 가죽에는 흰색과 검은색 줄무늬가 단순히 번갈아 나열되어 있을 뿐이라고 생각했는데, 보면 볼수록 두 가지 색깔의 조합이 희한했다. 흰색과 검은색은 정반대의 색깔인데도 함께 어우러져 있어서 이 세상의 것이 아닌 듯한 인상을 주었다. 우리는 모두 울타리 앞에 멈추어 서서 얼룩말만 들여다보았다. 어느 누구도 먼저 발걸음을 떼려고 하지 않았다. 제이슨이 갑자기 나에게 물었다.

"진아 이모, 얼룩말이 영어로 뭐예요?"

"지브라Zebra."

"그럼 '얼룩'이 영어로 '지브라'예요?"

"아니, 얼룩은 스테인Stain, 아니면 스팟Spot이라고 해."

"그럼 지브라는 뭐예요?"

"얼룩말이라니까."

"얼룩은 스테인이나 스팟이라면서요."

"글쎄, 지브라가 무슨 뜻인지는 나도 모르겠어."

"왜 몰라요? 왜 그것도 몰라요?"

내가 미간을 찡그리자 옆에 있던 준이 휴대폰을 꺼내어 "내가 찾아볼게"라고 말했다. 그러고는 온라인에 접속해 '지브라'에 대해 이것저것 검색해봤다. 나는 제이슨의 물음에 짜증이 나기는 했지만, 지브라가 무슨 뜻인지 궁금해졌다. 준은 지브라가 에퀴페루스Equiferus라는 라틴어 단어에서 유래했으며, 프랑스어로는 에쿠스 페루스Equus ferus, 즉 야생말이라는 뜻이라고 말했다. 고전 라틴어 발음의 유래에 따라 이 단어는 엔시페루스Enciferus―이지브라리오Ezebrario―이지브라Ezebra를 거쳐 최종적으로 지브라Zebra가 되었다. 이 과정을 설명하자 제이슨이 화들짝 놀라며 "그럼 저게 야생동물이에요?"라고 다시 물었다. 그러자 준이 더 이상 설명하지 못하고 머뭇거려 내가 대신 말했다.

"야생동물이 꼭 맹수를 의미하는 건 아니고, 자연 속에서 살아가는 동물을 뜻해. 얼룩말을 타고 다니거나, 집에서 돌보거나, 목장에서 키우는 사람은 없잖아. 그러니까 인간에게 길들여지지 않고 자연에서 야생 상태 그대로 살아가는 말이라는 의미겠지."

막상 내 대답을 들은 제이슨은 더 이상 관심이 가지 않는 듯 뒤돌아서며 "알았어요, 그만 가요"라고 말했다.

함께 매점에 도착해 준과 제이슨은 바닐라 아이스크림을 하나씩 샀고, 나와 진 언니는 생수를 하나씩 샀다. 준은 나에게도 아이스크림 좀 맛보지 않겠느냐고 물었지만 나는 괜찮다고 대답했다. 준과 제이슨이 매점 앞 벤치에 앉아 아이스크림을 먹는 동안 진 언니와 나도 그 옆에 앉아 있었다. 언니는 갑자기 생각난 듯 가방 속에서 무언가 반짝이는 것을 꺼내어 나에게 건넸다. 그것은 은박지로 포장해 온 초콜릿이었다.

"네가 쓴 것을 잘 못 먹어서, 설탕을 많이 넣어서 만들었어. 우유도 더 넣었고."

"고마워, 언니."

나는 은박지를 벗겨 초콜릿 조각 하나를 입에 넣었다. 무더운 남인도의 기후에 적당히 녹은 초콜릿이 입 안에 부드럽게 감겼다. 나는 혓바닥을 굴려 그것을 천천히 녹여 먹었다. 딱딱하고 차가운 것이 사실은 부드럽고 따뜻하다는 사실을 나는 진 언니의 초콜릿을 먹으며 조금씩 믿을 수 있었다. 모든 것에 별다른 차이가 존재하지 않으며 모든 것이 하나임을 한 입 한 입씩 씹어 삼키기로 했다. 진 언니의 말대로 이 초콜릿은 훨씬 더 달고 부드러웠다. 그러나 카카오 특유의 씁쓸한 뒷맛이 여전히 남아 있어, 나는 그것도 내 안으로 함께 받아들였다.

레 드 ㅣ 벨 벳

탁자에 차와 케이크가 놓여 있었다. 피처럼 새빨간 시트에 미색의 치즈 크림을 살포시 얹은 레드벨벳 케이크. 나는 찻잔을 들어 차를 한 모금 마시고 포크를 집었다. 케이크를 조금 덜어 입에 넣자 폭신한 식감이 입 안 가득 차올랐다.

레드벨벳 케이크는 원어민 영어 강사 해럴드가 사준 것이다. 오전에 나는 그의 수업을 듣고 학원 1층에 자리한 북카페에 가서 책을 읽었다. 미국 작가 에밀리 프리들런드가 쓴《늑대의 역사History of Wolves》라는 소설책이었다. 이 책을 영문 원서로 매일 한 챕터씩 읽어야 해럴드의 독서토론 수업에 참여할 수 있기에, 나는 영어사전 앱까지 켜두고 성의껏 읽어나갔다. 그의 수업이 끝난 뒤 평상시처럼 곧바로 집에 돌아가 해당 챕터를 읽으려 했으나, 밖으로 나와 보니 부슬비가 내렸다. 우산이 없어서 그대로 카페에 들어가 책을 펼쳤다. 두 시간쯤 뒤에 창밖을 바라보니 그새 비가 멎어 있었다. 나는 그만 자리를 정리하고 일어나 카페 밖으로 나갔고, 거기서 해럴드와 맞닥뜨렸다. 내가 그에게 인사하고 오늘 뭐 할 것이냐고 묻자, 그는 잠시 카페에 가서 차를 마실 생각이라고 말했다. 예의상 "너도 같이 갈래?"라고 묻는 해럴드에게 나는 곧장 좋다고 대답했다. 그러자 그는 평소 자주 가는 카페가 있느냐고 물었다. 나는 보이차를 판매하는 중국식 찻집에 자주 간다고 말했다. 그는 이 근처에 그런 찻집이 있느냐고 물었고, 나는 그렇다고 대답했다. 그도 그곳에 가보고 싶다고 해서 우리는 학원 건물을 나와 길을 건넜다.

중국식 찻집에서 해럴드는 한동안 메뉴판만 바라보았다. 메뉴판에는 한글과 한자로 적힌 여러 종류의 보이차 이름이 있었고, 산지와 숙성 기간에 따라 각기 다른 가격이 매겨져 있었다. 나는 해럴드에게 보이차의 개념을 영어로 설명해주기가 어려워 가장 보편적인 차를 마셔보면 어떻겠느냐고 물었다. 해럴드가 좋다고 대답해 내가 3년산 보이숙차를 주문하고 계산하려 들자 해럴드가 재빨리 자신의 신용카드를 내밀었다. 이럴 바에는 각자 내는 게 낫겠다고 말했지만 해럴드는 끝내 자기가 사겠다고 했다. 나는 미국인인 그와 찻값을 계산하는 일로 실랑이를 벌이고 싶지는 않아 알았다고 대답하고 주문대 옆에 놓인 케이크 진열장을 바라보았다. 해럴드가 차를 샀으니 내가 케이크라도 한 조각 사서 곁들여 먹는 게 좋을 듯했다. 하지만 케이크 종류가 그리 많지 않았다. 진열장 안에는 보관이 용이하고 유통기한도 긴 편인 당근 케이크, 바나나 케이크, 레드벨벳 케이크 조각만 있었다. 내가 해럴드에게 어떤 케이크를 좋아하느냐고 묻자 그가 치즈 케이크를 좋아한다고 대답했다.

"치즈 케이크는 없는데……."

나는 혼잣말하듯 웅얼거렸다. 해럴드는 괜찮다고 대답하며 먼저 자리에 가 앉았다. 나도 뒤따라가 자리에 앉자 이번에는 해럴드가 나에게 어떤 케이크를 좋아하느냐고 물었다. 그러게, 나는 어떤 케이크를 좋아하지? 선뜻 대답이 떠오르지 않았다. 그래서 나는 한참 동안 멍하니 있다가 "글쎄…… 레드벨벳인가?"라며 질문하듯이 대답했다. 그러자 해럴드는 왜 그 케이크를 좋아하느냐고도 물어왔다. 그때 직원이 나를 부르며 주문한 차가 준비됐다고 말했다. 나는 바로 자리에서 일어나 주문대로 가서 차판과 다구를 받아 왔다. 해럴드도 얼른 자리에서 일어나 내가 들고 온 차판을 받아 들었다. 나는 보온 주전자에 담아 온 뜨거운 물을 차호에 부어 예열한 뒤 찻잎을 넣고 차를 우렸다. 그러자 해럴드가 나에게 다도를 배웠느냐고 물었다. 나는 가볍게 웃으며 차를 자주 마시다 보니 자연스레 익숙해졌을 뿐이라고 대답했다.

　한 시간 정도 그와 함께 차를 마시며 책을 주제로 이야기하다가 그만 돌아가기로 했을 때 나는 잠시 화장실에 들렀다. 찻집 밖으로 나오니 해럴드가 나에게 쇼핑백을 하나 내밀었다. "이게 뭐야?" 묻자 그는 그저 웃어 보였다. 쇼핑백 안에는 자그마한 종이 상자가 들어 있었다. 내용물이 보이지 않아도 나는 새빨간 레드벨벳 케이크 조각을 떠올릴 수 있었다. 케이크는 내가 사주려고 했는데……. 나는 머쓱한 마음에 고맙다는 말도 못 하고 그와 헤어져 집으로 돌아왔다.


　레드벨벳 케이크를 좋아하는 사람은 내가 아니라 훈이었다. 문학평론가인 훈은 알코올중독자 수준으로 술을 마시는 사람이라 단 음식이라면 치를 떨었지만, 희한하게도 레드벨벳 케이크만큼은 입에 맞는다며 즐겨 먹었다. 훈은 내가 식탁에 올려둔 레드벨벳 케이크를 포크로 잘라 입 속

한가득 집어넣고 오물거리다가 찬장에서 레드와인을 꺼내 병째로 들이마셨다. 턱 밑까지 흘러내린 붉은 와인을 손등으로 슥 닦아내고 웬일로 케이크를 다 사 왔느냐고 물었다. 나는 그냥 같이 공부하는 분이 사줬다고 대답했다. 그러자 훈은 "레드벨벳 케이크는 굉장히 소설적인 것 같아"라고 말하며 연이어 케이크를 집어 먹었다. 케이크는 순식간에 그의 입으로 들어가 사라져버렸다. 그는 목이 메는지 여러 차례 와인병을 기울여 물처럼 들이켜고 주절거렸다.

"이 빨간 맛은 사실 코코아 가루에서 나오는 거야."

그가 이미 여러 번 내뱉은 소리였다. 훈은 초콜릿 케이크의 달콤함과 치즈 케이크의 시큼함을 싫어하지만 두 가지를 적절하게 섞은 레드벨벳 케이크의 균형 잡힌 맛이 좋다고 했다.

"초콜릿 맛이 나는 레드벨벳 케이크."

훈은 마치 시라도 낭송하는 양 과장된 발음으로 말했다.

"서로 다른 두 재료로 만들어졌고, 핵심을 붉게 위장해 놓았다는 점에서 이거 정말 소설적이지 않아?"

꼴에 평론가라고 갖다 붙이기는. 나는 그런 그가 정말 꼴 같지도 않아서 아무 대답도 하지 않았다.

"이거야말로 객관적상관물이자 낯설게하기, 혹은 비틀

기의 전형이 아닐까? 단편소설 제목으로 한번 써보는 거 어때? 레드벨벳."

　그렇게 말하는 훈에게 '아주 네가 소설을 써라'라고 말해주고 싶었지만, 소설가의 꿈을 포기하고 평론가가 된 사람에게 할 말은 아닌 것 같아 그만두었다. 그 대신 "왜 그렇게 레드벨벳 케이크를 좋아해?"라고 물었다.

　"전 여친이 파티시에였거든. 뭐, 말이 좋아 파티시에지, 그냥 부잣집 고명딸의 고상한 취미 생활 같았어. 호주에서 살 때 배워 왔다며 플라워 케이크랑 마카롱만 소량으로 주문받아서 파는 가게를 운영했거든. 가게 문 열어두고 장사하는 모습은 한 번도 못 봤고, 주문이 있을 때만 나가서 일하고 오는 작업실 같아 보였어. 케이크 만드는 데 필요한 재료와 기구들이 워낙에 비싸고 희귀해서 재료 산다며 한 달에 두 번씩 비행기 타고 일본에 다녀오는데, 무슨 집 앞 편의점 다녀오듯이 하더라. 우리 어렸을 때, 집안 형편 어려워서 학교 다니기 어려운 사람들이 제과 제빵 기술 배워가지고 성공하는 내용의 드라마도 방영되고 그랬잖아. 그래서 나는 제빵사가 정말 눈물겨운 직업인 줄만 알았는데, 요새는 정반대인가 봐."

　그러는 너도 말이 좋아 평론가일 뿐, 업이 아닌 여가로

책 읽고 평론을 쓰지 않냐고, 부자인 부모님 덕에 평생 아르바이트 한 번 안 하고 국문학 박사과정까지 공부해놓고도 졸업논문은 쓰지 않고 근근이 청탁받은 신간 리뷰나 쓰면서 매일 술을 마시지 않느냐고, 그래서 아직도 부모님께 생활비를 받아 살아가고 있지 않느냐고 묻고 싶었다. 그래봤자 그의 부모님 명의로 된 집에서 나 또한 이렇게 빌붙어 살고 있으니 딱히 그를 비난할 입장이 못 되어 말을 삼켜버렸다.

다음 날 아침 나는 해럴드의 수업에 들어가기 전 일본식 제과점에 들러 치즈 타르트 두 조각을 샀다. 그리고 학원으로 가서 교무실을 찾아가 비어 있는 그의 책상 위에 타르트 상자를 놓아두었다. 교실로 들어가 해럴드와 인사를 나누고, 습관적으로 안부를 묻는 그에게 나는 다 좋다고 대답했다. 어제 네가 준 레드벨벳 케이크 덕분에 더 열심히 공부할 수 있었다고 덧붙이자 해럴드는 기쁘다고 말하며 웃었다.

이내 다른 학생들이 교실로 들어왔고, 수업이 시작되었다. 해럴드는 어제 읽은 챕터에서 인상 깊은 부분이나 기억에 남는 내용을 한 명씩 이야기해보라고 했다. 나는 소설 속에서 새로 부임한 교사 애덤 그리어슨과 그를 바라보는 학생 린다, 그리고 미스터 그리어슨이 바라보는 학생 릴리의 삼각 구도가 인상 깊었다고 말했다. 그러자 해럴드는 둘씩 짝을 지어 이루어나가는 관계 속에서도 그 삼각형은 계속 이어진다고 설명했다.

"이 소설은 크게 두 개의 장으로 나뉘어 있어. 그리고 그 안에 열한 개의 장이 각각 들어 있지. 숫자 11의 의미는 굉장히 중요해. 그 근거를 본문에서 찾아볼 수 있을까?"

단순히 소설의 내용만 토론하는 것이 아니라 소설의 구조에 대한 이야기까지도 나눌 수 있도록 이끌어주는 해럴드의 설명을 듣고 있으면, 영어 수업이 아닌 문학 수업처럼 다가와서 좋았다. 그가 이어서 말했다.

"소설의 구조뿐만 아니라 소설 속 인물의 이름도 면밀하게 살펴봐야 해. 애덤은 흔한 이름이 아닌데도 작가가 왜 이 이름을 사용했는지 추측해볼까?"

"혹시 에덴동산의 애덤Adam을 썼나?"

내가 묻자 해럴드는 맞았다고 대답하며 설명을 이어갔다.

"유대 신화에 따르면 애덤에게는 릴리스Lilith라는 첫 번째 부인이 있었어. 성경에 나오는 이브는 그의 두 번째 부인이었지. 그래서 이 작가는 애덤과 릴리의 관계를 암시적으로 보여주려고 그 이름으로 설정한 거야. 그럼 이제 패트라Patra를 한번 볼까? 린다가 베이비시터로 들어가는 집의 부부 중 남편은 레오Leo, 아내는 패트라야. 레오는 라이언에서 유래한 이름이야. 그렇다면 패트라는 무엇에서 유래한 이름인지 유추할 수 있겠니?"

학생들 모두 아무런 대답이 없는데도, 해럴드는 쉽게 답을 가르쳐주지 않았다. 그때 누군가 "패트리샤Patricia의 별명 아니야?"라고 물었다. 해럴드가 힌트를 덧붙였다.

"그렇게 보이기도 하지. 하지만 아니야. 패트라가 앞에 오는 게 아니라 뒤에 오는 이름인데, 레오와 패트라, 고양이를 닮은 그 여자……."

고양이를 닮은 그 여자……라는 설명을 듣다가 나도 모르게 "클레오파트라"라고 웅얼거렸다. 그러자 해럴드는 "정확해!"라고 외치며 손가락 끝으로 나를 가리켰다. 학생들은 "뭐야, 그거였어?"라며 시답잖게 웃었고, 나는 나를 바라보는 해럴드의 모습을 지켜보며 뜻 모를 희열을 느꼈다.

집으로 돌아와 휴대폰을 확인해보니 해럴드가 보낸 문자메시지가 있었다. 그는 나에게 치즈 타르트를 가져다준 것이 맞느냐고 묻지 않았다. 그저 내가 준 치즈 타르트를 잘 먹었고 덕분에 행복한 하루를 보냈다고 적었다. 나는 그런 그의 관찰력을 좋아했다. 타인과 사물을 유심히 지켜보고 돌아보는 신중한 태도와 자세는, 소설을 많이 읽고 인물과 사건을 오래도록 사유해보는 습관에서 비롯되었을 것이다.

《늑대의 역사》에서 사건은 매우 미세하고 의뭉스럽게 진행되었다. 진심을 정확하게 드러내놓고 이야기하는 인물 또한 없었다. 표현할 수 없고 표현되지 않는 감정만을 붙든 채 서로에게 엉뚱한 말을 던지고 이상한 행동을 이어가는 인물들의 모습을 우리는 계속해서 읽고 사유하고 토론했다. 영문 소설의 원서를 처음 읽는 나로서는 본문 중에 문법이나 어휘를 이해하기 어려운 부분이 많았다. 하지만 릴리를 바라보다가 소아성애자로 밝혀져 학교에서 해고당한 미스터 그리어슨과, 그에게 편지를 쓰는 린다의 모습을 보고 있으면 가슴이 저릿해졌다. 그런 린다가 패트라의 집으로 가기 위해 카누를 타고 눈부시도록 차가운 겨울 호수를 건너는 모습, 자기가 젓는 것은 노가 아니라 패들이라고 중얼거리는 모습, 이 세상 모두가 잠들어 있지만 오직 당신만은 깨어 있다고 말하는 모습을 들여다보고 있으면 나도 매번 무언가 말하고 싶어졌다. 그것이 무엇인지, 어떻게 말할 수 있을지 정확히 알 수 없지만, 말을 하다 보면, 이야기를 하다 보면 무엇이든 손에 잡힐 듯 명확해지리라는 예감이 들곤 했다.

한 달간 이어지는 토론 수업이 막바지로 치달을 즈음, 나는 해럴드에게 또 한 번 중국식 찻집에 가지 않겠느냐고 물었다. 수업이 끝나고 학생들이 모두 빠져나간 교실에서 그는 돌연 고개를 틀어 다른 쪽을 바라보았다. 그리고 더 이상 나와 함께 카페에 갈 수 없다고 말했다. 내가 그게 무슨 뜻이냐고 물으니 그가 아내에게 미안하기 때문이라고 대답했다. 그 말을 듣고 나는 아무 말도 못 한 채 교실에서 빠져나왔다. 그동안 인지하지 못했던 내 안의 장기 하나가 툭 끊어지는 느낌이 들었다. 왜 이런 느낌이 들까? 나는 오래 생각했다. 해럴드를 알게 된 지는 아직 한 달도 채 되지 않았고, 교실에서 수업을 듣다가 우연히 만나 차 한잔 마신 게 전부인 40대 미국인 아저씨에게 나는 그동안 어떠한 감정을 느끼고 있었을까? 그리고 해럴드는?

나는 아무것도 명확히 알 수 없었지만, 다만 이 상황이 억울했다. 내가 그에게 연애를 하자고 한 것도 아니고, 호텔에 가자고 한 것도 아닌데, 하다못해 그의 손이라도 한번 잡아보려 한 적 없는데, 선을 넘기는커녕 넘으려고 해본 적조차 없는데, 아무리 돌이켜봐도 친구나 사제지간 너머의 관계로 도약하기를 꿈꾸거나 시도해본 적 없는 내가 왜 이렇게 일방적으로 차단당하는지 납득이 되지 않았다. 나는 다만 그와 친해지고 싶었고, 이야기 나누고 싶었다. 그가 기혼의 40대 남자이고 내가 미혼의 30대 여자라는 사실이 불편하다면 그 불편함의 정체는 무엇인지, 우리가 욕망하는 것은 어떠한 형태인지조차 알 수 없어 답답했다.

그래도 나는 해럴드의 수업을 계속 수강했다. 다만 그 이후로는 그와 문자를 주고받거나 카페에 함께 가는 일이 없었다. 한 달이 넘어가고, 새로운 수업의 공지 사항에서 《아서 씨는 진짜 사랑입니다 The Story of Arthur Truluv》라는 책이 교재로 선정되었음을 확인한 날, 해럴드가 나에게 메일을 보내왔다. 이 책은 청소년의 이야기를 다루어서 지난달에 읽은 《늑대의 역사》와 비교해보기 좋을 것 같다는 내용이었다. 그러고는 《아서 씨는 진짜 사랑입니다》의 전자책 파일을 첨부해 보내주었다. 나는 그 메일을 읽고 기분이 좋지 않았다. 실제로 만나 이야기 나누는 것은 차단하면서 이렇게 메일로 수업에 대한 이야기를 쓰고 호의까지 베푸는 일은 어째서 가능한지 알 수 없는 까닭이었다. 남자와 여자 사이의 관계는 어디까지가 친구이고 어디서부터 연인일까? 사람들은 애초에 남자와 여자 사이에 친구 관계가 성립

할 수 없다고 하는데, 그렇다면 모든 인간과 인간이 언제나 연애 감정을 가지고 누군가를 만나고 있다는 말인가?

나는 온라인으로 해럴드의 새로운 수업을 신청하고 그가 보내준 전자책 파일을 내려받아 읽었다. 학교에서 학생들에게 괴롭힘당하고 방황하는 10대 소녀 매디와, 부인을 잃고 홀로 지내는 여든다섯 살 할아버지 아서의 만남을 다룬 이야기로, 지난달에 읽은 《늑대의 역사》와는 주인공이 10대라는 점만 빼고 모든 부분이 다르게 읽혔다. 소설의 시점과 문체, 구조, 인물의 성격 등이 달라도 너무 다른 소설이지만 《늑대의 역사》보다는 문법이 쉬운 3인칭 소설이라 영한사전 없이도 편하게 읽을 수 있어서 좋았다.

그렇게 《아서 씨는 진짜 사랑입니다》를 읽고 해럴드의 교실에 갔을 때, 그는 수업을 시작하기 전 자신의 거취 문제부터 밝히는 게 좋겠다고 말했다. 그는 지난 10년간 이 학원에서 영어를 가르쳐왔는데, 앞으로는 자기 사업을 하기 위해 이번 달까지만 일하고 떠날 것이라고 했다. 더 이상 그와 사적으로 만날 수 없음은 물론 그의 수업조차 들을 수 없다는 사실을 알고 나자 마음에 또 한 번 괴로움이 밀려왔다. 하지만 내가 원하는 대로 내 마음이 상하지 않게끔 내가 할 수 있는 일이란 도대체 무엇이 있을까? 나이가 들어

가면서 삶은 그저 모든 것을 받아들이고 포기하고 견디는 과정에 지나지 않음을 나는 점차 깨달아갔다. 받아들이지 않으면 어쩔 것이고 포기하지 않으면 어쩔 것인가? 대지에 뿌려진 씨앗들 중에는 발아하지 못하는 씨앗도 있는 법이다. 정성을 다해 물과 비료를 줘도 썩어버리는 씨앗을 내가 어찌할 수 있을까? 내가 할 수 있는 일이란 언제나 포기하는 것뿐이었다. 무언가 포기하고 견디는 일이 매번 서럽고 고통스럽게 느껴지면서도 그렇게 하는 것 외에는 아무것도 할 수 없었다.

학생 한 명이 해럴드에게 어떤 사업을 할 계획이냐고 물었다. 해럴드는 나중에 자세히 알려주겠다고 대답했다. 나는 아무것도 묻지 않았다. 묻고 대답하는 이 모든 과정에 어떠한 의미가 있는지 전혀 가늠이 되질 않았다.

한 달 후 해럴드는 결국 학원을 떠났고, 나는 그곳에 남아 영미 소설 토론 수업을 계속 수강했다. 수업은 새로 온 원어민 선생님이 맡았다. 켄터키주에 있는 대학교에서 마케팅을 전공하고 영어 교사 자격을 취득해 한국에 왔다는 그는, 평소 책 읽기를 좋아해서 이 수업을 맡게 되어 무척 설렌다고 말했다. 수강생도 저마다 한 명씩 자기소개를 했다. 평일 오전의 토론식 수업이라 대학생, 주부, 예술가, 자

영업자 등 비교적 스케줄이 유동적인 사람들이 주로 자리 했다. 내 차례가 되어 나는 소설을 쓰고 차 마시기를 좋아한다고 말했다. 다가오는 가을에 영국에 가서 석 달 동안 창작 활동을 이어갈 계획이 있어 영어를 공부한다는 말도 덧붙였다. 새 강사는 영어를 가르치는 일에 열의가 있기는 하나 문학에 대한 애정이나 지식이 있어 보이지는 않았다. 다만 그는 독서토론 자료를 꼼꼼히 만들어 주었고, 그것을 토대로 성실하게 토론을 이끄는 편이라 나는 별다른 불만도 만족도 없이 계속 그곳에 나가서 공부했다.

해럴드가 학원을 그만두고 석 달쯤 지나 그가 보낸 서류 봉투 하나를 택배로 받았다. 한글을 잘 쓰지 못하는 그는 모든 글자를 마치 사각형 틀 안에 채워 넣은 것처럼 반듯하게 적어놓았다. 봉투 안에는 공책 두 권과 엽서 한 장이 들어 있었다. 그는 엽서에 영문 필기체로 나에게 뭔가 도움이 되기를 바란다고 적었다. 그리고 첫 번째 공책에는 그가 알파벳 정자체로 직접 써넣은 영어 회화용 문장들이 빼곡히 들어가 있었다. 영어로 토론할 때 어떤 식으로 말을 꺼내어 이어가고 마무리 짓는지 적어놓은 교재 같았다.

두 번째 공책의 첫 장에는 오직 한 문장만 적혀 있었다. '차와 케이크, 탁자 위에 차와 케이크를 놓아두고'라는 문장이었다. 언젠가 해럴드가 수업 시간에 영어식 표현을 가르쳐주며 '탁자 위에 카드를 놓다Put my cards on the table'라는 관용구를 설명한 적이 있었다. 카드놀이를 할 때 상대방에게 자신의 카드를 보여주는 행위를 묘사하는 표현으로 지금까지 감춰온 진실을 드러내겠다는 의미였다. 그래서 나는 해럴드가 중국식 찻집에서 나와 함께 마셨던 보이차와 이후에 서로 주고받은 케이크 조각을 떠올리며 이 표현을 적용해 공책의 문장을 쓴 것이라고 유추했다. 첫 장을 넘겨보니 뒷장부터는 그가 필사한 영시가 줄줄이 이어졌다. 윌리엄 블레이크, 에밀리 디킨슨, 딜런 토머스, 예이츠, 에즈라 파운드, 월트 휘트먼 등 영미 시인들 작품이었다.

한 달 전, 나는 해럴드에게 메일을 한 통 보냈다. 새로 온 원어민 선생님은 나쁘지 않지만 토론 위주의 수업보다는 설명 위주의 수업을 좋아해 내 생각을 이야기하거나 다른 학생의 감상을 들어볼 기회가 주어지질 않는다고 적었다. 그래서 나는 그 수업은 더 이상 신청하지 않고 일반 영어 회화 수업에 등록하려고 레벨 테스트를 다시 받았다. 그런데 내가 학원에 맨 처음 등록할 때 받았던 것보다 훨씬 낮은 등급이 매겨졌다고 썼다. 나는 지난 반년 동안 평일 영어 토론 수업에 하루도 빠지지 않고 출석했는데, 조금도 성장하지 않고 되레 퇴보한 내 영어 실력에 실망하지 않을 수 없었다. 좌절감이 밀려들었고, 내가 영어를 공부하는 게 과연 의미가 있을지 회의감이 들었다. 그동안 내가 공부해온 방식이 모두 틀린 것 같았고, 그렇다면 앞으로 어떻게 공부해나가야 하는지 의문도 생겼다. 나는 이 모든 내용을 영문으로 정리한 뒤 해럴드에게 보냈다. 그러나 해럴드는 답장하지 않았다. 나하고는 어떤 식으로도, 어떤 이야기도 나누고 싶지 않다는 태도로 일관하는 그를 의식하지 않으려 애쓰며 나는 일상을 살아갔다. 그런데 지금, 그가 일일이 손으로 써서 만든 영어 교재와 영시 필사본을 읽으니 내 안에는 기쁨이나 반가움보다는 슬픔이 먼저 차올랐다. 이렇게 정성 들여 나를 위한 교재와 시집을 만들어주는 해럴드에게, 그러나 나와 대화하거나 마주하기를 원하지 않는 그에게 화가 나기도 했다. 어떤 식으로도 설명할 수 없고 해독할 수 없는 감정에 휩싸여 나는 결국 그에게 아무런 연락도 하지 않았고, 고맙다는 말조차 전하지 않았다.

석 달 정도 지나 해럴드에게서 문자메시지가 왔다. 내용을 읽어보니 나에게만 보낸 게 아니라 예전에 그의 수업을 들은 학생 모두에게 보낸 단체 문자였다. 그는 2주 뒤 월요일에 영어 학원을 개원할 예정이고, 다음 주 토요일에 개

원식을 하니 참석할 수 있으면 회신해달라고 적었다. 나는 해럴드에게 답장하기 전에 영어 수업을 함께 듣는 회원들에게 연락해 그가 초대한 개원식에 갈 것인지 먼저 물었다. 해럴드와 사이가 좋았던 학생들뿐만 아니라 그와 별로 친하지 않았던 학생들까지 가고 싶다고 해서 나도 당연히 같이 가겠다고 하고 해럴드에게도 참석하겠다는 문자를 보냈다. 그는 역시나 답장하지 않았다.

　　나는 해럴드가 문자로 보내준 주소와 학원 이름을 온라인으로 검색해보았다. 그곳은 그의 집과 가까운 일산 주엽역 근처 아파트 단지에 있는 상가 건물로 보였다. 주소지에 표시된 홈페이지로 들어가보니 곧 개원 예정이라는 공지 사항과 함께 강사 소개와 수업 시간표가 올라와 있었다. 강사 소개란에는 해럴드와 그의 한국인 아내 수지, 필리핀 출신의 강사 제인이 있었다. 중학생을 대상으로 영미 문학 작품을 읽어나가는 토론과 회화 위주의 수업을 운영한다고 했다. 나는 학원 소개란에 있는 내부 사진까지 살펴보며 그동안 꿈꿔온 미래를 떠올렸다. 나도 훈과 함께 이런 공간을 만들어보고 싶었다. 서울보다는 임대료가 저렴한 지역으로 가서 문예교습소나 독립서점을 함께 운영하는 꿈……. 훈과 내가 좋아하는 책으로만 가득 채워놓고 자유롭게 책에 대한 이야기를 나눌 수 있는 공간을 만들고 싶었다. 그러면 훈은 그곳에서 정기적인 비평 수업을 할 수 있을 테고, 나 또한 소설 창작을 가르치며 살아갈 수 있을 것이다.

　나는 이러한 미래가 딱히 허황된 꿈이라고는 생각하지 않았다. 훈이 박사 논문을 쓰고 졸업해 교수로 임용되거나 문학 출판사에서 간행하는 문예지 편집위원이 되는 일보다는 쉽게 실현될 수 있는 목표라고 믿었다. 그 점에 있어서는 나도 마찬가지였다. 10년 전 소설가로 등단해 소설집 두 권을 출간하는 동안 문단에서 내 작품을 주목하거나 평가해주는 경우는 한 번도 없었다. 등단 후 발표한 단편소설로 평론가들의 이목을 끌고 문학상을 수상해 수만 부의 판매고까지 올리는 젊은 작가들이 수두룩하지만 모두 다 나와는 상관없는 먼 나라 이야기였다. 소설가로 살아온 지난 10년간 나에게는 그러한 기회가 단 한 번도 주어지지 않았고, 이제 더 이상 나에게 소설을 청탁하거나 출간 계약을 하자는 출판사도 없었다. 여러 출판사에 이메일을 보내서 내가 쓴 소설을 잡지에 싣거나 출간해줄 수 있는지 여부를 묻고 일반 투고도 해봤지만 제안을 거절하는 답신조차 받은 적 없었다. 이런 내가 이제 와서 한국 문단의 스타 작가가 되거나 내 작품이 베스트셀러가 되기를 바라는 것이야말로 턱없이 허황되고 불가능한 꿈이었다. 이제 내가 보다 현실적으로 살아갈 수 있는 방법은 자그마한 공간을 운영하며 사람들에게 좋은 책을 추천하고 글쓰기를 가르치는 일 정도가 아닐까 싶었다. 훈이라면, 그와 함께라면 실현 가능하지 않을까, 나는 기대하고 상상했다. 타인에게 주목받고 평가받아야만 작품을 발표하고 출간할 수 있는 문단과 출판 시장에서 떠나 우리 스스로 만들어나가는 삶을, 타인에게 휘둘리지 않는 진짜 현실을 살아가고 싶었다.

　　토요일 오전 나는 강남역으로 가서 영어 수업을 함께 수강하는 연경 씨와 송이 씨를 만났다. 미리 돈을 모아 개원 선물로 대형 화분을 주문해놓은 터라 우리가 도착할 시간에 맞춰 해럴드의 학원으로 배송될 예정이었다. 나만의 선물을 따로 준비해볼까 싶었지만 괜히 눈에 띄고 싶지 않아 그만두었다. 강남역 사거리에서 연경 씨의 차를 타고 일산으로 가는 동안 나는 뒷자리에 홀로 앉아 차창 밖을 바라보았다. 일산이라는 도시에는 살아본 적도 가본 적도 없었다. 그곳으로 가는 도로는 어쩐지 육지와 바다를 잇는 대교 같은 인상을 주었고, 길을 가는 내내 바다를 건너는 듯한 느낌도 들었다.

차가 어느새 일산 시내에 들어섰는지 도로 양옆으로 신도시 특유의 대형 건물이 줄줄이 나타났다. 어느 한 군데 빈 곳 없이 빽빽이 들어찬 건물 숲을 바라보고 있자니 마치 신대륙에 들어선 느낌이었다. 고층 건물에 둘러싸여 옛 모습을 찾아볼 수 없는 서울 시내하고도 확연히 다른 그 풍경은 어떤 신도시에 가보아도 다 똑같아 보였다.

해럴드의 학원은 주엽역에서도 꽤 먼 거리에 있었다. 차는 번화한 시내 안쪽의 아파트 단지에서 한참 돌다가 어느 상가 건물 앞에 멈춰 섰다. 주차장에 차를 대고 다 함께 2층에 자리한 학원으로 들어가니 해럴드의 아내 수지 씨가 우리를 맞아주었다. 그녀는 해럴드보다 훨씬 어린, 내 또래의 여자로 보였다. 작고 마른 체형에 가늘고 길게 찢어진 눈, 길게 기른 머리카락을 양쪽으로 땋은 차림새 때문에 더욱 어려 보이는 게 아닐까 싶었다.

나는 그녀에게 딸아이는 어디 있느냐고 물었다. 사실 나는 해럴드의 아내보다는 그의 늦둥이 딸 에마가 궁금했다. 해럴드는 수업 중에도 스스럼없이 에마 이야기를 꺼냈고, 학원에서 일하는 동안 에마가 보고 싶어 괴롭다는 하소연도 늘어놓은 적이 있었다. 그가 그렇게 사랑해 마지않는 그의 분신이 나는 궁금했다. 얼마나 예쁘고 사랑스러우면

저럴까, 홀로 상상까지 해볼 정도였다. 수지 씨는 나의 물음에 아이가 지금 응접실에 있다며 같이 가보자고 대답했다. 수지 씨를 따라 응접실로 들어가니 그녀가 "꺄악!" 하고 새된 소리를 내질렀다. 그 소리에 모두들 놀란 상태로 멈춰 서서 응접실 안쪽을 바라봤다. 그곳에는 손님에게 대접할 음식을 차린 기다란 탁자가 놓여 있었다. 그리고 에마가 탁자 한가운데로 올라가 양손으로 케이크를 움켜쥔 채 정신없이 먹어치우고 있었다. 그것은 레드벨벳 케이크였다. 에마의 손에서 선지같이 시뻘건 케이크 덩어리가 떨어졌다.

수지 씨는 혼비백산한 모습으로 에마를 들어 올려 식탁에서 내려오게 한 뒤 에마의 얼굴과 옷에 묻은 케이크 조각을 털어냈다. 내 옆에 있던 송이 씨가 가방에서 물티슈를 꺼내 에마의 손과 얼굴에 묻은 치즈 크림을 닦아주고, 연경 씨는 흐트러진 식탁 위를 정리해주었다. 낯선 이들과 마주한 에마는 갑자기 소리 내어 울었고, 수지 씨는 그런 에마를 안아 어르고 달래다가 식탁을 정리하던 연경 씨를 보더니 바닥에 떨어진 케이크 부스러기도 치워달라고 했다. 그 말에 나는 연경 씨를 도와 바닥 청소를 함께 했지만 수지 씨는 에마가 울음을 그친 뒤에도 계속 아이만 끌어안은 채 우리를 내려다보고 있었다.

그때 해럴드가 응접실로 들어와 이 상황을 지켜보다가 나가버렸다. 다들 경황이 없어 해럴드하고는 인사도 나누지 못하고 어질러진 자리를 치우고 정리하기에만 바빴다. 어느 정도 시간이 지나 자리가 정돈되자 사람들은 탁자 앞으로 모여 앉았다. 나는 마음을 좀 가라앉히려 벽면에 놓인 소파에 앉았다. 해럴드는 왜 인사말 한마디 없이 그냥 나가버렸을까? 그는 좀체 돌아오질 않았다. 다들 기다리고 있으니 아주 늦지는 않을 텐데……. 함께 온 사람들은 식탁 앞에 앉아 다과를 먹으며 담소를 나누기 시작했다. 나는 소파에 좀 더 앉아 있다가 해럴드가 돌아오면 그와 함께 차를 마시며 이야기를 나누고 싶었다.

내가 멍하니 앉아 있는 동안 에마가 내 곁으로 다가와 소파에 아무렇게나 놓아두었던 내 가방을 집었다. 에마가 가방을 번쩍 들어 올리자 물건들이 소파 위로 쏟아졌다. 소설책, 필통, 일기장, 카드 지갑, 휴대폰, 파우치 등이었다. 에마는 내 물건을 구경하더니 곧장 책부터 집었다. 헤르만 헤세의 소설 《싯다르타》 영역본으로 아직 다 읽지 못한 책이었다. 독서를 좋아하는 제 아빠를 닮아 에마도 책에 관심이 많은가 보다, 라고 생각한 순간 아이가 책장 한 쪽을 거침없이 죽 찢었다. 나는 무언가 말하거나 생각해보기도 전에 오른손을 들어 에마의 머리통을 후려치려고 했다. 주저없이 아이를 때리려는 내 손바닥을 바라보며, 가까스로 의식의 끈을 붙들고 나 자신에게로 돌아와 손을 내려놓았다. 내가 손을 내려다보는 동안에도 아이는 계속해서 책장을 찢었다. 나는 몸에서 영혼이 빠져나가 텅 빈 몸속에 들러붙어 있어야 했다. 의식이, 정신이, 영혼이 모두 털려 나간 채로 존재해야만 이 현실을 받아들일 수 있었다. 내가 만일 아이를 때렸다면 어떻게 됐을까? 나에게는 해럴드의 아이보다 내 책이 더 소중하다고, 그의 아이는 내 친구도 연인도 가족도 아니지만 책은 나의 소중한 친구이자 연인이자 가족이라고, 그보다 더 귀한 존재라고 말하면 사람들은 나를 진짜 미친년으로 여기지 않을까?

수지 씨는 자기 머리카락에 들러붙은 케이크 크림을 물수건으로 닦아내는 중이었다. 그래도 제대로 닦이지 않는지 한쪽 갈래를 모두 풀었다가 다시 땋느라 정신이 없었다. 에마는 계속해서 책장을 찢었고, 나는 제발 수지 씨가 아이의 행동을 제지해주길 바랐지만 그런 일은 결코 일어나지 않았다. 그때, 새로운 손님이 들어왔다. 가무잡잡한 피부에 새카만 곱슬머리를 뒤로 꽉 묶은 여자와 그의 아들로 보이는 어린아이였다. 처음 보는 사람임에도 나는 그녀가 누구인지 알 수 있었다. 며칠 전 이 학원의 홈페이지에서 본 필리핀 영어 교사 제인이었다. 수지 씨는 그녀와 이미 친분이 있는지 에마의 손을 잡고 그들에게 다가가 인사를 나누었다. 나는 에마가 찢어놓은 책장을 집어 책 사이로 끼워 넣었다. 찢어진 책장은 다시 이어 붙일 수 없고 누구에게도 내보일 수 없다. 나는 빨리 집으로 돌아가 온라인 서점에서 똑같은 책을 한 권 더 주문하고만 싶었다.

　나는 찢어진 책과 함께 소파에 흩어진 내 소지품을 챙겨 가방에 넣었다. 그때, 응접실 한쪽에서 날카로운 비명이 울렸다. 고개를 들어 보니 제인의 아들이 소리 내어 울면서 제 엄마를 불렀고, 에마가 그 아이의 얼굴을 거침없이 내려치고 있었다. 남자아이는 에마가 자기 얼굴을 때린다고, 너무 아프다고 소리 질렀다. 그러나 제인은 조금 전의 나와 같이 아무런 행동도 취하지 못했다. 그녀는 영혼이 모두 빠져나간 얼굴로 에마에게 맞고 있는 자기 아들을 내려다보고만 있었다. 그러자 수지 씨가 말했다.

　"아유, 우리 에마가 요즘 스트레스가 많아서 그래."

　해럴드는, 그는 도대체 어디로 가서 무엇을 하고 있을까? 아내와 아이가 저 지경이 되도록 그는 도대체……. 나는 당장이라도 해럴드에게 달려가 그의 멱살을 붙들고 소리치고 싶었다. 네 딸에게 맞고 있는 저 아이 좀 보라고, 누군가 네 딸을 때리면 너도 네 아내처럼 말할 수 있느냐고, 도대체 너는 어디서 무엇을 하고 있느냐고, 왜 이렇게 무책임하게 사냐고 소리쳐 묻고만 싶었다. 그러나 해럴드는 여전히 나타나지 않았고, 아무것도 변하지 않는 이 현실에서 나는 빨리 벗어나고 싶었다. 이 거짓말 같은 상황에서조차 아무런 말도 행동도 못 하는 나 자신을 견딜 수가 없었다.

혼자서 밖으로 나오긴 했지만 어디로 가야 할지, 무엇을 해야 할지 알 수 없었다. 낯선 동네에서 정처 없이 돌아다닐 수도 없고, 일행을 놔둔 채 혼자 서울로 돌아갈 수도 없었다. 나는 그저 건물 1층에 있는 편의점으로 가서 차가운 생수를 하나 사고 출입문 앞에 놓인 간이의자에 앉았다. 그곳에서 생수를 벌컥벌컥 들이켠 뒤 생수병을 잡고 있는 내 손을 오래도록 바라보았다. 나는 자꾸만 술을 마시는 훈이 싫은 게 아니라, 술을 마시기만 하면 나를 때리는 그가 싫은 게 아니라, 그가 좋아하는 레드벨벳 케이크에 익숙해지는 나 자신이 싫었다. 내가 즐겨 먹는 음식이 레드벨벳 케이크가 되어버린 이 현실에 화가 났다. 훈은 나쁜 사람이 아닌데, 사실은 아주 어리숙한 사람인데, 다만 사는 게 자기 마음대로 되질 않아서, 자기 마음 하나마저도 마음대로 할 수가 없어서……. 그래서 술을 마시고 자기도 모르게 나를 때렸다. 나는…… 달라지겠지, 맞춰가야지, 견뎌내야지, 하며 스스로를 다독이고 현실에 적응해나가는 내가 너무 무서웠다. 매일 술을 마시는 훈을 포기하고, 그와 함께 이루고 싶은 미래를 포기하고, 나 자신마저도 포기한 채 그저 견디는 이 삶에서 도망치고 싶었다. 그런데 우리는 어떻게, 어디로 도망칠 수 있다는 말인가?

저 멀리서 이쪽을 향해 걸어오는 해럴드의 모습이 보였다. 그의 손에 들린 하얗고 네모난 상자도 보였다. 그는 편의점 앞에 앉아 있는 나를 알아보기는 했지만 서둘러 걷지는 않았다. 평소와 같은 보속과 보폭으로 나를 향해 다가오는 그를, 새하얀 상자를 나는 내내 노려보았다. 이내 내 앞에 선 해럴드가 손에 든 상자를 살짝 들어 올렸다. 그러고는 아주 작은 목소리로 "아까 그 케이크가 망가져서……"라고 말했다. 나는 아무 말 하지 않았다. 그의 말에 '그래서 네가 먹지 못했잖아'라는 소리가 딸려 오는 듯했다. '이것은 네가 좋아하는 케이크잖아'라는 속삭임도 묻어나는 것 같았다. 상자 안에 든 것은 보나 마나 레드벨벳 케이크일 것이다.

왜…… 이렇게 화가 날까? 나는 해럴드가 들고 온 케이크 상자를 빼앗아 땅바닥에 던져버리고 싶었다. 상자에서 쏟아져 나온 새빨간 레드벨벳 케이크를 두 발로 짓뭉개버리고 그에게 소리치고 싶었다. 이따위 레드벨벳 케이크는 집어치우고 진짜 너를 보여달라고, 진짜 네 자신을 드러내 보라고 소리치고 싶었다. 이까짓 레드벨벳 케이크로 진실을 위장하고 외면하지 말라고, 비유니 은유니 상징이니 비틀기니 뜬구름 잡는 소설은 다 집어치우고 실재하는 사실을 그대로 말해달라고 애원하고 싶었다. 그러나 현실의 나는 방구석에 틀어박혀 소설만 쓸 뿐, 실제로는 아무 말도, 아무것도 못 하는 인간이었다.

내가 자리에서 일어나 건물 입구로 돌아가자 해럴드는 말없이 내 뒤를 따라왔다. 그렇게 다시 학원으로 들어가니 에마가 그에게 달려들었다. 에마는 해럴드의 손에 들린 케이크 상자를 받아 들고는 조심스럽게 응접실로 걸어갔다. 응접실 안에는 여전히 많은 사람들이 복작이고 있었다. 필리핀 강사 제인과 그녀의 아들도 자리에 함께 앉아 있었다. 기쁘거나 즐거워 보이지는 않았지만 그렇다고 딱히 속상하거나 우울해 보이지도 않았다. 아무 일도 일어나지 않은 것처럼, 모두들 아주 멀쩡한 얼굴이었다. 나도 그들과 같이 멀쩡한 얼굴로 탁자 한쪽 끝에 자리를 잡고 앉았다.

에마는 미친 듯이 행동하던 아까와는 달리 차분하고 능숙한 손길로 상자의 포장을 뜯어 케이크와 플라스틱 칼을 꺼냈다. 수지 씨가 에마 곁에 다가가 "아유, 우리 딸 잘하네. 옳지, 그렇지, 그렇게 길게 잘라봐"라고 말하며 아이의 행동을 치켜세워주었다. 그러자 에마는 보란 듯이 케이크를 여덟 조각으로 나누고 접시에 옮겨 담아 손님들에게 나눠주기까지 했다.

해럴드는 케이크 조각이 담긴 접시를 들고 나에게 왔다. 내가 그 접시를 받아 들자 그도 내 옆자리에 앉아 케이크를 먹기 시작했다. 나는…… 그와 이야기 나누고 싶었다. 그게 다였다. 그러나 그가 내 옆에 앉아 있는 지금, 어쩐 일인지 나는 아무런 이야기도 할 수 없었다. 나는 말없이 포크를 쥐고 레드벨벳 케이크를 먹었다. 너무 달지도 시지도 않았다. 모든 것이 아주 적당하게 균형 잡힌 레드벨벳 케이크. 붉고 부드러운 융단 같은 케이크 조각이 내 혓바닥 위로 한가득 차올랐다.

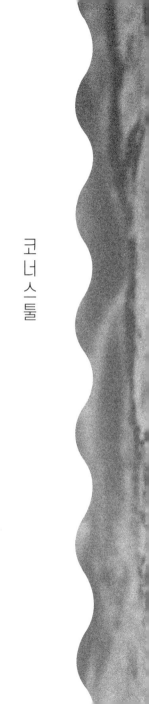

코너스툴

너는 나를 기억하지 못하겠지. 나도 너를 기억하지 못했어. 너를 다시 만나기 전까지 너와 네 가족을 잊으려고 노력해왔으니까. 내가 의도적으로 기억을 지우려 했던 반면, 너는 그저 자연스레 나를 잊었겠지. 딱히 서운하거나 억울하지는 않았어. 그때 너는 어렸으니까 말이야.

　내가 너를 처음 보았을 때 너는 겨우 여섯 살이었어. 그러니 20년이 지나 스물여섯 살이 된 네가 나를 기억할 수는 없겠지. 어린 너는 낯을 많이 가리는지 나에게 인사조차 하지 않았어. 네 엄마가 너를 붙잡고 "예지야, 인사해. 오진 아줌마야"라고 말했음에도 너는 내처 고개를 저으며 불편한 신음을 내뱉고 나를 힐끔거리면서 네 엄마의 품만 파고들었어. 나는 너와 네 가족에게 좋은 사람으로 다가가고 싶어 나를 외면하는 너를 보면서도 내 안의 불쾌함을 억누른 채

"예지, 안녕? 만나서 반가워"라는 인사를 건넸어. 너는 대답하지 않고 종내에는 고개마저 홱 돌린 채 네 엄마에게 달라붙어버렸어.

　그때 너의 태도뿐 아니라 외모까지도 정확하게 기억나. 너는 특별히 눈에 띄는 구석이 없는 평범한 아이였어. 외꺼풀의 기다란 눈, 낮고 뭉툭한 코, 안으로 얇게 오므라진 입술, 밝지도 어둡지도 않은 피부색이 참 아쉬웠어. 왜냐하면 네 엄마는 누가 보아도 '예쁘다'라는 말이 절로 나올 만큼 눈이 커다랗고 콧날이 오뚝하고 입술이 도톰한 미인이었으니까 말이야. 네 얼굴을 보던 나에게 네 엄마가 한 말이 기억나는구나.

　"우리 그이랑 똑같이 생겼죠?"

　물음보다는 강요에 가까운 말투였지. 나는 당연히 '네, 그러네요'라고 대답해야 할 입장이었지만 끝까지 아무 대답도 하지 않았어. 아무리 네 얼굴을 보고 또 보아도 네 아빠 박호산 씨와 닮았다는 생각이 들지 않았거든. 물론 네 엄마와 아빠 둘 중에서 너와 닮은 사람을 꼽으라면 아무래도 아빠겠지. 그러나 네 얼굴을 찬찬히 뜯어보면 볼수록 네가 누구를 닮았는지 알 수 없었어. 너의 눈, 코, 입 모양이 호산 씨와 닮아 보이긴 했지만 얼굴형이나 전체적인 인상은 어느 누구와도 비슷하지 않았어. 아마 호산 씨가 안경을 쓰고, 이른 나이에 머리카락이 하얗게 세었기 때문이기도 하겠지.

이틀 전, 성인이 된 너를 다시 만난 순간에 나는 네가 그 아이일 거라고는 생각하지 못했어. 네 얼굴 어디에도 여섯 살 때의 모습이 남지 않았음은 물론이고, 그 자리에 네가 나타날 거라고 예상하지도 못했기 때문이야. 우리가 함께 참여한《여성의 몸, 여성의 지혜》라는 제목의 단편소설 앤솔러지를 기획한 사람은, 그동안 내 책을 꾸준히 출간해온 출판사의 편집장이었어. 그는 여성 작가로만 이루어진 소설집을 내고 싶다며 20대부터 60대까지 총 여섯 명의 여자 소설가를 섭외했어. 나는 그중 40대 작가였고, 너는 가장 어린 20대 작가였지. 앤솔러지 청탁을 받기 이전부터 나는 너의 필명을 알고 있었어. 너는 문예지 신인상을 받으며 등단해 지속적으로 작품을 발표해왔고, 네가 발표하는 작품마다 그 문예지 출신의 평론가들이 적극적으로 평가해주었어. 성별, 세대, 시공간은 물론 현실과 환상의 경계를 자유자재로 넘나드는 너의 서사는 문학 독자와 평론가, 출판업자들까지 단번에 사로잡았지. 등단 2년 만에 펴낸 너의 첫 소설집이 무려 20만 부나 팔린 베스트셀러가 되었으니,

소설을 쓰는 사람들 중에 지금 이 시대의 젊은 작가 장예지를 모르는 이는 아마도 없을 거야. 그러니까 나는, 소설가 장예지와 그가 쓴 소설을 알고는 있었지만, 네가 20년 전에 본 예지일 거라고 상상할 수는 없었어. 당연하지 않니? 어떻게 두 사람이 연결될 수 있겠니? 무엇보다도 너의 성은 '장'이 아닌 '박'이잖니. 장예지가 아닌 박예지, 그게 네 이름이었어.

네가 다른 이름을 썼기 때문이기도 한데, 나로서는 네가 소설가가 됐을 거라고 추측할 수 없었어. 소설가는 네 아빠의 꿈이었거든. 책과 문학을 사랑해 책방까지 운영하던 네 아빠의 영향을 받아 너 또한 소설가의 꿈을 키우게 되었나 싶지만, 글쎄, 상상이 되지 않는구나. 내가 본 어린 시절의 네 행동이나 성격은 그저 네 엄마와 똑 닮아 있었거든. 네 엄마는 너를 딸보다는 마치 자기 자신으로 대하는 것 같았지. 길게 기른 머리카락을 가닥가닥 나누어 땋아 위로 한껏 틀어 올린 모양새라든지, 자신과 같은 디자인의 옷을 사서 입히고 네 입술에 분홍색 보호 크림을 발라놓은 것이라든지, 과도한 액세서리로 치장한 것 등을 보면 모든 것이 그저 네 엄마의 취향으로만 보였어. 물론 너도 너 자신을 꾸미고 드러내기를 즐기는 것처럼 보이긴 했어. 그래서 네가 크면 네 엄마와 같은 의류 모델이 되거나 의류업에 종사하지 않을까 싶었지. 설마 네가 아빠의 영향으로 소설을 가까이하거나 글 쓰는 사람이 될 줄은 꿈에도 몰랐어.

그날, 앤솔러지 출간을 기념하려고 참여 작가와 출판사 편집자, 영업부 사원이 모인 식사 자리에서 너는 스스럼없이 네 이야기를 늘어놓았어. 네 아빠가 동두천에서 동네 책방을 운영한다는 이야기를 할 때 나는 젓가락을 내려놓고 너를 똑바로 쳐다봤어. 너는 문청이던 네 아빠를 따라 자연스레 작가의 꿈을 키우게 됐다고 말했어. 마치 네가 내내 문학과 밀접한 환경에서 자라온 것처럼 말하더구나. 동두천의 책방이라는 말에 설마, 설마 하는 마음으로 너의 얼굴 생김새를 찬찬히 뜯어보고 있을 때, 내 옆에 있던 편집자가 너에게 물었어. 아버지가 운영하는 책방 이름이 뭐냐고. 네가 "코너스툴이요"라고 대답하는 순간 눈이 크게 떠졌어. 식탁 아래에서 덜덜 떨리는 손을 누구에게도 들키지 않으려고 무던히도 애를 썼어. 내 맞은편에 앉은 소설가가 연이어 너에게 물었지.

"코너스툴이요? 어쩐지 책방 이름 같지가 않네요."

"그렇죠? 저희 아빠가 좋아하는 소설에서 따온 이름이라고 해요."

"아, 어떤 소설이요?"

"소설 제목이 아니라 소설에 언급되는 내용이라고 했는데, 제목은 기억이 안 나네요."

너는 금세 화제를 돌려 최근의 이슈를 계속 이야기했어. 스타 작가답게 너는 아는 것도 많고 하고 싶은 말도 많은 듯 보이더구나. 대중 강연이나 TV 예능 프로그램에 나가더라도 주눅 들지 않고 자유자재로 이야기할 수 있는 사람이겠다 싶었어. 나는 그러지 못했지. 나는 사람들 앞에서 무슨 말을 어떻게 해야 할지 몰랐어. 그러다 집으로 돌아와 글을 써 내려가는 순간에 비로소 하고 싶은 말을 깨닫게 되는 거야. 글을 쓰다 보면, 써 내려가기만 하면 내 안에 감춰진 이야기가 쏟아져 나왔으니까. 나에게 글은 말보다 훨씬 편하고 차분하게 다가와 글을 쓸 때면 어떤 이야기든 이어갈 수 있었어. 어쩌면 그것이 내가 작가가 된 한 가지 이유이기도 하겠지.

쉴 새 없이 이야기하는 너를 바라보며 나는 네가 기억하지 못하는 소설의 제목을 떠올렸어. 나는 제목을 기억해냈지만 그 자리에서는 아무 말 하지 않았어. 화제는 이미 바뀌었고 아무도 그 소설이 뭔지 더 이상 묻지 않았으니까. 나는 태연한 체하며 식사를 마쳤고, 자리를 파한 뒤 2차 장소인 맥줏집에 가지 않고 곧장 집으로 돌아왔어. 나는 너에게 무언가 말하고 싶었고 말해야 했지만, 그 순간 그곳에서는 아무런 말도 떠오르지 않았어. 나에게는 네 엄마와 아빠, 그리고 그날의 일을 돌아볼 시간이 필요했어. 그래서 사람들 틈에 끼어 있던 너에게 일부러 인사하지 않았고, 너에게 말하지 못한 이야기를 집에서 글로 쓰기로 했어.

올해가 2022년이고 코너스툴에 처음 갔던 때가 2000년도니까, 딱 22년 전이구나. 그때 나는 지금의 네 나이와 비슷한 스물일곱 살의 젊은 소설가였어. 나에게 '코너스툴'의 의미를 설명해준 사람은 바로 네 아빠였어. 그래, 이틀 전 식사 자리에 함께한 소설가들이 말한 것처럼 나도 코너스툴에 처음 갔을 때 책방 이름이 특이하다고 생각했어. 책을 파는 곳의 상호라면 대개 책방, 문고, 서점, 서림 같은 단어가 들어가기 마련인데 그곳은 그렇지 않았으니까. 스툴은 등받이와 손잡이가 없는 서양식 의자고 나는 그 위에 올려둔 장식품 등속을 자주 보았기에, 스툴 위에 책을 쌓아놓은 이미지를 떠올리며 네 아빠에게 물었어. 무슨 의미로 코너스툴이라는 이름을 지었느냐고. 네 아빠는 머뭇거리더니 마치 옹알이하듯 대답했어.

"책 속에서 명확한 답은 찾을 수 없어도 마음에 오래

남는 단어나 문장 하나 정도는 만나곤 하거든요. '코너스 툴'은 그렇게 만난 단어였어요. 제가 캐나다에서 대학원을 다니다가 마지막 학기를 남겨두고 한국에 와서 아무것도 못 하고 지냈거든. 그때 우연히 동인문학상 수상 작품집을 읽었어요. 98년도 작품집이었고, 책을 펴자마자 나오는 수상작 도입부에 코너스툴에 대한 이야기가 나와요. 권투 선수가 링 위에서 싸우다가 3분이 지나면 세컨드가 기다리는 구석 자리의 코너스툴로 돌아간다고요. 권투 선수가 아닌 소설 속 인물에게도 그런 구석 자리가 있다고 해서……."

나도 물론 그 소설을 읽은 적 있었어. 이윤기 소설가의 중편소설 〈직선과 곡선— 숨은 그림 찾기 1〉이었어. 제목은 분명히 생각났지만 코너스툴에 대한 설명이나 묘사는 떠오르지 않았어. 소설 속 화자가 자신이 머문 호텔의 사장과 겪은 갈등만 생생히 기억나더구나. 마치 내가 똥간에 빠지기라도 한 것처럼 더러운 기분이 가시지 않았거든. 내가 소설의 내용을 되살려보는 동안 네 아빠가 다시 웅얼웅얼 말을 이었어.

"자퇴한 뒤에는 아무거나 손에 잡히는 대로 읽어도 돈 버는 일이 아니었기에 즐거웠어요. 낭비가 허락된 시간이었죠. 위태롭지 않아서 기적 같은 책은 만나지 못했고, 다만 '코너스툴' 같은 단어나 문장 조각만이 남았어요. 책방을 열기로 마음먹었으니 책방 이름을 지어야 했고, 가장 먼저 떠오른 단어가 '코너스툴'이었어요. 우리는 비록 링에서 싸우듯이 살아가고 있지만, 잠깐씩 앉아 쉬어 갈 구석 자리가 필요하죠. 사람들에게 이 서점이 그런 자리가 됐으면 해서 지은 이름이에요."

권투 선수의 싸움터인 링, 그 구석 자리에 놓인 코너스툴……. 네 아빠의 말대로라면 그의 링은 바로 그가 일하는 책방일 텐데, 그렇다면 이곳 어디에 그를 위한 구석 자리가 있을까, 하는 의문이 떠올랐어.

당시에 내 책을 만들어준 편집자 덕분에 동두천 책방 코너스툴에 찾아가게 되었어. 소설가로서 나는 운이 아주 나쁜 편은 아니었지. 대학을 졸업한 해에 신문사 신춘문예에 단편소설이 당선되어 등단했고, 꾸준히 청탁이 이어지고 평론가의 평가도 제법 이루어진 덕분에 2년 뒤에 첫 소설집을 낼 수 있었어. 소설가로서는 좋은 출발이었고, 다들 나에게 대단하다고 말하며 부러워했어. 하지만 신인 작가의 첫 소설집이 베스트셀러가 되어 대중에게 알려질 가능성은 거의 없었어. 첫 소설집부터 문단의 주목을 받고 문학상을 받으며 이름을 알리는 작가도 있지만 나는 그 정도로 운이 좋지는 않았어. 첫 책은 1쇄를 겨우 팔아치우고 예술가재단의 지원을 받아 2쇄까지 찍을 수 있었지. 그것만으로도 대단한 성과라고 볼 수 있었고, 나 또한 현실을 감사하게 받아들였어.

애초에 나는 소설가로서 야망이 크지는 않았어. 그러니까 너처럼 대중과 문단의 사랑을 동시에 받으며 성장해나가는 스타 작가의 삶을 꿈꾸지는 않았단다. 그저 내가 쓰고 싶은 소설을 꾸준히 쓸 수 있도록 누군가 나에게 발표 지면을 내어주고 작품을 계속 출간해주기만 하면 충분하다고 여겼어. 내가 노력한다고 해서 문학상을 수상하거나 베스트셀러 작가가 되어 유명세와 경제력까지 거머쥘 수는 없다고 생각했어. 그러나 문단과 출판계에서 잊히지 않고 줄곧 활동하는 것조차도 얼마나 처절하게 어려운지 그때는 미처 알지 못했어.

첫 번째 소설집을 출간한 뒤 원고 청탁이 좀 더 많아지는 시기가 있기는 했어. 나는 문단에서 도태되지 않으려고 성실히 단편소설을 써나갔고 매 순간 최선을 다했지만, 성과는 내가 예측할 수 없는 영역이었어. 왜 청탁이 줄어드는지, 왜 책을 내기 어려운지 알지 못한 채 나는 그저 소설을 썼어. 나만 잘하면, 작품만 좋으면 다들 나를 알아봐주고 지원해주리라는 막연한 믿음을 붙든 채로 말이야.

첫 소설집이 문학상을 받거나 베스트셀러가 되지 못했기 때문일까? 두 번째 소설집을 내기는 너무도 어려웠어. 처음 책을 낸 출판사에 소설집 원고를 보냈지만 두 달간 아무 답이 없더구나. 다른 출판사에도 원고를 보내 출간 여부를 물었으나 아무도 나에게 답장하지 않았어. 그 일이 왜 그토록 상처가 되는지 이유도 알지 못한 채 나는 괴로워했어. 결국 첫 책을 낸 출판사 대표를 직접 찾아가 책을 꼭 내고 싶다고 사정한 끝에 원고를 다시 검토해보겠다는 답변을 받아 돌아왔어. 그러고도 두 달이나 더 기다린 뒤에야 출판사에서 연락이 왔는데, 내가 찾아간 곳이 아닌 다른 회사였어. 그곳의 편집자는 내 원고를 이제야 읽었고, 출간 계약을 하고 싶다고 말했어. 책 출간이 대체 뭐라고, 그 연락 하나로 온 세상이 내 것인 양 기쁘기만 했단다.

그렇게 두 번째 소설집의 교정과 편집 작업을 마친 뒤 책이 출간되기 직전 담당 편집자에게 연락을 받았어. 종로에 있는 서점에서 내 책이 나오는 시기에 맞춰 나에게 강연을 요청했다는 거야. 그 서점은 매달 국내 문학 작가를 한 명씩 선정해 강연 프로그램을 진행하는데, 다음 달 강연자로 나를 선정해도 되겠느냐고 물었어. 나는 무척 기뻤지. 나보다 앞서 그곳에서 강연한 작가들 모두 내가 동경하고 좋아하는 분이었거든. 강연자 목록에 내가 추가된다는 사실만으로 뭔가 이뤄낸 것처럼 뿌듯하더구나. 드디어 나도 누군가에게 제대로 인정받는 듯했어. 작가로서 누군가 내 작품을 읽어주고 알아주는 것만큼 행복한 일이 또 있겠니? 나는 당연히 강연할 수 있다고 대답했고 내가 쓴 소설을 토대로 강연 자료를 만들어나갔어.

그로부터 이틀 뒤, 담당 편집자에게 다시 연락이 왔어. 미안하지만 그 서점에서 강연자 선정에 혼선이 있었다며 내달 섭외 작가가 겹치는 바람에 내 순서를 내년으로 미뤄야 할 것 같다고 했어. 왜일까? 그 말을 듣는 순간 나는 편집자가 거짓말을 한다고 생각했어. 어쩌면 편집자가 아니라 서점 측에서 그렇게 둘러댔을지도 모르지. 애초에 편집자가 추천한 나를 구두로 선정해두었다가 다시 검토해보니 너무 무명작가라서 강연을 맡길 수 없다고 판단한 것 같았어. 그래서 좀 더 인지도 있는 작가를 섭외하고자 내 강연 일정을 취소했을 거라는 의구심이 들었지. 어쩌겠니. 그들이 그렇게 결정하고 통보한 것을. 지금의 나라면 실수와 착오가 생길 수도 있다고 여기며 개의치 않을지 모르지만, 그때의 나는 그러지 않았어. 마음 깊이 분하고 서러운 감정이 남아 사라지질 않더구나. 편집자에게는 알았다고, 소식을 전해줘서 고맙다고 대답하며 전화를 끊고 한 시간이 넘도록 눈물을 쏟아냈어. 당연한 얘기지만 그 서점에서는 해가 지나도 다시 연락이 오지 않았어. 22년이 지난 지금까지도 말이야.

그 일로 담당 편집자가 나에게 미안한 마음이 남은 모양이었어. 내 책이 출간되고 서너 달이 지난 뒤 편집자의 전화를 받아보니, 동두천에 있는 동네책방에서 소설 창작 강연을 해줄 수 있느냐고 묻더구나. 차가 없는 나로서는 대중교통으로 가기에 불편한 곳이었고, 강연료도 20만 원 정도로 너무 약소하지만 나에게 먼저 의견을 구하고 싶다며 연락한 거였어. 지난번 종로의 서점 일로 내가 상처받았다는 사실을 편집자도 눈치챈 것 같았고, 그래서 어떻게든 나를 챙기려는 듯한 인상이었어. 그런 편집자의 마음이 고마워 나는 동두천이 어디인지, 어떻게 가야 하는지 살펴보지도 않고 바로 좋다고 했어.

강연 날이 되어 의정부역으로 향하는 지하철을 탔어. 미리 열차 시간표를 확인해 일찌감치 나섰지. 태어나 한 번도 가본 적 없는 도시의 책방을 상상하니 처음 보는 작가의 소설책을 집어 들 때처럼 묘한 흥분과 긴장이 일었어. 그곳에서는 과연 어떤 인물이 어떤 사건을 일으킬까? 아직은 알 수 없고 볼 수 없는 세계 속으로 열차가 느릿하게 달려나갔어. 청량리역을 지날 즈음부터는 정말이지 다른 세계로 나아가는 듯했어. 서울 강서 지역의 외진 동네에 살다 보니 동대문 너머로는 별로 가본 적 없어서 더욱 그렇게 느꼈을지도 모르겠구나.

의정부역에 도착해 출구를 찾아 나가니 수도권 지역의 도시 풍경이 나타났어. 나는 미리 알아본 버스 정류장을 찾아가 동두천으로 향하는 버스로 갈아탔지. 낯선 도시의 풍경 속에 어딘가 모르게 낯익은 구석이 있었어. 예전에 가본 적 있는 안산이나 인천의 풍경이 떠오르기도 하더구나.

이내 동두천에 도착해 키 작은 건물들 사이에서 책방 간판을 찾아보았어. 나는 편집자가 일러준 대로 건물 1층에 있다는 햇살부동산 간판을 먼저 확인했어. 그리고 부동산 출입문 옆으로 나 있는 건물 입구로 들어갔지. 그곳 복도 안쪽 벽에 상점 안내판이 죽 붙어 있었어. 그중 '코너스툴'은 어디 있을까, 하며 들여다보다가 나도 모르게 미소 지었어. 정갈한 손 글씨의 '코너스툴'이 적힌 새하얀 종이를 안내판에 비닐 테이프로 붙여놓은 모양새가 어딘가 모르게 따스한 인상을 주는 까닭이었어.

　나는 코너스툴이 자리한 4층으로 올라가 복도를 따라 죽 걸었어. 하지만 4층에는 책방이 보이지 않았어. 분명 4층이라고 들었는데 뭐가 잘못된 거지, 하며 복도를 뱅뱅 돌다 보니 복도 중간에 또 다른 복도로 갈 수 있는 통로가 나왔어. 나는 마치 소설 속의 소설처럼 보이는 책방의 유리문을 밀며 안으로 들어갔어.

　책방에는 아무도 보이지 않았어. 예상보다 커다란 공간에 자리 잡은 수많은 책이 눈에 먼저 들어왔어. 이곳에는 어떤 책들이 있을까, 하며 둘러보는 사이 책장 한쪽 구석에서 키가 자그맣고 비쩍 마른 남자가 불쑥 튀어나왔어. 나이가 많아 보이지는 않지만 새치가 많아 어쩐지 회색으로 물들인 것 같은 남자의 머리카락을 나는 멀거니 바라보았어.

　우리는 한동안 머뭇거리다가 부끄러운 표정과 쑥스러운 말투로 인사를 나누었어. 내가 이오진 소설가라고 밝히자 남자는 자그마한 목소리로 "뵙게 되어 영광입니다, 작가님. 저는 책방지기 박호산입니다"라고 말했어. 그가 커피나 차를 드시겠느냐고 묻는 목소리에 가느다란 떨림이 느껴졌어. 나는 잠시 망설이다가 따뜻한 커피가 좋겠다고 대답하고 서점 안쪽의 구석진 자리로 들어갔어. 그곳에는 모임을 위해 마련해둔 기다란 책상과 줄지어 놓인 의자들이 있었고, 더 안쪽에는 작은 탁자와 소파가 하나씩 놓여 있었어. 안쪽 공간은 마치 단 한 사람을 위해 마련해둔 글쓰기 방처럼 안온해 보였어. 자기만의 방을 노래하던 버지니아 울프가 앉아 글을 쓰는 듯한 환영이 스쳐 지나가더구나.

서점 구석구석을 천천히 둘러보는 사이 이곳은 '소설스러운' 공간이 아니라 공간 자체가 '소설'이라는 생각이 들었어. 이 공간의 모든 자리에 책을 사랑하는 이의 손길이 닿아 있다는 것도 알아차릴 수 있었어. 말하지 않아도 알 수 있고 보여주지 않아도 볼 수 있는 것들이 바로 그곳에 켜켜이 쌓여 있었으니까.

이내 호산 씨가 커피잔을 들고 나에게 다가왔어. 그는 잔을 탁자 위에 두고 또다시 예의 자그마한 목소리로 "소설 정말 잘 읽었습니다, 작가님"이라고 말했어. 나는 뭐라고 답해야 할지 몰라서 그저 가만히 미소 지었어. 누군가 내 소설을 읽었고 나를 알고 있다는 사실이 마냥 신기하면서도 어색했어. "제 소설을 원래 알고 계셨어요?"라고 묻자 그는 얼굴을 붉히며 "그렇지는 않았고, 이번에 작가님 출판사의 편집자가 추천해줘서 알게 됐어요"라고 대답했어. 내 편집자에게 다시 한번 고맙고 미안했어. 편집자가 나에게 부채감을 느끼는 게 아닐까 싶어서 말이야.

곧 하나둘 모여드는 책방 회원들과 책상 앞에 빙 둘러 앉아 한 시간 동안 강연을 이어갔어. 그리고 그분들이 전날에 모여 미리 작성해둔 질문을 토대로 계속 이야기 나누었어. 그렇게 둘러앉아 대화하며 나는 그곳에 모인 사람들이 도서관 사서, 지역문화 활동가, 번역가, 휴가 나온 군인 및 인근 주민이라는 사실을 알게 되었어. 그들이 품고 있는 동두천 문화를 향한 자부심과 책방에 대한 열정도 고스란히 느껴졌고.

지난 20여 년의 작가 생활을 돌이켜보니 작가로서 그보다 더 행복한 순간이 없었단다. 열 명 내외의 적은 인원이었지만 그들 모두가 내 책을 꼼꼼히 읽어 왔기에 대화가 끊임없이 이어졌어. 내 소설, 내 이야기 그리고 내 존재가 무한히 빛나는 모습을 내 눈으로 직접 마주할 수 있었어.

강연을 마치고 나서 참석자들이 사 온 책에 일일이 사인을 해주고 기념사진까지 찍은 뒤 서점을 나서려는 나에게 호산 씨가 선물 봉투를 내밀었어. 나는 봉투를 조심스레 받아 들고 서점 밖으로 나와 의정부로 향하는 버스에 몸을 실었어. 버스 맨 뒷자리에 앉아 그가 건네준 봉투를 열어보았지. 직접 쓴 엽서 한 장, 소박하게 포장한 수제 과자와 유

기농 사과 주스가 들어 있었어. 나는 곧장 엽서부터 읽어 내려갔어. 서울에서 멀리 떨어진 도시의 작은 책방까지 친히 방문해주어서 감사하다는 말, 별것은 아니지만 귀갓길에 드시면 좋겠다는 안내, 기회가 된다면 좋은 자리에서 다시 뵙기를 바란다는 소망이 적혀 있었어. 나는 다 읽은 엽서를 그대로 가슴팍에 가져다 대고는 한동안 가만히 숨을 골랐어. 무언가 생각하고 일부러 그렇게 한 것이 아니라, 자연히 그렇게 되었어. 엽서에 담긴 내용이 행여나 흩어질까, 사라질까, 지워질까 싶어 어떻게든 가슴 깊숙이 담아두고 싶었어.

집으로 돌아와 호산 씨에게 문자메시지를 보냈어. 오늘 나를 초대해줘서 감사하다고, 덕분에 내가 더 좋은 기운을 얻어서 왔다고, 언젠가 좋은 인연으로 다시 만나기를 바란다고 적었지. 그는 바로 답장을 해왔어. 먼 곳까지 자리해줘서 감사하다고, 오가느라 피곤할 텐데 부디 잘 돌아가서 푹 쉬기를 바란다고 적혀 있었어. 나는 이 모든 순간에 그저 감사함을 느꼈어. 그래, 정말로 감사했어. 그동안 무명작가로 살아온 서러움이 조금도 떠오르지 않았어. 그날만큼은 내가 이 세상에서 가장 귀하게 빛나는 작가라는 생각만 한가득 떠올랐지.

사흘 뒤에 호산 씨에게 다시 연락이 왔어. 휴대폰 문자로 받은 짧막한 내용인데도, 그가 얼마나 신중을 기하며 조심스레 적어 내려갔는지 또렷이 느껴졌어. 그날은 잘 돌아갔느냐고, 덕분에 회원들 모두 따듯한 시간을 보냈다고, 혹시 시간 날 때 잠시 통화할 수 있느냐고 했어. 내가 언제든 전화해달라고 답하자, 그가 바로 전화를 걸어왔어. 나는 그가 그날의 행사 혹은 강연료에 대한 사무적인 이야기를 할 거라 예상했어. 그러나 한참을 머뭇거리던 그는 이틀 뒤 서울에 갈 일이 있는데 잠시 만날 수 있느냐고 물었어. 나는 왜 만나자고 하는지 궁금했지만 굳이 묻지 않고 그러자고 했어. 그를 만나면 이유를 자연히 알게 될 테니까. 통화하는 대신 직접 만나 이야기하고 싶은가 보다 생각했어.

그를 만나려고 종로3가로 나갔어. 그가 우리 집 근처 지하철역으로 오겠다고 했지만, 동두천에서 서울 강서구까지는 너무 먼 거리였어. 그래서 내가 지하철을 타고 종로3가로 갈 테니 근처 카페에서 만나자고 했어. 카페로 들어서니 호산 씨의 모습이 바로 보였어. 그는 카페의 가장 구석진 자리에 앉아 책을 읽고 있었어. 책에 얼마나 빠져들어 있는지 내가 가까이 다가갔는데도 전혀 눈치채지 못하더구나. 나는 그에게 알은체하지 않고 그가 읽는 책의 표지를 바라보았어. 마이클 커닝햄의 장편소설《디 아워스The Hours》의 원서더구나. 그로부터 2년 뒤에 그 소설을 원작으로 한 할리우드 영화가 개봉해 국내에도 많이 알려졌지만, 당시에는 번역서가 출간되기도 전이라 나도 처음 보는 거였어. 내가 가까이 다가가 "안녕하세요"라고 인사하고 "이건 무슨 책이에요?"라고 묻자 그는 인사 없이 질문에만 대답했어.

"아, 마이클 커닝햄의 소설이고, 버지니아 울프의《댈러웨이 부인Mrs. Dalloway》을 오마주해서 쓴 작품이에요. 작년에 퓰리처상을 수상해서 읽어보고 있어요."

내가 다시 "버지니아 울프 좋아하시나 봐요"라고 묻자 그는 "뭐, 그렇죠"라고 말하며 가볍게 웃었어. 그곳에서 나는 비엔나커피를, 그는 블루마운틴커피를 주문했어. 그를 처음 만났을 때는 다른 사람들도 있어서 괜찮았는데, 단둘이 보면 다소 어색하지 않을까 걱정스러웠어. 그러나 우리는 희한하게도 대화가 잘 통했어. 요즘 읽고 있는 책부터 좋아하는 소설가와 시인, 철학자 이야기까지 쉴 틈 없이 대화를 이어갔어. 마치 말에 굶주린 사람처럼 혹은 오랫동안 이야기를 나누어온 사람처럼 말이야. 그렇게 이야기하는 사이에 커피가 동이 나버렸어. 그가 커피 대신 생수를 들이

켠 뒤 "사실은……"이라고 운을 떼더니 잠시 말을 아꼈어. 나는 그가 이제야 본론을 말하려나 싶어 가만히 그의 목소리에 귀 기울였어. 그는 이렇게 말하더구나.

"제 어릴 적 꿈이, 소설가였어요."

나는 아무 말도 하지 않았어. 그랬느냐는 말밖에 떠오르지 않는데 그렇게 말하고 싶지는 않았거든. 나는 그를 따라 생수를 들이켜고 그가 다시 말하기를 기다렸어. 그는 캐나다 매니토바대학교에서 철학을 공부했고, 그때 만난 한 강사의 문학에 대한 열정이 인상 깊었다고 말했어. 이상하게 그 강사의 수업만 들으면 마음이 설레고 행복했다고. 그때부터 그에게도 문학과 관련된 일을 하고 싶다는 열망이 자라났고, 좀 더 정확하게는 소설가가 되고 싶었다는 거야. 사흘 전 책방 강연에서 소설을 주제로 이야기하는 내 모습과 대학생 때 본 그 강사가 겹쳐 보였다며, 그때의 열망이 되살아났다는 내용이었어. 그의 말을 죽 듣고도 나는 "네"라는 말밖에 할 수 없었어. 그가 나에게 왜 이런 이야기를 하는지, 내가 어떤 대답을 해줘야 하는지 알 수 없었으니까.

그가 정말로 하려던 말은 결국, 자기가 습작한 단편소설을 읽어줄 수 있느냐는 거였어. 그는 사실 단편소설이라고 이름 붙이기도 뭐한 200자 원고지 10매에서 20매 사이의 플래시 픽션을 꽤 여러 편 써놨다고 했어. 나는 흔쾌히 그러겠다고 대답했고 미국 소설가 레이먼드 카버 또한 세탁소에서 일하며 짬짬이 시간 나는 대로 짧은 이야기만 쓰지 않았느냐고 너스레를 떨었어. 그러니 호산 선생님도 분명 좋은 작품을 썼을 것 같다고 덧붙였고. 그는 서사 창작 수업을 한 번도 들어본 적 없어 솔직히 자신 없지만, 소설을 나에게 보여주고 싶다고 말했어. 나는 그에게 이메일 주소를 적어주면서 원고 파일을 보내달라고 했어. 그러자 그는 직접 출력한 원고로 보내주고 싶다며 내 집 주소를 물었어. 그때만 해도 등기우편으로 원고를 주고받는 게 보편적이었고, 출력한 원고가 읽기에도 수월하기에 나는 흔쾌히 주소를 적어주었어.

호산 씨하고는 그곳에서 바로 헤어졌어. 누가 먼저랄 것도 없이 종종 이렇게 시간을 내어 커피 마시며 이야기를 나누자고 했지. 그러곤 내가 지하철역까지 함께 가자고 했지만 그는 청계천 중고서점에 들러 절판된 책 좀 찾아봐야 한다며 나와 반대쪽으로 걸어갔어. 나는 홀로 지하철역으로 걸어가며 그가 참 편하고 따뜻한 사람이라고 생각했어.

정확하게 사흘 뒤 그가 쓴 원고가 집으로 송달됐어. 예상보다 두툼하고 묵직한 봉투에 나는 조금 놀랐지. 책상 앞에 앉아 봉투에서 원고를 꺼내려는데 그가 직접 쓴 엽서가 먼저 나왔어.

이오진 작가님,

저의 졸고를 읽어주신다니, 마음 깊이 감사합니다.
작가님께 제 소설을 보여드릴 수 있어 기쁩니다.
읽어보시고 무슨 말이든 해주셔도 좋고, 아무 말 하지 않으셔도 괜찮습니다.
항상 건강하시고, 건필하시길 기원합니다.

박호산 올림

나는 엽서를 옆에 두고 곧바로 원고를 읽기 시작했어. 플래시 픽션이 족히 서른 편은 들어 있었어. 그런데 내가 보기에 그의 글은 소설보다는 시에 가까운 형태였어. 문장은 좋게 말하면 미학적이고 안 좋게 말하면 부정확했지. 그에게 레이먼드 카버를 운운했으니 민망할 지경이더구나. 그는 소설 구조에 대한 인식이 없었어. 작품을 읽을수록 그 사실을 뚜렷하게 확인할 뿐이어서 그에게 해줄 수 있는 조언이 도무지 떠오르질 않았어. 어느 특정 부분을 고쳐서 해결될 문제가 아니라 플롯과 내러티브를 체계적으로 공부해야 하지 않을까 싶었어. 나는 그가 언급한 대로 아무 말 하지 않는 쪽이 낫겠다고 판단했어.

　나는 꽤 오랫동안 아무 연락도 못 하고 있었어. 다만 종종 커피를 마시고 이야기 나누자던 말이 마음에 남아 결국 내가 먼저 그에게 전화했어. 부담을 주고 싶지 않아서 일주일 뒤 의정부에서 회의가 있다고 거짓말했어. 일정이 끝나면 별다른 일이 없으니 회의 장소 근처에서 커피라도 한잔하자고, 아니면 내가 동두천으로 가도 된다고 말했어. 호산 씨는 예의 느릿하고 옹알거리는 말투로 내 회의가 끝나는 시간에 맞춰 의정부로 나가 있겠다고 대답했어.

　약속한 날에 의정부역 근처의 카페로 갔으나 그의 모습이 보이지 않았어. 나는 그가 아직 안 왔나 보다, 하며 빈자리에 가서 앉고는 가방에서 책과 안경을 꺼냈지. 그렇게 안경을 쓰고 책을 읽으며 그를 기다렸어. 얼마 지나지 않아 그가 가까이 다가와 기척을 냈어. 나는 곧바로 책장을 덮고 내 앞에 서 있는 그를 올려다보았어. "안녕하세요"라고 내가 인사하자 그는 그저 가볍게 목례만 하고 자리에 앉았어. 그러곤 나를 바라봤는데, '나'를 본다기보다 단지 '내 얼굴'을 보는 듯한 시선이었어. 내 얼굴에 뭐라도 묻었나, 라고 생각하며 안경을 벗어 안경집에 넣었어. 그러자 그가 말했어.

"작가님, 안경 정말 잘 어울리네요."

그가 내 얼굴이 아니라 안경을 본 것이어서 조금 겸연쩍었어.

"그래요? 책 읽거나 글 쓸 때만 안경을 쓰다 보니 제일 흔하고 값싼 것으로 맞췄을 뿐인데……. 좋게 봐주셔서 감사해요."

"저도 작가님 것과 같은 검은색 뿔테 안경이 있었는데, 아내가 싫어해서 지금 이 안경테로 바꿨어요."

그는 동그란 금테 안경을 썼어. 그런데 나는 그의 말을 제대로 이해할 수 없었어. 아내가 왜 그의 예전 안경을 싫어했는지, 어째서 아내가 싫어한다는 이유로 안경테를 바꿔야 했는지 말이야. 안경을 쓰는 당사자가 가장 편하고 마음에 드는 안경테를 골라 구매하는 게 당연하잖아. 구체적인 내막을 알고 싶었지만, 나는 더 이상 아무 말도 하지 않았어. 그가 지금 쓰고 있는 안경이 별로 어울리지 않는다는 말도.

우리는 커피를 주문한 뒤 대화를 이어갔어. 대화의 주제는 먼젓번과 크게 다르지 않았어. 여전히 책과 문학, 철학

이야기를 나눴어. 희한하게도 그와 함께 있으면 이야기가 마치 저절로 흘러나오는 것만 같았어. 살면서 누군가와 만나 그렇게까지 많은 말을 쏟아낸 적이 없기에 스스로에게 놀라움을 느끼면서도 나는 계속 말을 이어갔어.

우리는 첫 만남 때와 다르게 사적인 이야기를 꺼냈어. 예를 들면 내 예전 애인에 대해서. 그가 나에게 결혼은 했느냐고 물었고, 나는 만나던 사람과 헤어진 지 얼마 되지 않았다고 대답했거든. 그럼 지금은 만나는 사람이 없느냐는 그의 질문에 나는 지난번 연애에 너무 지쳐 당분간 누구도 만나기 어려울 것 같다고 대답했어. 그러면서 자연스럽게 내 예전 애인은 어떤 사람인지 이야기하게 됐어.

전 애인은 지금 웹 디자이너로 일하지만 대학 전공은 문예창작이었고 당시에는 시인을 꿈꾸었다고 말이야. 전 애인과 나는 둘 다 문학을 공부했다는 이유로 가까워졌는데, 취향이 같다고 해서 성격이나 성향까지 같은 건 아니었다고 말했어. 전 애인은 활동적인 사람이라 평일 중 두 번정도는 퇴근한 뒤 술을 마셨고 주말이면 짧은 여행을 떠나곤 했어. 그게 아니라면 극장이나 미술관, 야구장 등 어디로든 나가서 시간을 보내고 술 마시기를 좋아했어. 하지만 나는 그런 유형의 사람이 아니었어. 소설가가 되기 전부터 나는 항상 내 방 책상 앞에 앉아 책을 읽거나 글 쓰는 걸 즐겼어. 맛있는 음식을 먹거나 술을 마시더라도 집에서 요리하고 술상을 차려서 먹는 게 더 좋았어. 종일 집에만 있어도 할 일이 너무나 많았고 그걸 내버려둔 채 외출하기 싫었어. 하지만 그 사람은 집에 있으면 기분이 가라앉고 우울해진다며 어떻게든 밖으로 나가려 했고, 항상 나와 함께 있기를 원했어. 연애만 할 때는 어쨌거나 애인을 만난다는 목적이 있으니 밖에서 보내는 시간이 크게 불편하진 않았지. 그러나 동거를 시작하면서 우리가 너무 다른 부류의 사람이라는 사실을 깨달았고, 차이점을 조금도 받아들이지 못했어. 우리는 상대방이 자신에게 맞춰주기만을 바랐어.

이별에는 여러 가지 이유가 있겠지만, 매일 애인이 원하는 곳으로 끌려가 데이트하는 게 무엇보다 괴로웠다고 말했어. 그러자 네 아빠는 내 이야기에 극도로 공감하며 자신은 아내와 연애하던 시절에 아주 소처럼 끌려다녔다는 거야. 심지어 아내는 자신에게 어디로 가는지, 무엇을 할지조차 알려주지 않고 무작정 따라오라고 하는 경우가 잦았다고. 그러다 보면 그는 자신이 누구인지, 어디서 무엇을 하는지 모를 정도로 혼란스러워졌다고 덧붙였어.

나는 그렇게 말하는 호산 씨의 얼굴을 주의 깊게 들여

다보았어. 그의 표정이 불행해 보이거나 불편해 보이지는 않았어. 다만 갑자기 아내에 대한 불평을 늘어놓은 게 미안했는지 죄책감을 느끼는 듯했어. 그가 한동안 입을 꾹 다물고 아무 말도 하지 않은 채 나를 바라보았어. 나는 그렇다면 아내의 어떤 모습이 마음에 들었느냐고 물으려다 말았어. 그 대신 아내는 어떤 일을 하느냐고 물었지. 아내도 문학이나 철학을 공부했느냐고. 그러자 그가 아내는 예전에 여성의류 상점을 운영하며 쇼핑몰 모델로도 일했다고 말했어. "네……" 하고 내가 대답했어. 나는 옷에 관심이 없고 그쪽에서 일하는 사람도 만나본 적 없어 아무런 말이 떠오르지 않았어. 그러자 그가 얼른 아내하고는 독서 모임에서 처음 만났다고 하더구나.

결혼 전 그는 왕십리 쪽에 살았고, 근처의 서점에서 일하며 손님으로 온 아내와 알게 됐다고. 일주일에 한 번씩 책을 사 가던 그녀가 어느 날 서점의 독서 모임에도 나오기 시작했다고. 그래서 당연히 책을 사랑하는 사람일 거라고 추측했지만 놀랍게도 그녀는 책에 관심이 없었다는 거야. 그녀는 평생 책 한 권도 제대로 읽지 않은 스스로가 창피해 어느 날 갑자기 서점을 찾아왔어. 대형 서점에 가면 너무 많은 분야의 책들이 쌓여 있고 그중 어느 것을 골라 읽어야 할지 알 수 없기에 작은 책방에서 좋은 책을 추천해줄 사람이 필요했던 거야. 그렇게 책에 대한 질문을 던지고 대답을 들으며 책을 한 권씩 골랐다고 해. 돈을 주고 책을 사면 아까워서라도 읽겠지, 하는 마음이었지만 역시나 읽지 않았다고도 했어. 그래서 독서 모임에 참여해야 어떻게든 책을 읽을 것 같아 모임까지 나갔다는 거야.

평생 책을 끼고 살며 책하고 연애하듯 살아오던 네 아빠에게는 그녀가 신기해 보였겠지. 그는 세상에 저렇게 책을 읽지 않는 사람도 있구나, 라는 생각이 네 엄마를 볼 때마다 들었다고 했어. 그렇다면 그녀는 평소에 뭘 하고 살까, 어떤 것에 관심을 두고 시간을 쏟으며 살까 하고 호기심을 느끼기 시작했다고. 그렇게 성향이 정반대인 두 사람이 서로에게 이끌렸고, 그들의 연애는 꽤나 순조로웠어. 이내 너의 존재를 알아차린 그들은 곧장 혼인신고를 했어. 네 엄마의 본가인 동두천으로 이사해 신접살림을 차리고, 인근 상가 건물의 한 공간을 임차해 책방을 꾸렸지.

나는, 네 아빠와 더 이야기를 나누고 싶었어. 비단 문학적인 관점 혹은 철학적인 사유뿐 아니라 네 아빠의 시선, 네 아빠의 취향, 네 아빠의 감정, 그리고 네 아빠의 존재를…… 나는 알아가고 싶었어. 그래, 나는 그 존재에 가까이 닿고 싶었어. 그런 욕망을 어떤 언어로 표현할 수 있을까? 나는 아직도 모르겠어. 22년의 세월이 지난 지금까지도…….

　욕망이 너무 큰 탓이었을까? 그날 이후로 나는 네 아빠를 다시 만나지 못했어. 나는 한 차례 더 그에게 문자를 보냈어. 의정부에 다시 갈 일이 있으니 일정이 끝난 뒤 만나서 커피를 마시고 싶다고 적었어. 그는 나에게 답장하지 않았어. 시간이 없거나 불편하다는 식의 거절 문자조차도 없었지. 그래서 더 화가 났어. 그가 분명하게 의사를 밝혀주었다면, 그랬더라면 그를 그만 생각했을 텐데, 그는 그러지 않았어. 그래서 나는 그에 대한 생각을 멈출 수 없었어. 그가 왜 답장하지 않을까? 무슨 일이 생긴 것은 아닐까? 책방으로 찾아가볼까, 하며 혼자 별의별 생각을 다 했어.

　그가 나에게 답장하지 않으니 나도 더 이상 연락하지 않는 게 맞겠지만, 그에게 두어 번 더 문자를 보냈어. 혹시 무슨 일이 생겼냐고, 만나지 못해도 괜찮으니 제발 안부 인사만이라도 남겨달라고 애원했어. 그는 끝까지 답장하지 않았지. 그러던 어느 날, 우리 집으로 등기 우편물이 하나 도착했어. 보낸 이는 '박호산'이었고 내용물은 책인 것 같았어. 나는 바로 봉투를 뜯어보았어. 이번에도 그가 쓴 엽서가 먼저 나왔어.

이오진 작가님, 안녕하신지요.

저의 빈약한 마음이 조금이나마 가닿기를 바라며, 제가 직접 번역한 소설을 보냅니다. 공부 삼아 해본 것이라서 오역과 모호한 표현들이 꽤 있습니다. 너그러이 이해하시길 바랍니다.

동두천에서,
박호산 올림

봉투 안에는 두꺼운 노트가 들어 있었어. 그가 카페에서 읽던 소설《디 아워스》를 한국어로 번역한 문장들이 적혀 있었지. 정갈하고 반듯한 글씨체로 적은 노트를 내려다보고 있자니 오랜 시간 책상에 앉아 소설을 번역했을 그의 모습이 선연히 그려졌어.

나는…… 그를 만나고 싶었고, 그와 이야기하고 싶었어. 그러나 내가 뭘 할 수 있었겠니? 그가 문자에 대답하지 않고 나를 피했는걸. 나는 자리에 앉아, 그저 책을 읽으려고 호텔 방을 전전하다가 가족을 버리고 캐나다로 떠난 등장인물 로라 브라운처럼 호산 씨가 번역한 문장을 읽어 내려갔어. 죽고 싶어도 죽을 수 없는 사람, 떠나고 싶어도 떠날 수 없는 사람, 변하고 싶어도 변할 수 없는 사람들이 소설 속에 산재해 있었지. 그리고 마침내 죽어버리는 사람까지도.

소설을 읽은 뒤에도 나는 계속해서 브라운 부인을 생각했어. 이상하지? 소설의 구조상 좀 더 방점이 찍힌 인물은 댈러웨이 부인 혹은 울프 부인일 텐데, 나는 왜 자꾸 브라운 부인을 떠올릴까?

시간은 무심히도 흐르고 또 흘렀어. 네 아빠와 연락하지 않는다고 해서 내 삶의 어떤 부분이 달라지거나 흐트러지지는 않았어. 그렇게 반년, 아니 1년이 지난 뒤였을까? 어느 평일 낮에, 네 아빠에게서 전화가 왔어. 나는 바로 전화를 받아 반갑게 인사했어. 그는 예의 옹알거리는 말투로 나에게 잘 지냈느냐고 물었어. 내가 요즘은 바쁘지 않냐고 묻자, 그는 이제 낮 동안에는 아내가 서점을 좀 봐주기로 해서 자기만의 시간을 보낼 수 있게 됐다고 했어. 나는 그에게 아이는 어떤지, 건강하게 잘 지내고 있는지 물었어. 그는 그런 얘기는 중요하지 않다는 듯이, 아니 어쩌면 아무 관심도 없다는 듯이 그렇다고 대답했어. 나는 더 이상 해야 할 말도 질문거리도 떠오르지 않았어. 전화는 그가 나에게 걸어왔으니까 그가 나에게 뭔가 할 말이나 물어볼 게 있겠지 싶었어. 그러나 그는 끝까지 아무 말도 하지 않았어. 한참을 아무 말 없이 시간을 죽이는 그에게 내가 겨우 물었어.

"무슨 일, 있으세요?"

그는 아무 일도 없다고 대답했어. 그저 오진 작가님 소식이 궁금해서 전화했다고. 나는 나의 어떤 소식이 궁금한지 물어봐주길 기다렸어. 그러나 그는 나에게 아무것도 묻지 않았어. 그저 궁금했고, 단지 그것뿐이라는 듯이, 답은 알고 싶지도, 알아야 할 필요도 없다는 듯이 입을 꾹 다물고 아무 말도 하지 않았어. 왜인지는 모르지만 나도 덩달아 아무 말도 할 수 없었어. 그런데 어색하거나 불편해야 할 그 순간이 왜 그토록 평안했을까? 아무런 말 없이 그저 전화기를 붙들고 호흡하던 그때가 행복했어. 그의 침묵 속에 많은 말이 들어 있는 듯했고, 그 상태 그대로 모든 것이 텅비어 사라지는 듯했어. 우리는 무려 20분간 아무 말도 하지 않았어. 마침내 그가 나에게 말했지.

"그만, 끊을게요."

나는 "네" 하고 대답했어. 그러곤 그가 전화를 끊었어. 그게 다였어. 그의 목소리를 마지막으로 들은 게, 그와 마지막으로 연결된 게 말이야.

시간은 계속 흘렀지. 계속 소설을 쓰고, 사람들을 만나고, 책을 내고, 강연을 다니는 와중에도 이따금씩 네 아빠 생각이 났어. 그리고 내가 첫 장편소설 초고를 완성했을 때도 가장 먼저 네 아빠가 떠올랐어. 나는 막 탈고한 장편소설 원고를 출력해 봉투에 담은 뒤 우체국으로 가서 코너스툴 주소로 부쳤어. 이 세상에서 나의 이야기를 가장 먼저 들어줄 사람이 네 아빠이기를 바랐어. 그가 바로 나의 이야기에 귀 기울여줄 단 한 사람인 것만 같았으니까. 나는 원고를 보내며 편지를 한 장 동봉했어.

박호산 선생님께

잘 지내고 계세요? 저는 여전히 책 읽고 소설 쓰며 지내고 있어요. 지난주에 한 출판사에서 젊은 작가들의 생활을 담은 산문 앤솔러지를 청탁해서 그 원고에 집중하느라 다른 개인적인 일은 다 미루고 지내기도 했어요. 조만간 단편소설도 한 편 마무리해야 하는데 왠지 진도가 잘 안 나가네요. 그래도 써야 하니까, 그저 쓰고 있어요.

호산 선생님, 어린 시절 제 눈에 비친 세계는 거짓과 위악으로 가득 차 있었어요. 저는 사람들의 진심이 궁금했고, 진짜 이야기를 듣고 싶었는데, 가정이나 학교에서는 아무도 저에게 진실을 말해주지 않았어요. 다들 어떻게 하면 이 삶과 자기 자신을 더 그럴듯하게 위장할 수 있는지만 보여주고 가르쳐줬어요. 그런데 제가 읽는 소설 속 인물들은 진짜 자기 감정을 보여주고, 진짜 자기 자신을 이야기했어요. 제가 알고 싶은 삶과 인간에 대한 진실은 오직 소설 속에만 있었고, 그래서 저는 점점 실제보다 허구의 세계에만 집착하며 살아오게 된 것 같아요. 인간에 대해서도 그와 마찬가지라서, 현실의 저는 저와 같(다고 느껴지)거나 유사한 사람을 만나지 못했어요. 모두 저와 다른 것을 보고, 다른 생각을 하고, 다른 곳으로만 나아가고 있었어요. 이 세계에서는 어느 누구에게도 위로와 공감을 얻을 수 없었고, 저는 늘 혼자라고 여겼어요. 하지만 소설을 읽으면 그 안에 저처럼 느끼고 생각하고 살아가는 사람들이 있어서 늘 공감이 가고 위로가 됐어요.

간헐적으로나마 호산 선생님을 보아오면서 선생님이 저와 같은 감정을 느끼고, 저와 같은 것을 바라보고, 저와 같은 곳으로 나아가고 있다는 인상을 받았어요. 이 또한 혼자만의 착각이고 망상일지 모르지만, 이 세계에 나 같은 사람이 존재한다는 사실을 떠올리면 외롭고 고단한 생활 중에도 위로를 받았어요. 호산 선생님이 어디에 있든 무엇을 하든 상관없이 존재 그 자체만으로 누군가에게는 힘이 된다는 사실을 알아주면 좋겠어요.

장편소설은 원래 작년까지 출판사에 넘기기로 했는데 제가 너무 늦게 탈고하는 바람에 아무래도 올해에는 출간하기 어려울 것 같아요. 한국문학 시장이 워낙 작다 보니 출판사마다 매년 출간하는 책들에 제한이 있더라고요. 어쩔 수 없는 일이니 그러려니 하고 있는데, 탈고한 뒤에 호산 선생님께 먼저 보여드리고 싶었어요. 대학을 졸업한 뒤로는 이런 식으로 원고를 묶어 누군가에게 보여준 적이 없기에 망설여졌고, 소설이라는 게 편집 과정에서 여러 차례 수정될 수 있어서 정식으로 출판되지 않았는데 먼저 보여드리는 게 과연 옳은가 싶기도 했어요. 그래도 이 소설만큼은 그저 이 상태 그대로 선생님과 함께 읽고 싶어서 용기 내 보내드려요.

실제의 저는 정말이지 형편없는 사람이라 누구에게도 좋게 다가가지 못하지만, 최소한 이 소설 속 인물이라도 호산 선생님에게 가닿을 수 있기를, 그래서 선생님이 외롭거나 괴롭지 않게 이 삶을 이어갈 수 있기를 간절히 바랍니다.

항상 평안하시길 바라며,
2002년 가을 이오진 올림

네 아빠는 내 편지와 소설을 받았을까? 그가 아무런 답장도 연락도 하지 않아서 나는 여전히 아무것도 몰라. 지금까지도 그는 나에게 아무것도 말하지 않았어. 왜 네 아빠는 아무 말도 하지 않았을까? 뜻밖의 연락은 그해 겨울 네 엄마에게서 왔어. 낯선 번호로 전화가 왔고, 목소리가 낯선 여자가 "여기, 코너스툴인데요"라고 말했어. 나는 곧장 "네"라고 대답하면서 그 여자가 바로 네 엄마이자 호산 씨의 아내라는 사실을 알았어. 왜, 그럴 때가 있잖아. 누가 먼저 알려주지 않아도 저절로 알게 되는 것들. 그 사람이 단지 코너스툴이라고 말해서, 여자 목소리라서 그렇게 추측한 것만은 아니고, 그냥 그런 느낌이 들었어.

네 엄마는 숨도 쉬지 않고 빠르게 말했어.

"제가 한번 뵙고 싶은데, 책방으로 좀 와주세요."

너무도 당연하고 당당하게 동두천까지 오라는 말에 나는 아무 반기도 들지 못하고 그러겠다고 했어. 네 엄마는 내가 그곳까지 아주 편하게 오갈 수 있다는 듯이 말했고, 나는 뭐라 반박해야 할지 알 수 없었기에 그랬던 것 같아. 그렇게 그곳, 코너스툴에 다시 갔어. 네 엄마가 정해준 날짜와 시간에 맞춰서.

나는 그곳에서 어떤 일이 일어날지 몰랐어. 막연히, 어쩌면 네 아빠를 다시 볼 수 있지 않을까, 그들 부부가 함께 나를 맞아주지 않을까, 그런 추측을 했어. 단 한 번도 네 엄마의 입장을 생각해보지 않았으니까. 그런 상황이 나에게 일어나리라고 상상해본 적 없었으니까.

그래, 지금에 와서 돌이켜보니 성인이 된 너는 엄마를 많이 닮은 것 같아. 외모나 체형이 키 작고 강마른 네 아빠보다는 큰 키에 적당히 살집이 있는 네 엄마와 더 비슷해졌어. 하고 싶은 말을 어떻게든 다 하고야 마는 성격까지도. 그래서 소설가가 됐을 거라는 생각도 들어.

그날 책방에서 네 엄마가 자리에서 일어나 팔짱을 낀 채로 나를 내려다보는데, 키가 정말 크더구나. 그래도 딱히 위축되거나 불안하지는 않았어. 그녀와 나 사이에 어떤 감정의 골도 없다고 여겼기 때문이었지. 네 엄마는 나에게 예의 바르게 대하려고 노력하며 자리에 앉으라고 말했어. 안쪽에 자리한 모임 공간으로 들어서자 그곳에서 정신없이 뛰어다니는 네가 보였어. 너는 나에게 인사하지 않았지만 나는 너에게 다가가 알은체를 했어. 그러자 너는 나를 슥 쳐다보고 네 엄마에게로 후다닥 달려갔어. 네 엄마가 두 팔을 벌려 너를 안아 올렸고, 그렇게 선 채로 나를 내려다보았어. 그녀는 나에게 뭔가 말하려다 말고 뒤돌아서더니 계산대에 있는 문서를 한 장 가지고 와서 내 앞에 던지듯이 내려놓았지. 나는 그것을 들여다보았어. 내가 네 아빠에게 부친 편지였어. 어떻게 네 엄마가 편지를 갖고 있는지 따위는 궁금하지 않았어. 부부 사이에는 뭐든 공유할 수 있으니까. 서로의 우편물까지도 말이야. 그럼에도 호산 씨가 아닌 다른 사람이 편지를 읽었다니 썩 유쾌하지 않았지. 하지만 그런 감정을 내색할 수는 없었어. 나는 그저 내가 쓴 편지를 천천히 읽어 내려갔어. 그때 나는 그에게 이렇게 썼구나, 하면서. 네 엄마가 나에게 물었어.

"왜 우리 그이한테 이런 걸 써서 보냈어요?"

나는 자리에 앉아 있었고, 네 엄마는 여전히 너를 안고 서 있었어. 나는 네 엄마와 너를 올려다보며 대답했어.

"호산 씨한테, 하고 싶은 이야기였으니까요."

네 엄마는 기가 찬다는 듯 허, 하고 웃음을 내뱉었어.

"그러니까, 왜 우리 남편한테 이런 이야기를 하고 싶었냐고요."

차갑게 가라앉은 목소리로 그녀가 다시 물었어.

"호산 씨하고는 대화가 잘 통하고, 취향도 비슷하고……. 그냥, 편지하고 싶었어요."

"그냥, 편지하고 싶었다고요?"

"맞아요. 호산 씨하고 더 만나고 싶었고, 더 가까워지고 싶었고, 더 이야기 나누고 싶었어요."

"그래서, 우리 그이랑 따로 만났어요?"

"따로 만난 건 딱 두 번이에요. 이곳 책방 행사 이후에 호산 씨가 서울로 찾아와서 한 번 봤고, 그다음에는 제가 의정부에 일이 있어서 왔다가 만났어요."

나는 대답하면서도, 왜 이런 질문에 일일이 대답해야 하는지 알 수 없었어. 왠지 모르게 점점 더 불쾌하고 불편해졌어. 나도 네 엄마에게 질문했어.

"그런데, 이것 때문에 저를 여기까지 부르셨어요? 호산 씨한테 왜 편지했는지, 몇 번 만났는지 물어보려고요?"

그러자 네 엄마가 다시 한번 허, 웃음을 내뱉더니 좀 더 낮은 목소리로 나를 노려보며 "씨발"이라고 했어. 내가 놀라서 두 눈을 크게 뜨고 자리에서 일어나 "지금 뭐라고 하셨어요?"라고 묻자, 그녀는 무릎을 구부려 너를 바닥에 내려놓고 다시 일어나 나에게 가까이 다가왔어. 그러고는 내 멱살이라도 움켜쥘 기세로 강렬하게 노려보며 소리 높여 말했어.

"아이, 씨발. 진짜 이 개 같은 년이 어디서 자꾸 호산 씨래? 야, 어디서 감히 남의 남편을 함부로 만나고 이딴 걸 써서 보내? 왜 남의 남자한테 수작을 부려? 어?"

왜일까? 네 엄마가 그렇게 몰아붙이는데도 나는 전혀 화가 나지 않았어. 나는 단지 조금 놀랐고, 그 상황이 우스 울 뿐이었어. 그래서 나도 모르게 피식 웃고 "저기요, 저 는……"이라고 말하다가, 곧바로 입을 꾹 다물어버렸어. 말 하고 싶은데, 말해야 하는데, 말할 수 없었어. 박호산 씨를 남자로 대한 적이 없다고. 나는 그와 연애하고 싶은 게 아 니라고. 나는 그를 남자로 보는 것이 아니라 나와 같은 인 간으로, 나와 같은 존재로, 나와 같은 영혼으로 바라보고 있 을 뿐이라고. 그게 다라고 말하고 싶었어. 그리고 나는, 나 는…….

나는 레즈비언라고 말하고 싶었어. 태어나서 이반이 아 닌 사람에게 단 한 번도 한 적 없는 그 말을, 그 순간, 그 자 리에서, 네 엄마에게만큼은 하고 싶었고, 해야만 했어. 그래 야 네 엄마가 나를 더 이상 의심하거나 추궁하지 않을 것이 고, 네 아빠도 내 진심을 오해하지 않을 테니까. 그럼에도 나는 말하지 못했어. 말할 수 없었어. 이오진 소설가가 레즈 비언이라는 사실을 네 엄마가 알면 분명히 네 아빠에게 그 리고 코너스툴에서 내 강연을 들은 회원들에게 곧장 다 말 할 것 같았어. 그러다 내 출판사 편집자가 그 사실을 알게 되고, 동료 작가들이 알게 되고, 가족들이 알게 되면…….

커밍아웃한 호모섹슈얼 예술가들은 차별당하기보다는 오히려 프레디 머큐리와 데이비드 호크니처럼 더 인정받고 대우받는다는 말이 있지. 나도 알아. 《디 아워스》를 쓴 마이클 커닝햄도 커밍아웃한 게이 소설가잖니. 그러나 외국에서나 가능한 이야기일 뿐, 실제로 내가 살아온 세계에서는 그런 사례를 들은 적도 본 적도 없었어. 요즘에는 국내에도 커밍아웃한 게이 시인과 소설가들이 있고, 레즈비언 이야기만 쓰는 작가도 있지.

하지만 나는 그들처럼 살 수 없었어. 정말 꿈도 꾸지 못했어. 여자 애인과 함께 사는 지금도 내 가족에게 내가 이반이라고 말하지 못했어. 중학교 교사인 애인도 마찬가지로 일 때문에 평생 레즈비언 바에도 가보지 못했어. 교사가 퀴어 업소에 드나든다는 소문이 학교에 퍼지면 해직당할 게 훤하다며, 나랑 같이 가보자고 해도 매번 거절했어. 나 역시 동료 작가, 학교 동문, 출판업계 지인 중 누구도 내가 이반이라는 사실을 모르는데, 그런데 네 엄마가 알게 되면, 그러면 나는…….

나는 말하고 싶었어. 말해야 했어. 호산 씨에게 모두 말하고 마음 편히 연락과 만남을 이어나가고 싶었어. 그런데 나에 대해 말하려는 순간, 그간 내가 보아온 이 바닥 사람들의 말과 행동이 떠올랐어. 언젠가 내가 한 문예지 편집장이자 시인인 선배의 사무실에 찾아갔을 때, 그 선배는 줄곧 게이 서사만 써오던 젊은 소설가 한 명을 언급했어. 그 소설가가 '그런 소설'을 쓰는 사람인지 알았느냐고 묻더구나. 그때 나는 단박에 그의 의중을 파악했지. 그리고 대답했어. 그는 게이 서사만 쓰는 작가라고, 그걸 모르는 사람이 있느냐고 했지. 그러자 선배는 한숨을 푹 내쉬며 자기는 그런 줄 모르고 그에게 원고를 청탁했다고. 한데 그가 써준 원고를 받아보니 남자들끼리 성관계하는 장면이 있고, 자기 이름으로 발행하는 잡지에 왜 '그런 소설'을 실어야 하는지 모르겠다고 말하는 거야. 잡지의 편집위원과 구독자 대부분이 원로 작가인데, 그들이 '그런 소설'을 읽고 발행인인 자신을 비난할 거라면서 괴로워했어. 선배의 말이 날카로운 검이 되어 나를 찔렀어. 그런데도 나는 아무 말 못 했어. 그래, 나는 아무 말도 하지 않았어. 그게 뭐 어쨌다는 거냐고, 나도 '그런 사람'이라고, 그럼 나에게도 더 이상 청탁하지 않을 거냐고 소리치고 싶었지만, 나는 그러지 못했어. 선배 앞에서 나는 마치 '그런 사람'이 아니라는 듯이, 그런 일은 나와 아무런 상관도 없다는 듯이 굴 수밖에 없었어. 그래, 마치 남의 이야기인 양 "네, 정말 곤란하시겠어요"라는 말밖에 할 수 없었어.

내가 등단한 해에 다른 신문사 신춘문예로 등단한 내 또래 여자 소설가의 모습도 스쳐 지나갔어. 그의 등단작에는 레즈비언 커플이 나오고, 그녀 또한 짧은 머리에 남자 옷만 입고 다니는 부치 스타일이었어. 그해 신춘문예 당선 작품집이 나온 뒤 나는 몇 번 더 그를 만났어. 그녀는 신촌에 있는 퀴어 소식지 발행처에서 자원봉사를 하고 있었고, 일을 마칠 무렵에 내가 그곳으로 찾아간 적이 있었어. 우리는 근처 중식당에서 저녁 식사를 함께하고 그녀의 지인이 운영한다는 카페를 찾아갔지. 그녀는 지인을 오빠라고 불렀고, 카페에 들어서자 그가 우리를 뚫어질 듯 쳐다봤어. 나도 그를 바라보았지. 그의 귓불과 입술에 피어싱이 잔뜩 매달려 있었어. 얼굴에 화장도 하고 손톱에 매니큐어까지 칠해놓은 채였어. 그녀가 오빠에게 나를 소개하며 자기처럼 올해에 등단한 소설가라고 말했어. 그는 나를 위아래로 쭉 훑어보더니 "야, 너희 사귀지?"라고 물었어. 그녀는 가볍게 웃으며 "그런 거 아니에요"라고 대답했어. 나는 가만히 있었어. 그녀가 나와 같은 레즈비언이라고 확신했지만, 그녀 앞에서 나는 그냥 '일반'인 척했어. 그래, 나는 그저 '평범한' 사람인 체했어.

그 무렵 가까워진 남자 시인 선배가 어느 날 나에게 말하더구나. 그 소설가와 너무 가깝게 지내지 말라고, 왜냐하면 그 사람은 '양성애자 같은 것'이기 때문이라고 말했어. 나는 기가 막혔어. '양성애자 같은 것'은 도대체 무엇이냐고 따지고 싶었고, 그게 무슨 상관이냐고 몰아붙이며 화를 내고도 싶었지만, 나는 아무 말 하지 않았어. 그 후로 내가 어떻게 했는지 추측할 수 있겠니? 나는 그 소설가를 멀리했어. 일부러 연락을 차단하거나 절연하지는 않았지만 단 한 번도 먼저 연락하지 않았어. 이따금 그 소설가에게 연락이 오면 원고 마감이 있거나 다른 일정이 있다고 핑계를 대며 두 번 다시 만나러 가지 않았어.

그뿐인 줄 아니? 동료 작가를 만날 수 있는 문단 술자리나 연말 모임에 가면 소설가들이 삼삼오오 모여서 떠들고 있지. 한번은 모임에 참석하지 않은, 게이라고 소문난 소설가 이야기가 나온 적이 있었어. 그때 나와 가깝게 지내던 소설가 한 명이 이렇게 말하더구나.

"한석민 작가는 인물 좋고 성격 좋고 소설 좋고 다 좋은데, 여자를 안 좋아하는 게 흠이야."

그 말에 다들 까르르 웃고 "맞아, 진짜 그러네"라며 맞장구쳤어. 나는 자리에서 벌떡 일어나 다들 미친 거 아니냐고, 그게 왜 흠이냐고, 왜 이런 차별적인 발언을 하냐고 소리치고 싶었지만, 가만히 있었어. 거기서 내가 뭐라고 할 수 있었겠니?

나는 두려웠어. 편집장 선배가 게이 서사만 쓰는 소설가를 보듯이 나를 볼까 봐, 남자 시인 선배가 '양성애자 같은 것'인 여자 소설가를 대하듯 나를 대할까 봐, 그리고 다른 작가들이 내가 없는 자리에서 나를 가리켜 내가 바로 '그렇다'고 수군대고 다닐까 봐, 그래서 문단의 모든 사람이 내가 이반이라는 사실을 알게 되고 내 독자와 가족까지 알게 될까 봐, 종내에는 원고 청탁이 끊기고 출판 계약이 파기되어 경력이 완전히 단절되고 모두가 나를 욕하고 피할까 봐 겁이 났어.

예지야, 네가 쓴 소설 속 등장인물은 성별이 없더구나. 어떤 이들은 성별이 없고, 어떤 이들은 일정한 나이가 되면 성별을 선택할 수도 있게 그려져 있었지. 그런 네 소설을 읽고 사람들이 너를 이반이라고 욕하거나 외면하지는 않을 거야. 너는 그저 젊고 재능 있는, 독특한 세계와 인물을 창조하는 소설가로 평가받고 있잖아.

지금은 2022년이고, 세상이 많이 변했다는 것을 나도 알아. 이제는 한국 문단이 퀴어 서사에 주목할 만큼 분위기가 많이 바뀌었지만 나는 여전히, 누구에게도 내 이야기를 할 수가 없어. 아직까지도, 네 엄마와 아빠에게도…….

다른 사람은 몰라도 너에게만은, 너에게만큼은 꼭 하고 싶은 이야기가 있어. 네 엄마는 물론 네 아빠조차도 이해하지 못한 나를, 나 자신을 너에게 말하고 싶어. 나는, 네 아빠와 진짜 친구가 되고 싶었어. 내가 비록 그 사람이 살아가는 세계의 링이 되어주지는 못하지만, 그곳의 구석 자리인 코너스툴만큼은 되어주고 싶었어. 그와 소통하지 못하고 살아온 지난 20년 동안 그를 왕왕 생각했어. 이따금씩 내 또래의 유부남 작가들과 가까워질 때에도 네 아빠 생각이 났어. 나는 가끔씩 유부남 작가와 단둘이 영화를 보고 술잔을 기울이기도 하는데, 그리고 그저 살아가는 이야기를 나누곤 하는데, 왜 네 아빠하고는 그게 안 되는지 자주 생각했고, 그럴수록 화가 났고, 속상했고, 억울했어. 내가 남자였다면, 네 아빠와 성별이 같았다면, 그래도 네 엄마와 아빠가 나에게 그럴 수 있었을까? 내가 남자였다면 코너스툴에 계속 찾아가고, 네 아빠와 토론하고 수업하고 마음껏 이야기 나누는 사이로 발전해나갈 수 있었을까?

나는 내가 여자라는 사실을 부정해본 적이 없었어. 단한 번도 남자로 태어나면 좋겠다고 생각한 적도 없고, 남자의 삶을 원하지도 않았어. 아무리 여자를 좋아한다고 한들, 나는 여자인 것이 좋았고, 내 연애 상대가 여자인 게 좋았어. 나와 다른 성기와 가슴과 사고 방식을 가진 남자들하고는 연애하고 싶지 않았고, 그들처럼 되고 싶지도 않았어. 이제까지 살아오면서 딱 한 번, 오직 네 아빠를 떠올릴 때에만 나는 정말이지 남자가 되고 싶더구나. 내가 남자였다면 이렇게 아무 말도 못한 채 네 아빠와 단절되지는 않았을 텐데, 라는 생각이 들어서 말이야.

결국 네 아빠와 나누고 싶던 이야기를 소설로 써 내려갔어. 내가 처음 코너스툴에 찾아가 네 아빠를 마주한 순간, 그리고 그와 이야기하고 호흡하던 순간들에 대해서……. 네 아빠는 더 이상 나를 보지 않고 내 이야기를 들어주지도 않지만, 그럼에도 불구하고 내가 쓴 소설을 계속 찾아볼 거라는 확신이 있었으니까. 그에게 전하지 못한 나의 이야기를 담아 소설로 쓰면 그가 분명히 읽어주겠지, 그리고 내 마음을 알아주겠지, 라고 기대하며 나는 매일 소설을 썼어. 그와 나를 본뜬 캐릭터를 만들어 수도 없이 서사를 쓰고 또 지우기를 반복했지. 하지만 나는 소설을 완성할 수 없었어.

나는…… 소설에서조차 나를 이반으로 그릴 수가 없었어. 누군가 나에게 혹시 이쪽이냐고 묻거나 내 뒤에서 수군거리지 않을까 싶어 지금도 두려워. 내가 나일 수 없게 만드는 시선과 언행들……. 사람들의 이목이 뭐가 그렇게 중요하냐고 물을 수도 있겠지만, 단 한 순간이라도 혐오적인 시선과 차별 대우를 받고 싶은 사람이 어디 있겠니? 나는 그저 나와 같은 사람을 사랑하고, 나와 같은 사람과 만나고 있을 뿐인데, 내가 왜 그런 차별과 혐오를 견뎌야 하니? 그렇다고 해서 차별과 혐오가 사라지도록 나를 드러내고 싸울 자신은 없었어. 나는 사회운동가도 인권운동가도 아니야. 나는 싸우는 대신 숨는 쪽을 택했을 뿐이야. 그것이 설사 비겁한 행동이라 할지라도, 타인에게 피해와 불편을 끼치지 않는 선에서 나에게 가장 적합하고 편리한 방식으로 살아가고 싶었어.

예지야, 나는 항상 꿈꿔왔어. 누군가 나 대신 나의 이야기를 소설로 써줄 수 있을까 하고 말이야. 그게 누구일까? 코너스툴에 대해서, 네 아빠와 나에 대해서 아무 사심과 오해 없이 묘사할 수 있는 소설가. 그리고 호산 씨가 분명히 작품을 찾아 읽을 소설가. 성인이 된 너와 마주한 날, 나는 그게 바로 너라는 사실을 알아차렸어. 네 아빠라면 너의 소설을 모두 읽을 테니까, 네가 이 소설을 써주면 오래 감춰온 나의 이야기가 비로소 네 아빠에게 가닿을 수 있을 테니까.

나는 평생 단 한 사람에게만은 이 이야기를 꼭 고백하고 싶었어. 어느 누구에게도 말할 수 없는 나의 이야기, 네 엄마는 물론 아빠까지도 읽어내지 못한 나 자신을 너만은 읽어줄 수 있을 것 같아. 그래, 나는 그 믿음 하나로 이 글을 쓰기 시작했어.+

네가 어느 누구보다 이 이야기를, 이 소설을 사실적으로 그려낼 수 있는 유일한 사람임을 알았으면 좋겠어. 오래도록 숨겨온 내 이야기, 내 진심, 나 자신을 네가 비로소 완성해줄 수 있을 거야. 나는 그렇게 믿어.

〈오지 않은 미래〉는 노원문고 문화플랫폼 더숲 해외레지던스 지원사업에 선정되어 다녀온 헝가리에서 쓴 이야기다. 팬데믹 기간에 가게 되어 어려움을 겪기는 했지만, 매일 밤 나를 위로해준 다뉴브강과 부다 왕궁의 불빛을 담아두고 싶은 마음에 소설로 썼다. 집필 작업을 지원해준 노원문고 더숲, 어려운 상황에도 나를 돌봐준 헝가리 친구 노라와 이슈트반에게 고마운 마음을 전한다.

〈가만히 바라보면〉은 2019년 태국에서 지내던 중 영감을 얻었다. 그 무렵 정유정 작가님이 장편소설《진이, 지니》 집필을 마치고 태국에 찾아와 파타야로 여행을 함께 떠났다. 그리고 우리는 한국으로 돌아오기 전날 밤 티파니 극장에서 쇼를 관람했다. 어마어마한 규모의 무대를 보고 그 너머의 세계를 꿈꾸며 써 내려간 이야기다.

〈아버지가 없는 나라〉는 정한아 소설가의 이름에서 착안하여 썼다. 정한아 작가는 나와 나이가 같고, 20대에 등단해 소설가가 되었으며 요가 강사로도 일한 적이 있어 그의 존재와 작품에 깊은 유대감을 느끼고 있었다. 영어로 번역된 그의 단편소설 〈핼러윈〉을 읽다가 그의 영어 이름이 'Hanah'라는 것을 알게 됐고, 발음이 내 이름과 같다는 게 신기해 정한아 작가에게 이 이름으로 소설 속 인물을 만들어도 되겠느냐고 물었다. 그가 자유롭게 여행하며 자신을 찾아가는 인물로 그려주면 좋겠다고 해서 지금의 이야기로 완성했다.

〈모니카〉는 〈아버지가 없는 나라〉를 쓴 뒤 자연스럽게 구상했다. 〈아버지가 없는 나라〉를 쓰고 나니 주인공의 어머니 정지은과 모니카의 이야기가 계속 떠올랐다. 이 작품의 등장인물 이웨이는 실존 인물로, 매 이웨이Mae Yway라는 이름의 미얀마 시인이다. 매 이웨이와 나는 2021년 가을 아이오와대학교 국제창작프로그램에서 만났고, 그와 함께 뉴욕을 여행하며 이 작품의 배경과 인물을 설정했다. 초고를 쓸 때는 매 이웨이와 이름만 같고 인종과 젠더는 다른 허구의 인물을 만들었으나, 그에게 내용을 전했더니 버마인이자 호모섹슈얼인 자신의 실제 모습 그대로 써달라고 해서 지금의 이야기가 됐다.

〈비터스윗〉은 2018년 겨울 인도 마이소르에서 요가학교를 다닐 때 인도인 노부부의 집에서 하숙하며 썼다. 집주인 기타 부인은 요리를 아주 잘했고, 과거에는 홈 뷔페, 베이킹 클래스 등을 운영했을 정도로 실력이 빼어났다고 한다. 내가 머물던 시기에 그녀는 이미 나이가 들어 판매 여부를 물어오는 이들에게만 간간이 초콜릿을 만들어 팔았다. 새벽에 요가 수련을 마치고 숙소로 돌아가면 기타 부인이 부엌에서 초콜릿을 만들어 주었고, 나는 신선한 초콜릿을 입에 문 채 소설을 써나갔다.

〈레드벨벳〉은 실제로 원어민 회화 수업을 듣던 중, 에밀리 프리들런드의 장편소설《늑대의 역사》를 인상 깊게 읽고 쓰기 시작한 작품이다. 섬세하게 수업을 이끌어준 스티븐 리 선생님에게 오랜만에 인사를 전하고 싶다.

〈코너스툴〉은 동두천의 유일한 동네책방이었던 코너스툴에서 강연한 경험이 토대가 됐다. 책방은 2021년에 문을 닫았으나, 그곳에서 마주한 시간과 인연을 오래 간직하고 싶어서 쓴 이야기다. 책방 이름에서 제목을 따오고《어느날 갑자기, 책방을》(책과이음, 2020) 일부분을 인용할 수 있도록 허락해준 김성은 선생님께 감사드린다.

돌아보니 오랜 시간 글을 써오며 여러 곳을 떠돌았고 많은 이들에게 빚을 졌다. 혼자라는 생각이 들 때마다 소설을 썼고, 그 과정에서 나는 결코 홀로 존재하지 않음을 깨달았다. 이 세계에 부유하는 존재가 서로 긴밀히 연결되어 있음을 알 때 우리는 비로소 행복을 느끼며 살아갈 수 있으리라 믿는다. 부족한 나에게 끊임없이 이야기를 들려주는 동시에 나의 이야기에 귀 기울여주는 당신에게 무한한 애정을 전한다. 무조건적인 사랑을 실현하며 가장 가까운 자리에서 나를 격려해주는 어머니와 오빠, 정유정 작가님, 박주영 작가님께도 각별히 감사드린다.

2022년 가을
김혜나

| 수록 작품 발표 지면 |

오지 않은 미래

가만히 바라보면 …《세상이 멈추면 나는 요가를 한다》(은행나무, 2021)

아버지가 없는 나라 … 〈문학무크 소설〉 10호(문학비단길, 2021)

모니카 … 〈문학나무〉 2022년 봄호

비터스윗 … 〈문학무크 소설〉 4호(문학비단길, 2018)

레드벨벳 … 〈문장웹진〉 2020년 10월호

코너스툴 …《2의 세계》(앤드, 2022)

# 깊은숨

ⓒ 김혜나 2022

**초판 1쇄 인쇄** 2022년 9월 10일
**초판 1쇄 발행** 2022년 9월 20일

**지은이** 김혜나
**펴낸이** 이상훈
**편집인** 김수영
**본부장** 정진항
**문학팀** 하상민 최해경 김다인
**마케팅** 김한성 조재성 박신영 김효진 김애린
**사업지원** 정혜진 엄세영

**펴낸곳** (주)한겨레엔 www.hanibook.co.kr
**등록** 2006년 1월 4일 제313-2006-00003호
**주소** 서울시 마포구 창전로 70 (신수동) 화수목빌딩 5층
**전화** 02-6383-1602~3 **팩스** 02-6383-1610
**대표메일** munhak@hanien.co.kr

ISBN 979-11-6040-846-1   03810